長장恨한夢몽
中編

探偵冒險小說

名金 (合編)

京城 太華書館 發行

春園 李光洙 作

漢城圖書株式會社 發行

사랑

前編

李光洙

探偵篇

殉愛譜

朴啓周 著

長篇小說

青春劇場

金來成 著

第一部

青春의 傳說

自由夫人

소설에 울고 웃다

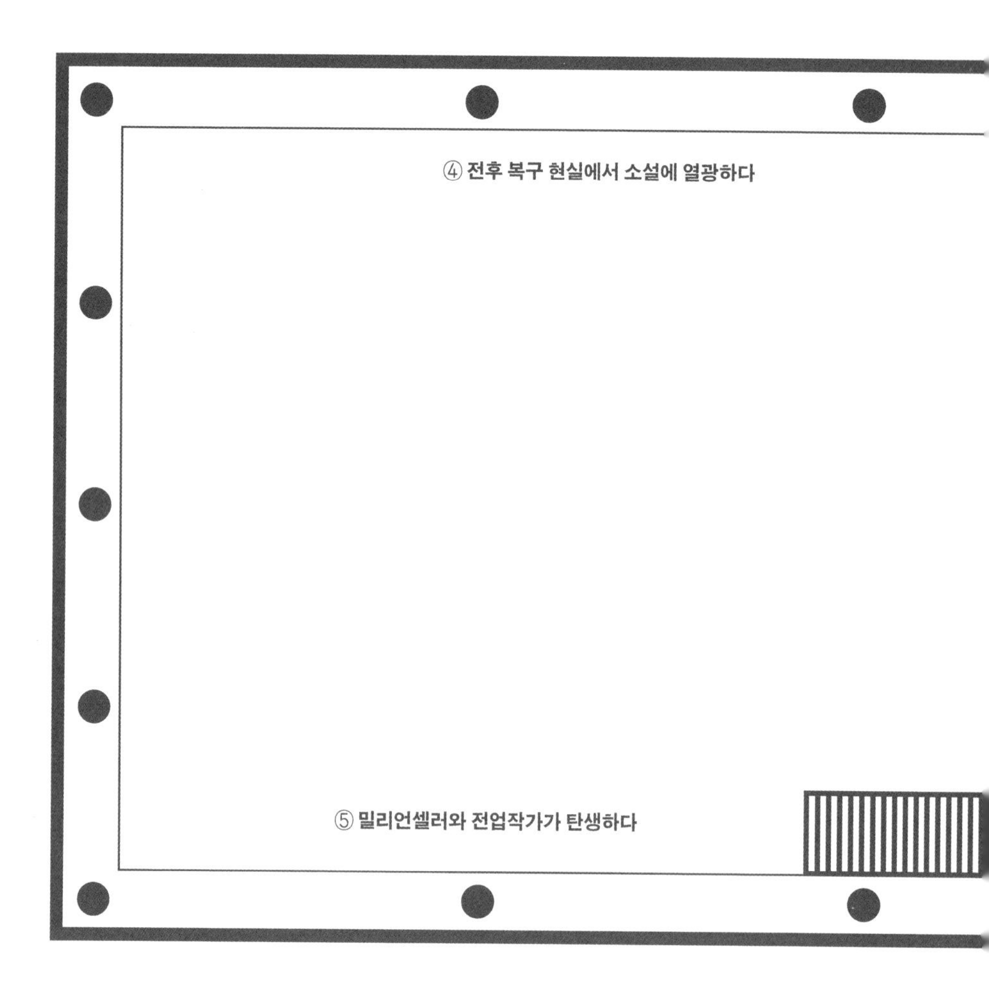

근현대 베스트셀러 특별전 – 소설에 울고 웃다

한국근대문학관 기획전시실

2017. 9. 26. ~ 2018. 3. 31.

① 계몽 열망이 베스트셀러를 만들다

혈의누, 이인직, 1906
월남망국사, 소남자, 1906
금수회의록, 안국선, 1908

② 긴 이야기 읽기가 대중화되다

추월색, 최찬식, 1912
장한몽, 조중환, 1913
무정, 이광수, 1917
무궁화, 이상협, 1918
명금, 윤병조/송완식, 1920/1921
사랑의 불꽃, 노자영, 1923

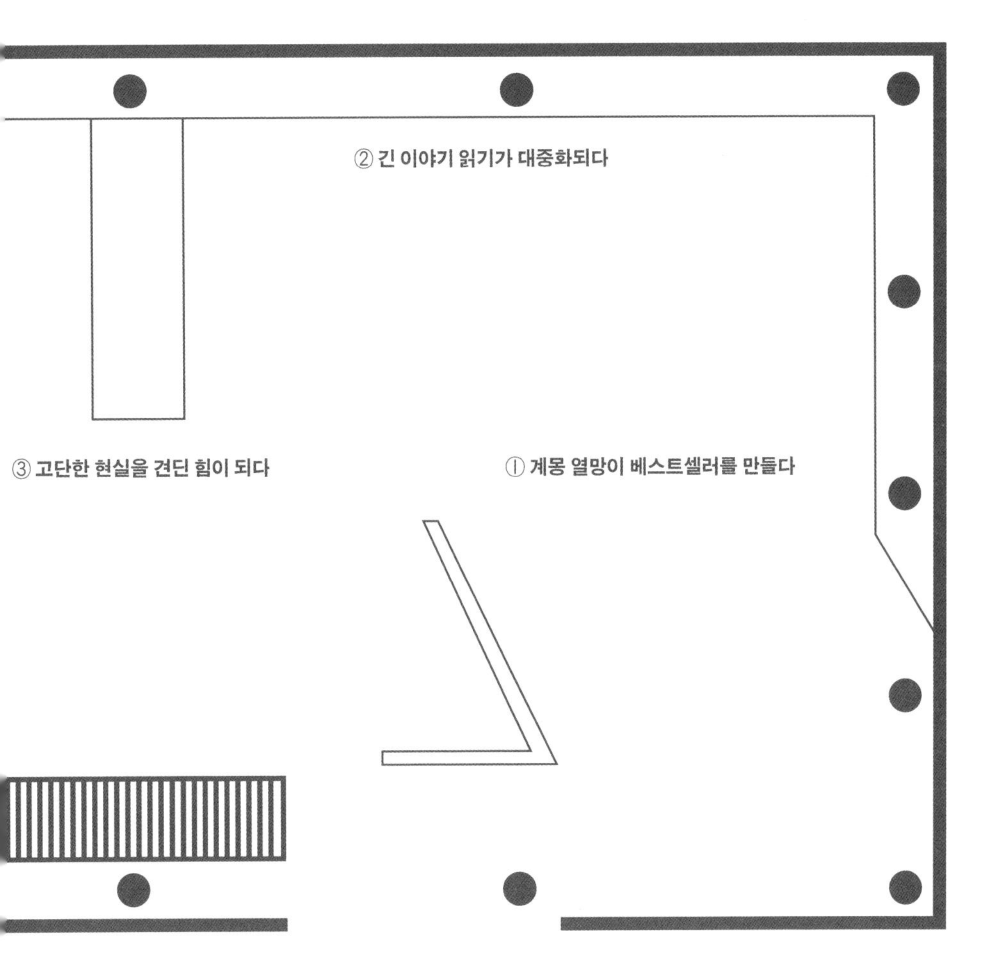

③ **고단한 현실을 견딘 힘이 되다**	흙, 이광수, 1932 고향, 이기영, 1933 찔레꽃, 김말봉, 1937 사랑, 이광수, 1938 순애보, 박계주, 1939 마인, 김내성, 1939
④ **전후 복구 현실에서 소설에 열광하다**	청춘극장, 김내성, 1949 자유부인, 정비석, 1954 광장, 최인훈, 1960 토지, 박경리, 1969
⑤ **밀리언셀러와 전업작가가 탄생하다**	별들의 고향, 최인호, 1972 영자의 전성시대, 조선작, 1973 겨울여자, 조해일, 1975 인간시장, 김홍신, 1981 태백산맥, 조정래, 1983

* 연도는 작품이 처음 발표된 해임.

일러두기

이 책은 2017년 한국근대문학관 특별전 '소설에 울고 웃다'와 함께 기획한 도록이자 단행본 도서입니다.
이 책의 도판은 한국근대문학관 소장 자료를 중심으로 외부 기관 및 개인의 도움으로 수록되었으며,
출처는 이 책의 말미에 붙여 둡니다. (단, 별도의 출처 표기가 없는 것은 한국근대문학관 소장 자료입니다.)

혈의 누에서

태백산맥까지,

베스트셀러로 읽는 시대

소설에 울고 웃다

한국근대문학관 기획

홍시

차례

머리말

한국근현대문학 베스트셀러전
'소설에 울고 웃다'를 기획하며 · 이현식 9

1 베스트셀러의 시대 한 세기

계몽 열망이 베스트셀러를 만들다 20

긴 이야기 읽기가 대중화되다 32

고단한 현실을 견딘 힘이 되다 56

전후 복구 현실에서 소설에 열광하다 80

밀리언셀러와 전업작가가 탄생하다 104

2 베스트셀러의 이면 읽기

베스트셀러의 탄생
『인간시장』 김홍신 작가와의 대화 · 이현식, 함태영 130

베스트셀러와 문학의 대중성
시집을 중심으로 · 유성호 148

3 당대의 눈으로 보는 베스트셀러

기사로 보는 베스트셀러 · 함태영 178

베스트셀러와 시대 연표 242

자료 및 도판 출처 248

전시 250

한국근현대문학 베스트셀러전 '소설에 울고 웃다'를 기획하며

이 현 식 · 인천문화재단 한국근대문학관 관장, 문학평론가

1
문학의 역할을 다시 생각해 본다

왜 베스트셀러전을 기획하였나?

온라인 서점인 알라딘(aladin.co.kr)의 통계에 따르면 1999년부터 2016년까지 18년 동안 12월 한 달이라는 동일한 기준으로 베스트셀러 10위 목록을 조사한 결과, 전체 180권의 도서 가운데에 문학은 76권이 등재되어 있다. 12월 한 달이라는 동일한 기간의 베스트셀러 10위 안에 든 책 중에서 문학이 차지하는 비중은 약 42퍼센트인 셈이다. 문학이 전체 독서시장에서 차지하는 비중이 만만치 않음을 이 통계는 보여주고 있다. 그런데 이 가운데에서 한국문학으로 범위를 좁히면 얘기가 달라진다. 76권 가운데에 한국문학은 24권을 차지해서 문학 베스트셀러 중에서는 31.6퍼센트의 비중을 차지하고 전체 베스트셀러 목록을 놓고 보면 13퍼센트에 불과하다. 문학 가운데에 약 70퍼센트 정도는 외국문학이 차지하고 있다.

한편, 2015년 정부는 국민 독서실태 조사 결과를 발표했는데 우리나라 성인들의 연평균 독서율은 65.3퍼센트로 나타났다. 이는 우리나라 성인 중 책을 1년에 한 번이라도 읽는 비율이 10명 중 6.5명에 불과한 것을 의미한다. 이 말은 뒤

집어 생각해 보면 우리나라 성인 10명 중 3.5명은 1년 동안 책을 한 권도 읽지 않았다는 것을 가리키는 숫자이기도 하다. 이런 독서율은 정부가 1994년 국민 독서실태 조사를 시작한 이래 가장 낮은 수치라고 한다. 전체적으로 독서율은 지속적으로 감소되고 있는 추세이다. 출판계의 불황이 그냥 엄살이 아니라는 소리이다.

그런데 문학만을 놓고 보면 문제는 여기에서 그치지 않는다. 전체적으로 국민 독서율이 하락하고 독서시장이 위축되어 가는 가운데에 문학의 비중이 점차 줄어들고 있다는 것이다. 2000년대에만 하더라도 베스트셀러 50위 권 안에 문학이 평균 15권 내외로 등장하였던 반면, 2015년 전후로는 10권 내외로 줄어들고 있는 것이다. 문학의 종언, 더 나아가 한국문학의 궤멸은 출판계나 평론가들의 수사(修辭)가 더 이상 아니다. 실제로 우리나라 국민들은 한국문학을 잘 읽지 않고 있다.

다른 한편 이렇게 생각하는 사람들도 있을 것이다. 소설이나 시를 안 읽는다고 뭐가 대수냐, 그게 사람이 살고 죽는 문제는 아니지 않느냐라고 반문할 수 있다. 틀린 말은 아니다. 소설쯤이야, 혹은 시쯤이야 이 바쁜 세상에 들여다보지 않는다고 직장을 잃거나 취직을 못하거나 건강이 위협받거나 하는 일은 아니다.

그러나 시와 소설을 읽지 않는 사람들만 사는 공동체, 시와 소설을 대수롭지 않게 여기는 사회는 타인의 고통에 공감할 줄 모르는 사회이다. 인간이 모여 살면서 응당 갖춰야 할 기초 교양과 덕목도 사라지는 사회이다. 우리는 생떼 같은 자식들을 어느 날 갑자기 잃고 그 이유를 밝혀 달라는 요구를 하기 위해 먹을 것을 거부하며 정부에 호소하는 저 세월호 유가족 앞에서 이른바 폭식투쟁을 하던 무리들을 기억한다. 타인의 아픔에 공감하지 못하는 공동체의 민낯이 드러나던 순간이었다.

우리는 그런 사회에 살기를 원하는가? 옆에서 사람이 죽어가건 말건 나 혼자만 잘살겠다는 욕심으로 가득 찬 사회가 정녕 좋은 사회인가? 남의 아이를 밀어내고 내 아이가 앞서는 것만 바라는 사회가 행복한 사회일까? 어느 날 내 가족이 그런 위협에 처했을 때, 혹은 내 아이가 정작 밀침을 당하는 처지일 때, 그래서 서로 못 잡아먹어 안달 난 일상을 살게 된다고 상상해 보자. 그런 사회는 어느 날 갑자기 찾아오는 것이 아니다. 의식하지 않는 사이에 시나브로, 스멀스멀 사회는 그렇게 바뀌어 간다. 그리고 그런 걸 눈치채는 사람들은 많지 않다. 뒤늦게 후회해 봐야 이미 늦은 일이 된다. 문인들은 그런 걸 빨리 눈치채는 사람들이다. 그들의 목소리가 귀한 이유이기도 하다. 우리가 문학을, 소설과 시를 읽고 즐기는 것의 중요성은 우리 사회의 건강한 공감의 능력, 기초적인 교양의 뿌리내림을 위해서 필요한 일이다.
이번에 한국근대문학관이 1900년대 초부터 1980년대에 이르는 근현대 베스트셀러전을 기획한 뜻은 넓게 보았을 때 이런 데에 있다. 즉 문학이 어떻게 한 사회의 아픔과 희망, 절망과 고통, 환희에 반응하고 그런 문학 작품들을 대중들이 어떻게 읽고 즐겨 왔는가를 돌이켜 보자는 뜻이다. 그것은 궁극적으로 힘을 잃어 가고 있는 한국문학의 저 찬란했던 시절을 돌이켜 보며 다시 한 번 신발끈을 조여매 보자는 의도에 다름 아니다. 여전히 우리는 한국문학에 대한 믿음을 거둘 수 없고 한국문학에 대한 희망을 접을 수 없다. 베스트셀러에 기대서라도 문학의 역할을 다시 한 번 생각해 보고자 한 것이 이번 '소설에 울고 웃다'를 기획한 문제의식이다.

2
작가, 독자, 시대를 증언하다

'소설에 울고 웃다'의 구성과 특징

이번 베스트셀러전은 제목에서도 드러나듯이 소설만을 중심으로 구성하였다. 흔히 우리나라 최초의 신소설이라고 하는 『혈의누』(1906)부터 조정래의 『태백산맥』(1983)에 이르기까지 약 80년간의 한국 소설 가운데에서 24편을 추려내어 전시하였다. 24편을 선정한 기준은 책의 판권을 확인하여 여러 판을 거듭 인쇄한 사실이 확인된 작품이되, 당대의 시대적 흐름이나 대중들의 정서를 잘 보여준다고 인정되어 화제가 된 것으로 삼았다. 따라서 이 작품들의 문학적 가치나 문학사적인 의미를 논하는 일은 이번 전시와는 별개의 문제이다.

시기는 크게 5개로 나누었다. 우리가 일본에 의해 강제 병합되기 이전인 ① 근대 계몽기로부터 본격적인 근대문학이 출발하는 ②1910~20년대, 신문이 기업화되고 신문연재소설이 본격적인 대중적 읽을거리로 자리 잡는 ③1930년대, ④해방과 전쟁, 4·19를 거쳐 본격적인 산업화가 진행되기 시작하는 1960년대, 그리고 ⑤유신 독재가 시작되는 1970년대부터 정치적 독재와 산업화가 정점에 서는 1980년대에 이르는 시기까지 다섯 부분으로 나누어 해당 시기를 가장 잘 보여줄 수 있는 작품을 선정하였다.

이들 목록에는 정치적, 문학사적 논란이 있는 작품도 일부 있다. 예컨대 한국 최초의 신소설인『혈의누』는 명백한 친일 작품이다. 그러나 그 시기를 그대로 보여줄 수 있다는 점을 감안하여 목록에 포함시켰다.

특히 이번 전시에서는 그 동안 잘 알려지지 않았거나 쉽게 보기 힘든 자료도 출품되었는데, 그중에는 이번 전시를 통해 처음으로 공개되는 것도 많다. 지금은 잊혀진 작가가 되었지만, 1920~1930년대 대중의 사랑을 받은 송완식(宋完植 1893~1965)의 경우가 그러하다. 송완식의『명금(名金)』은 1919년 무렵 선풍적인 인기를 끈 미국 활극 영화「The Broken Coin」을 소설로 번역한 것이다.「The Broken Coin」은 미국에서 1915년에 제작된 영화인데 식민지 조선에서는 1919년 개봉한 것으로 보인다. 소설도 영화만큼 인기를 끌어 발간 5년 만인 1926년 3판을 찍는다. 이 작품을 번역한 송완식은 현재 연구자들에게도 그다지 알려지지 않은 작가로, 동양대학당이란 출판사를 경영한 출판인이기도 하다. 송완식은 주시경이 운영한 조선어강습원 출신이어서 이번 전시에 조선어강습원 졸업기념 사진도 처음으로 공개되었다. 이 외에 1917년의 보성전문 졸업앨범과 송완식이 쓰던 벼루도 일반에 처음 공개되었다. 문인들의 필기구가 이 시대만 해도 벼루와 붓이었다.

한편, 최초의 근대소설이자 창작 장편인 『무정』(이광수 작)의 일제강점기 마지막 판본인 8판(1938)이 이번 전시에서 관람객에게 처음 공개되었다. 아울러 춘원의 또 다른 베스트셀러인 『흙』은 단행본 초판이 발행된 지 5년 만에 8판을 찍어, 『무정』보다 훨씬 더 많은 인기를 모은 장편소설로 확인되었다. 이 작품은 '농촌 속으로'라는 뜻을 가진 '브나로드 운동'의 일환으로 창작된 작품이기도 하다. 그런데 작품을 연재한 『동아일보』는 브나로드 운동을 전개하면서 문자 보급을 위한 한글 교재를 발간했는데, 이번에 전시된 『하기(夏期) 한글강습교재 요령』도 그중 하나이다. 이 책은 춘원이 1932년에 쓴 것으로 2011년 등록문화재 제484호로 지정된 것과 같은 자료이다. 최초로 일반에 공개되는 손바닥 크기의 이 자료에는 '조선어학회 후원'이라 되어 있어, 1933년 한글맞춤법 통일안 제정을 앞두고 조선어학회가 언론사와 손잡고 다양한 한글보급운동을 했음을 보여주고 있다.

『흙』과 같은 시기의 또 다른 농민소설 이기영의 『고향』도 베스트셀러의 목록에 올랐다. 『고향』은 역사와 현실에 대해 계급적으로 각성해 가는 농민의 모습을 그렸는데 6판을 넘게 찍었다. 이번 전시를 준비하면서 판본 조사를 하는 과정 중 6판의 소재가 밝혀진 것이다. 그동안 농촌을 배경으로 발표된 작품으로 이광수의 『흙』이나 심훈의 『상록수』가 대중들에게 많이 알려진 것에 비하면 『고향』의 비중도 무시할 수 없음이 실제로 밝혀지게 되었다.

1950년대 장안의 지가를 획기적으로 높인 김내성의 『청춘극장』 출판기념회 방명록도 처음 공개되는 것이다. 한국 최초의 본격 추리소설가이기도 한 김내성은 한국전쟁 와중인 1952년 『청춘극장』을 마무리하면서 피난 수도인 부산에서 성대한 출판기념회를 개최한 바 있다. 이때 한국을 대표하는 문인들이 모두 모여 『청춘극장』 출간을 축하했는데, 이 방명록에는 이들의 흔적이 고스란히 나타나 있다. 조연현, 김동리, 노천명, 박종화, 안수길 등 당대를 대표하던 문인의 자취와 문단의 권력관계를 보여준다는 점에서 귀중한 자료라 하지 않을 수 없다. 유족의 협조를 얻어 디지털 이미지로 전시되었으나 유감스럽게도 이번 도록에는 소개되지 못했다.

한국전쟁 후 가히 최대의 베스트셀러라고 할 수 있는 정비석의『자유부인』관련 자료도 이채롭다. 작가가『자유부인』연재 예고 기사를 위해 삽화가인 김영주 화백과 경복궁에서 찍은 사진이나 평생 동안 옆에 두고 들춰보던 국어사전도 소개가 된 것이다. 국어사전은 특히『자유부인』의 주인공 '오선영'의 남편 '장태연'이 국문과의 국어학 전공 교수라는 점에서 흥미로운 대응을 하고 있다. 또한 정비석은 악필로 유명했는데, 작품 집필을 위한 취재 수첩과 관련 메모, 육필 원고를 통해 그 진면모를 실제 확인할 수 있다.

한국인이 가장 사랑하는 작가와 작품이라고 할 수 있는 박경리의 대하장편『토지』의 2부와 3부의 방대한 육필원고도 이번에 전시되었다. 작가가 텃밭을 일굴 때 직접 쓰던 호미,『토지』집필 시 사용했던 만년필과 잉크통, 안경도 전시되어 생전의 박경리 선생의 흔적을 만나볼 수 있다. 유감스럽게도 이 역시 이번 도록에서는 도판을 제공하지 않는다.

한국 최초로 밀리언셀러를 기록한 김홍신의『인간시장』도 만날 수 있다. 560만 부 이상 팔린 이 소설은, 발표 2년 만에 우리나라 최초로 1백만 부를 돌파했으며, 드라마는 물론 영화로도 크게 히트를 친 작품이다. 이 작품은 원래 제목이『스물 두 살의 자서전』이었음은 잘 알려져 있지 않은데, 이번 전시에서는 원 제목으로 된 1981년『주간한국』연재본이 전시되었다. 이 외에『인간시장』을 집필할 때 사용했던 펜과 단행본 판권장에 찍은 도장 두 점도 관람객에게 선을 보였다. 이 도장들은 끝이 닳아 있는데, 워낙 많은 인지에 도장을 찍다 보니 생긴 자취여서 흥미롭다.

3
베스트셀러 읽기는 유효하다

이 책의 구성과 몇 가지 과제들

이 책은 한국근대문학관이 기획한 베스트셀러 전시 '소설에 울고 웃다'를 내용으로 하지만 전시와 꼭 같이 구성된 것은 아니다. 전시를 통해 세세히 보여드리기 어려운 베스트셀러들의 속내—목차, 본문, 판권 등을 소개했다. 쉽게 접하기 어려운 근대 도서의 모습은 음미할 만하다. 반면 앞 절에서도 언급한 바와 같이 도판 제공에서 일부 전시에 나와 있는 사진이나 유물의 도판이 제외되기도 하였다. 도록으로 판매되는 책자에 도판 사용이 일부 제한된 결과이다. 베스트셀러를 영화화한 영화 포스터나 당시 시대를 보여주는 몇몇 도판 역시 이번 책에서는 제외되었다. 비영리적인 공익적 전시에는 도판 사용이 허가되었으나 출판 시장에 상품으로 유통되는 단행본에 도판이 사용되는 것을 끝내 허락받지 못한 사정이 있었다. 그러나 일부 도판을 제외하고 전시 내용을 충실하게 전달할 수 있는 내용은 모두 담아내었다.

아울러 이번에 전시되는 작품의 소개와 줄거리, 베스트셀러로서 당시의 화젯거리 등을 보여주는 글이 1부 전시 섹션에 모두 담겨 있다. 이 책 하나만으로도 한국문학의 베스트셀러 24종의 작품을 만나는 데에는 부족함이 없을 것이다. 아울러 이런 글을 통해 과거 우리가 즐겼던 문학작품들을 직접 다시 읽어 보는 데에도 도움을 줄 수 있을 것이라 기대한다.

2부는 베스트셀러의 이면 읽기로 『인간시장』의 저자 김홍신 선생의 인터뷰를 실었다. 당시 베스트셀러가 작가에게 어떤 영향을 미쳤는지, 베스트셀러 이면에는 어떤 이야깃거리가 있었는지를 김홍신 선생의 흥미로운 일화를 통해 만날 수 있다. 이는 소설이라는 읽을거리가 한 사회에 영향을 미친 구체적 증거여서 의미가 있다.

이번 전시는 소설이 중심이어서 한국문학의 다른 한 축을 구성하는 시 장르가 빠져 있다. 이를 보완하기 위해 시 장르의 베스트셀러에 대한 글을 별도로 실었다. 주로 1980년대 이후 한국 시의 베스트셀러 현상을 다룬 글로 이번 전시의 부족한 점을 보완해줄 것이라 생각한다.

3부는 자료 편으로, 식민지 시대 출판 시장의 흐름을 알 수 있는 신문·잡지 기사와 1970~90년대 신문에 실린 베스트셀러 기사를 전재하여 싣는다. 당대 베스트셀러의 실체가 어떠했는지를 알 수 있는 기회를 제공하기 위한 목적이다. 마지막으로 한국문학의 베스트셀러 연표를 작성하여 책 뒤에 따로 실었다. 사회의 변화에 따라 베스트셀러도 어떻게 변화해 왔는지를 확인하는 주요 자료가 될 것이다.

이번 전시를 준비하고 기획하면서 갖게 된 문제의식은 베스트셀러에 대한 본격적인 연구가 쉽지 않다는 점이다. 베스트셀러라고 정의하려면 기초적으로 해당 작품이나 책의 판매량이 검증되어야 한다. 그러나 식민지 시대에는 이를 제대로 추정할 수 있는 근거 자료가 거의 남아있지 않아 기초 연구를 하기가 쉽지 않은 것이 현실이다. 여러 판을 인쇄했다고 해도 한 번 인쇄할 때 어느 정도의 부수를 인쇄했는지는 알기 어렵다. 이는 1970년대나 80년대라고 해서 다르지 않다. 서점의 베스트셀러 집계가 남아있고 이것이 신문지상에 보도된 경우라면 별 문제이겠으나 그렇지 않은 경우도 많기 때문이다.

베스트셀러에 대한 문화적 연구, 혹은 문학사적 접근이 필요한 것은 여전히 유효하다. 우리는 베스트셀러를 통해 당대 대중들의 욕망과 열망을 읽어낼 수 있으며 그것을 무시하거나 지나칠 일은 아니다. 그 안에 복잡하게 얽혀 있는 대중들의 감정과 정서를 정확히 해석하는 것은 우리 사회의 현재를 읽어내는 데에도 여전히 의미 있는 일일 것이기 때문이다.

더 나아가 다른 한편으로 문학이라는 기초적인 장르가 다양한 문화적 콘텐츠로 전환되고 활용된 역사적 사례가 바로 베스트셀러물이라는 점 역시 간과되어서는 안 된다. 이번에 선보인 24편의 소설들은 대부분 영화로 만들어졌으며 일부는 연극으로도 공연되었다. 문학 작품이 한 사회에서 어떻게 대중들의 정서에 반응하면서 다양하게 변주되었고 그것이 어떤 문화적 효과를 거두었는지는 앞으로 계속 연구해야 할 과제이다.

문학은 창작과 향유에 있어 가장 비용이 적게 들고 접근성에도 장애가 없는 장르이다. 문자 해독 능력만 있다면 누구나 매우 저렴한 비용으로 문학을 향유할 수 있으며 창작을 위해서도 펜과 종이만 있다면 제약 없이 시나 소설 쓰기에 도전할 수 있다. 따라서 문학은 여러 예술장르 가운데에서도 가장 민주적이며 평등한 장르이다. 이것이 문학으로 하여금 공동체의 기초 교양의 위치를 오래도록 누릴 수 있게 만든 이유이기도 하다.

아울러 문학은 여러 문화콘텐츠의 원소스(one-source) 역할을 하는 동시에 공동체의 기초적인 상상력과 창의력, 세상과 사람에 대한 이해와 공감 능력의 바로미터 역할을 한다. 시와 소설을 많이 읽고 향유할 줄 아는 사회는 타인과 세계에 대한 이해와 공감의 능력을 갖춘 공동체라고 할 수 있다. 우리가 문학을 여전히 끌어안고 가야 할 이유이기도 하다. 베스트셀러가 양산되는 사회보다는 스테디셀러가 넘쳐나는 우리 사회의 내일을 기대해 본다.

마지막으로 본 전시를 위해 자료와 도판을 제공해 주신 관계 기관과 관계자 여러분께 감사드린다.

- 계몽 열망이 베스트셀러를 만들다
- 긴 이야기 읽기가 대중화되다
- 고단한 현실을 견딘 힘이 되다
- 전후 복구 현실에서 소설에 열광하다
- 밀리언셀러와 전업작가가 탄생하다

1 베스트셀러의 시대 한 세기

계몽 열망이 베스트셀러를 만들다

1

19세기 말과 20세기 초, 우리 현실은 외세의 침입과 이에 무기력하고 부패한 집권계층, 민중들의 개혁 요구 등 혼란과 격동의 시기였다. 나라의 운명이 기울던 혼란한 시대였던 만큼, 이때의 시대적 화두는 오로지 '계몽'이었다. 당시 지식인들은 한 명이라도 더 많은 국민들이 이러한 현실을 깨우치도록 나라가 나아가야 할 방향을 다양한 방식으로 설파했는데, 그중 가장 대표적인 것이 이야기, 즉 소설을 써서 읽히는 것이었다. 이인직의『혈의누』는 이른바 최초의 '신소설' 작품인데, 청일전쟁으로 고아가 된 옥련이라는 여자아이의 기구한 일생을 보여줌으로써 남의 나라 싸움에 피폐해진 당시의 현실을 잘 보여주었다. 대표적인 역사전기소설인『월남망국사』는 프랑스에 의해 식민지가 되는 베트남의 역사를 이야기식으로 써 제국주의 열강들에 의해 사면초가에 빠진 나라의 현실을 깨우치고자 했다. 이 책은 국한문본 한 종과 한글본 두 종, 총 세 종류가 나왔는데, 똑같은 내용이 세 종류로 출판되었다는 것 자체가 당시 큰 인기를 얻었음을 보여준다.『금수회의록』은 동물들의 입을 빌어 인간 세계를 비판하는 소설로 출간된 지 석 달 만에 재판을 찍을 정도로 큰 인기를 끌었으나, 현실 비판적 내용으로 인해 일제에 의해 금서로 지정된 작품이다. 이들 작품은 정치적 지향성이 달랐으나 현실을 직시하고 민중이 각성해야 한다는 점에선 일치했다.

- 이인직, 『혈의 누』, 1906
- 소남자, 『월남망국사』, 1906
- 안국선, 『금수회의록』, 1908

연재 • 「만세보」 1906년 7월 22일 ~ 10월 10일.
단행본 • 광학서포, 1907.
동양서원, 1912.

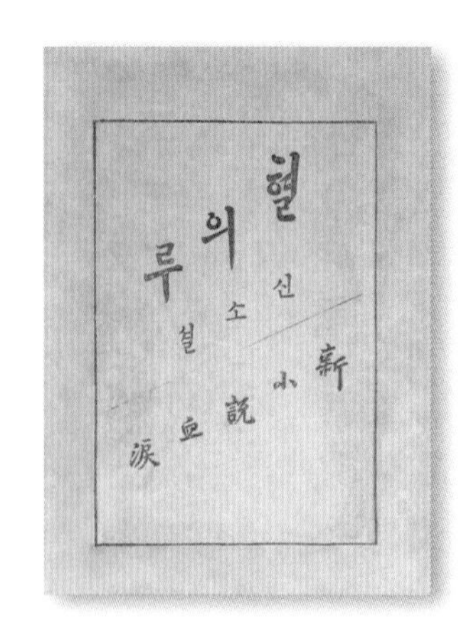

광학서포 단행본 재판, 1908년

혈(血)의 누(淚)

이인직

평양에 살던 김관일, 최씨 부인, 일곱 살 딸 옥련 세 가족은 청일전쟁을 피해 피난하던 중 헤어지게 된다. 딸과 남편의 생사를 몰라 절망한 최씨 부인은 자살을 결심하고 집 벽에 유서를 남긴 후 대동강에 뛰어든다. 다행히 지나가던 뱃사공에 의해 최씨 부인은 목숨을 건진다. 한편 김관일은 부인이 죽었다고 오해하고, 딸의 행방도 모를 바에는 나라의 큰일을 해야겠다는 결심을 하고 미국 유학을 떠난다. 피란 중 부상을 당한 옥련은 일본군 군의관 이노우에의 도움으로 상처를 치료한 후 그의 양녀가 되어 일본 오사카로 건너간다. 옥련은 이노우에 부인의 사랑을 받으며 신교육을 받았지만, 이노우에가 전사한 후에는 냉대를 받게 된다. 설움에 찬 옥련은 집을 나와 방황하다가 우연히 미국으로 유학 가던 길인 구완서와 알게 되어 그의 도움으로 미국에 건너간다. 미국에서 고등학교를 우등 졸업한 옥련의 기사를 본 김관일이 딸의 생사를 알게 되어, 마침내 10년 만에 부녀가 상봉한다. 어머니 역시 살아계심을 확인한 옥련은 구완서와 함께 부국강병과 문명개화를 위해 헌신하기로 결심하고 결혼을 약속한다.

★ '옥련' 붐을 일으키다

최초의 신소설. 전쟁 중 가족을 잃고 일본과 미국에서 신학문을 익히며 성장하는 새로운 여주인공 옥련은 당시 독자들에게 큰 인기를 얻었다. 『혈의 누』의 대성공 이후 한때 소설 여주인공 이름으로 '옥련'이 유행했을 정도.

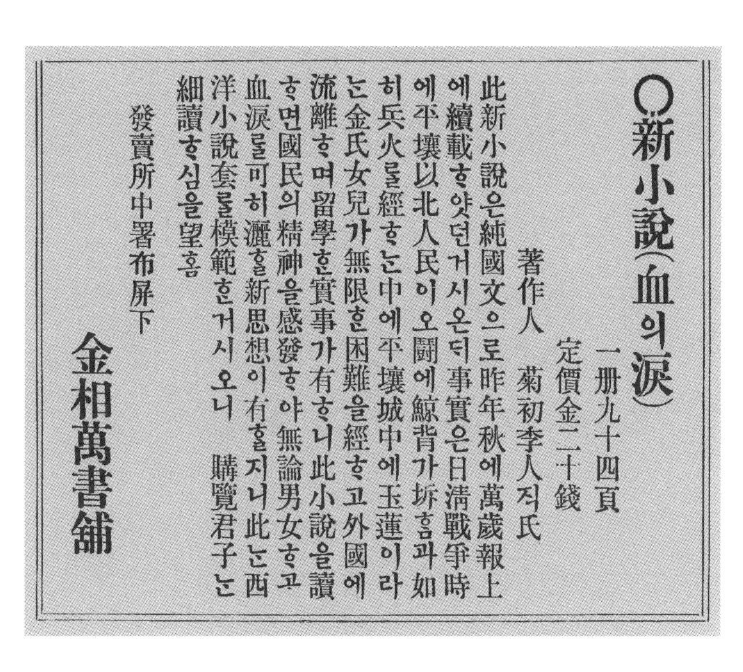

○新小說(血의淚)
一冊九十四頁
定價金二十錢
著作人 菊初李人직氏
此新小說은純國文으로昨年秋에萬歲報上에續載ᄒᆞ얏던거시온ᄃᆡ事實은日淸戰爭時에平壤以北人民이오闘에鯨背가坼ᄒᆞᆷ과如히兵火를經ᄒᆞᄂᆞᆫ中에平壤城中에玉蓮이라ᄂᆞᆫ金氏女兒가無限ᄒᆞᆫ困難을經ᄒᆞ고外國에流離ᄒᆞ며留學ᄒᆞᆫ實事가有ᄒᆞ니此小說을讀ᄒᆞ면國民의精神을感發ᄒᆞ야無論男女ᄒᆞ고血淚를可히灑ᄒᆞᆯ新思想이有ᄒᆞᆯ지니此ᄂᆞᆫ西洋小說套를模範ᄒᆞᆫ거시오니 購覽君子ᄂᆞᆫ細讀ᄒᆞ심을望ᄒᆞᆷ
發賣所中署布屛下
金相萬書舖

『혈의누』 단행본 초판 광고, 1907년.
초판 발행 1년 만에 재판을 찍을 정도로 인기가 있었다.
몇 부를 찍었는지 알 수 없지만,
당시 도서 구매력과 출판유통 환경을 고려하면
매우 큰 인기가 있었다고 할 수 있다.

단행본 • 현채 역 국한문본, 현공렴, 1906.
주시경 역 한글본, 박문서관, 1907.
이상익 역 한글본, 현공렴, 1907.

현채 역 국한문본 재판, 1907년

월남망국사

소남자

본래『월남망국사』는 반패주와 양계초가 1905년 일본 요코하마에서 나눈 대담을 상해에서 출판한 책이다. 중국의 개혁파 사상가 양계초는 변법자강운동(1898)이 실패한 후 일본에 망명했는데, 이 소식을 들은 반패주가 직접 망명지로 방문하여 대화를 청했다. 통역과 필담을 통해 진행된 이 대화를 양계초와 반패주가 정리하여『월남망국사』라는 제목으로 펴냈는데, 근대화와 독립에 관련된 문제의식에 공감한 현채가 이를 번역하여 다시 한국에서『월남망국사』라는 제목으로 출판했다.

『월남망국사』의 본문은 세 부분으로 나뉘어 있다. 첫 번째 부분은 베트남이 프랑스에 패배하여 보호국으로 전락하기까지의 역사를 다루고 있다. 두 번째 부분은 베트남에서 일어난 반프랑스 운동에 투신했던 애국지사들의 전기에 해당한다. 세 번째 부분은 프랑스가 펼친 가혹한 식민지 통치의 현실을 다루고 있다.

현채는 이 책을 번역하면서 당시 일본 정부가 조선에서 실시한 집회 금지, 언론 검열, 내정 간섭 현황 등을 개탄하는 내용을 삽

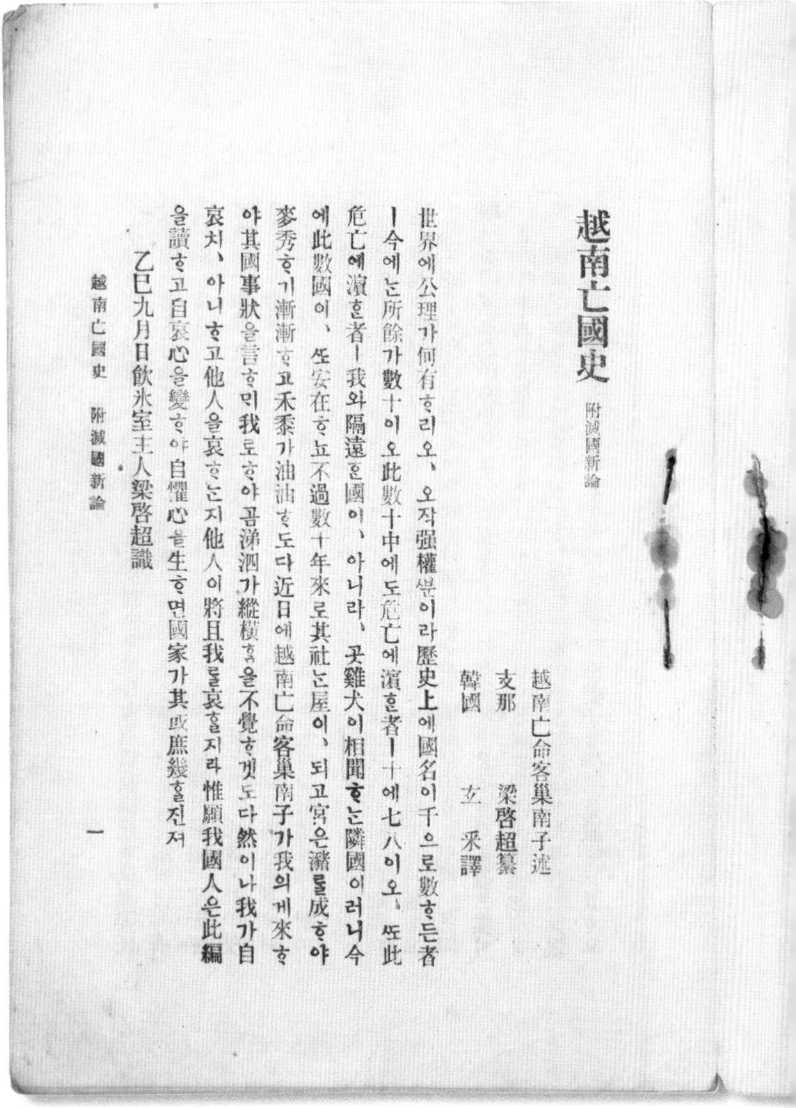

越南亡國史

附滅國新論

越南亡命客巢南子述
支那 梁啓超纂
韓國 玄 采譯

世界에公理가何有ᄒᆞ리오、오작強權뿐이라歷史上에國名이千으로數ᄒᆞ든者ㅣ今에ᄂᆞᆫ所餘가數十이오此數十中에도危亡에瀕ᄒᆞᆫ者ㅣ十에七八이오、또此危亡에瀕ᄒᆞᆫ者ㅣ我와隔遠ᄒᆞᆫ國이、아니라、곳雞犬이相聞ᄒᆞᄂᆞᆫ隣國이러니今에此數國이、또安在ᄒᆞ뇨不過數十年來로其社ᄂᆞᆫ屋이、되고宮은瀦를成ᄒᆞ야麥秀ᄒᆞ기漸漸ᄒᆞ고禾黍가油油ᄒᆞ도다近日에越南亡命客巢南子가我의게來ᄒᆞ야其國事狀을言ᄒᆞ미我로ᄒᆞ야곰涕泗가縱橫ᄒᆞ믈不覺ᄒᆞ겟도다然이나我가自哀치、아니ᄒᆞ고他人을哀ᄒᆞᄂᆞᆫ지他人이將且我를哀ᄒᆞᆯ지라惟願我國人은此編을讀ᄒᆞ고自哀心을變ᄒᆞ야自懼心을生ᄒᆞ면國家가其或庶幾ᄒᆞᆯ진저

乙巳九月日飮氷室主人梁啓超識

베트남(월남) 망명객 소남자와 중국인 양계초의 대화를
기록한 책으로, 한국인 현채가 번역했다.

입하고, 양계초가 쓴「일본의 조선」등의 글도 부록으로 덧붙여 독자에게 위기를 절감케 하고 국권 수호 의식을 고취하려 했다.

★ 일제가 두려워한 최초의 금서

국한문본 1종과 순한글본 2종, 총 3종이 동시에 발행될 정도로 인기가 있었던 역사전기물. 프랑스의 식민지가 된 베트남의 정황이 당시 대한제국의 상황과 비슷했기 때문에 지식인은 물론 대중도 큰 관심을 가져서 간행 6개월 만에 재판을 찍고 당시의 교과서인『유년필독』에도 실렸다. 1909년 일본이 출판법을 통해 제일 먼저 금서 조치한 책들 중 한 권이다.

어느날 음빙실주인 양계초가 거실에 혼자 앉아 일본사람
아리가 나가오(有賀長雄) 씨의 만주위임통치론을 읽고 있었다.
갑자기 한 사람이 들어와 책 한 권을 주는데, 그 책 첫 부분에
다음과 같이 쓰여 있었다. "우리들 망명객은 월남 사람인데,
호랑이와 늑대들과 함께 살았다. 내가 눈을 닦고 하늘을 보고
칼을 빼 땅을 치는데, 답답하고 우울한 마음에 살고 싶은 뜻이
없어 죽을 것 같다. 어찌 산 사람의 뜻이 있겠는가."
내가 그 글을 보고 깜짝 놀라 그 사람을 보니 모습은
초췌하지만 훌륭하고 뛰어난 태도가 얼굴에 나타나
보통 사람이 아닌 것을 알 수 있었다.

-『월남망국사』본문 첫 부분

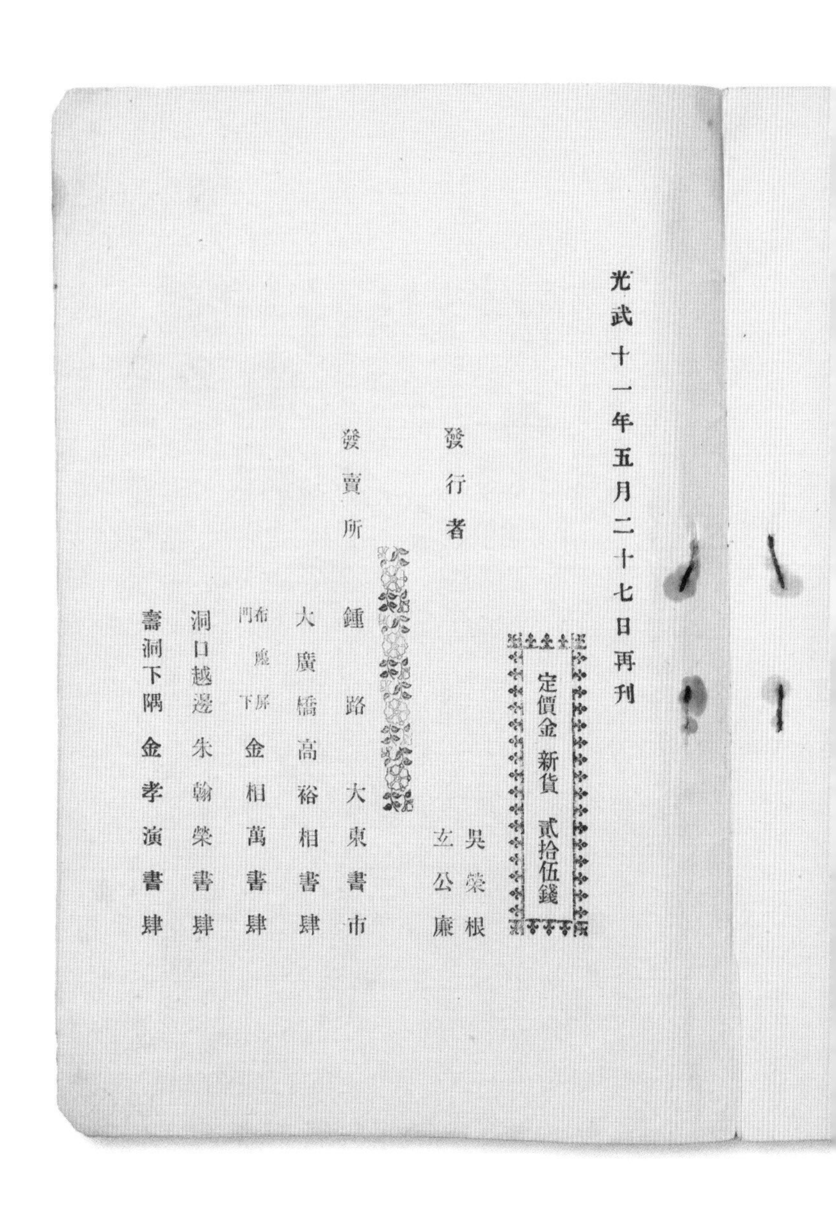
光武十一年五月二十七日再刊

定價金 新貨 貳拾伍錢

發行者 吳榮根
玄公廉

發賣所 鍾路 大東書市
大廣橋 高裕相書肆
布廛屛門下 金相萬書肆
洞口越邊 朱翰榮書肆
壽洞下隅 金孝演書肆

27

현채 역『월남망국사』 판권지.
출판사명 대신 발행자 2명의 이름이 기재되어 있다.
이는 출판업을 하는 개인이 출판을 담당한 것으로,
근대적 출판시스템이 정비되지 않았던 시대 상황을 알 수 있다.
광무(光武)는 대한제국 고종 황제의 연호이다.

단행본 • 황성서적업조합, 1908.

황성서적업조합 단행본 재판, 1908년

금수회의록

안국선

금수의 세상만도 못한 인간세상을 걱정하던 '나'는 꿈속에서 동물의 집회에 참석하게 된다. 여덟 마리의 동물들은 사람들 행위의 옳고 그름과 책임을 논해 인간의 자격이 있는 자와 없는 자를 가려내기 위한 토론을 벌인다.

먼저 까마귀는 효를 주제로 인간의 불효를 비판하고, 여우는 공명정대함을 주제로 인간의 간사와 교활함을 비판한 후 당대 외세를 빌려 동포를 핍박하는 현실과 타국을 무력으로 빼앗는 행위를 비난한다. 개구리는 분수를 주제로 인간의 오만함을 비판하고, 벌은 근면과 정직을 주제로 표리부동한 사람들을 비판한다. 게는 지조와 절개를 주제로 인간의 악행과 부도덕을, 파리는 우애를 주제로 골육상쟁하는 인간을 비판한다. 호랑이는 올바른 정치를 주제로 탐관오리와 잔혹한 인간을 비판하고, 마지막으로 원앙은 부부간 화목을 주제로 문란해진 부부의 윤리를 비판한다.

회의가 폐회된 후, '나'는 인간세상의 모순과 부패에 대한 동물들의 비판에 깊이 공감하고, 하나님 앞에서 인간의 잘못을 회개해야 한다고 생각한다.

★ 구한말을 풍자한 베스트셀러

1909년 출판법에 의해 우리나라에서 최초로 판매 금지된 책. 일본 정치소설인『금수회의인류공격』을 번안한 토론체 소설이다. 개구리, 까마귀, 호랑이 등 다양한 동물이 등장해 구한말 당시의 사회 현실을 풍자하고 비판하는 이 작품은 출판 3개월 만에 재판을 찍을 만큼 인기를 누렸다. 하지만 일본 통감부 정책이나 친일파도 풍자의 대상이었기 때문에 결국 판매 금지를 당하게 되었다.

●취지심문후방송 져작얼에 경시청에셔 금슈회의록을 압슈ᄒᆞ엿다ᄒᆞᆷ은 작보에게재ᄒᆞ엿거니와 다시드른즉 경시청에셔 그칙을 져술ᄒᆞᆫ 안국션씨를 잡아다가 수시간을 가도왓다가 그칙을 져술ᄒᆞᆫ 취지를 심문ᄒᆞᆫ후에 그날밤으로 방송ᄒᆞ고 안씨집에셔 칙을 수석ᄒᆞ야 갓다더라

●셔칙압슈 져작일 하오오시량에 경시청에셔 각분셔에 지휘가 잇던지 각 셔화포에잇ᄂᆞᆫ 금슈회의록을 슈탐ᄒᆞ여갓ᄂᆞᆫᄃᆡ 셔젹계에셔 압슈를당ᄒᆞᆷ은 처음이라ᄒᆞ더라

안국선이『금수회의록』집필 관련하여
경찰에 체포된 사실을 전하는 당시 신문기사.
「대한매일신보」1908년 7월 18~19일.

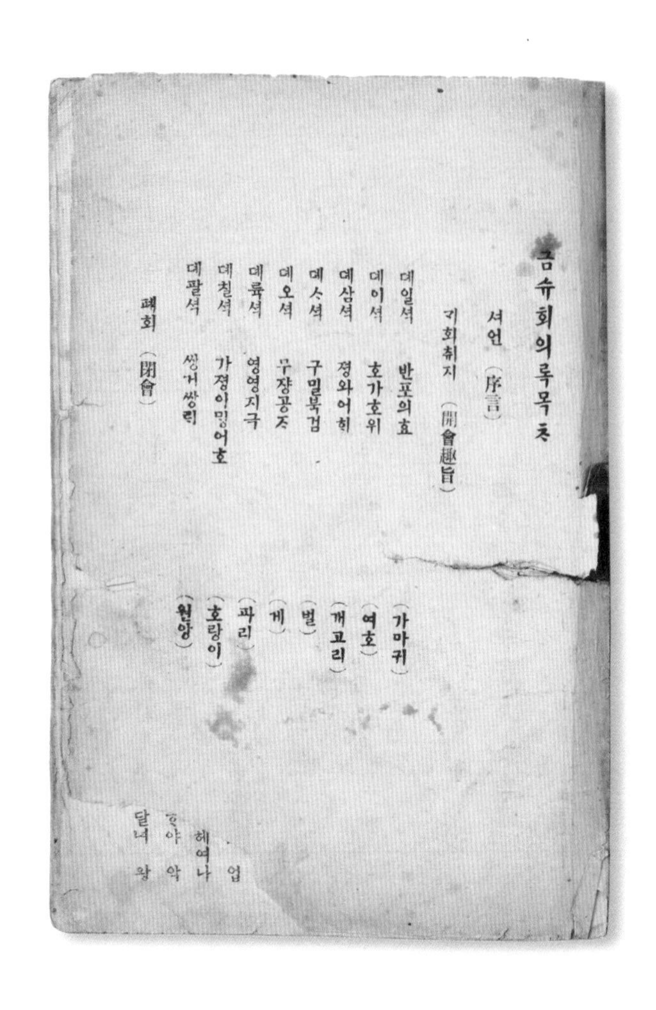
금슈회의록목ᄎᆞ

셔언 (序言)

ᄀᆡ회취지 (開會趣旨)

뎨일셕 반포의효 (가마귀)

뎨이셕 호가호위 (여호)

뎨삼셕 졍와어히 (개고리)

뎨ᄉᆞ셕 구밀복검 (벌)

뎨오셕 무쟝공ᄌᆞ (게)

뎨륙셕 영영지극 (파리)

뎨칠셕 가졍이ᄆᆡᆼ어호 (호랑이)

뎨팔셕 쌍거쌍릭 (원앙)

폐회 (閉會)

『금수회의록』 목차.
개회취지에서 폐회까지로 된 목차를 통해
이 작품이 토론체 소설임을 알 수 있다.

『금수회의록』 서언.
인간 화자가 꿈속에서
금수(동물)만도 못한 인간들을 한탄한 뒤
꿈속에서 동물들의 회의를
목격하게 된다는 내용이다.

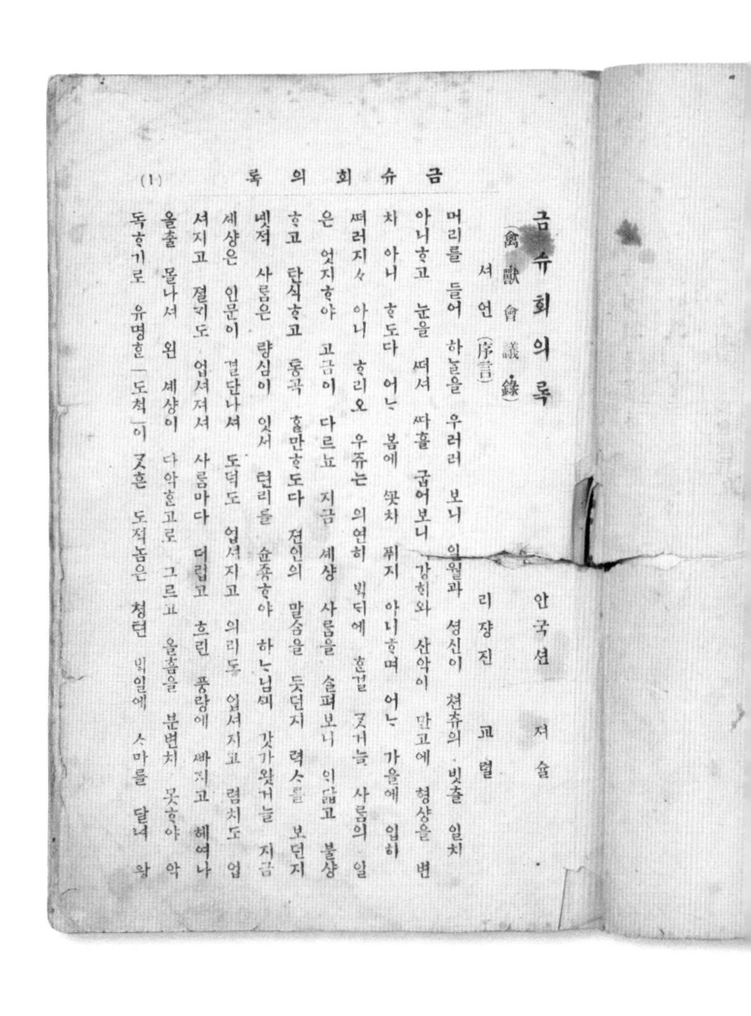
(1) 금슈회의록

금슈회의록
(禽獸會議錄)

서언(序言)

안국션 저술
리장진 교열

머리를 들어 하늘을 우러러 보니 일월과 셩신이 쳔츄의 빗출 일치 아니ᄒᆞ고 눈을 ᄯᅥ셔 ᄯᅡ흘 굽어보니 강히와 산악이 만고에 형상을 변차 아니ᄒᆞ도다 어나 봄에 ᄭᅩᆺ차 픠지 아니ᄒᆞ며 어나 가을에 입히 ᄯᅥ러지ᄉᆞ 아니ᄒᆞ리오 우쥬는 의연히 빅딕에 ᄒᆞᆫ결 ᄀᆞᆺ거늘 사름의 일은 엇지ᄒᆞ야 고금이 다르뇨 지금 셰샹 사름을 슓펴보니 이답고 불샹ᄒᆞ고 탄식ᄒᆞ고 통곡 ᄒᆞᆯ만ᄒᆞ도다 젼인의 말ᄉᆞᆷ을 듯던지 력ᄉᆞ를 보던지 녯젹 사름은 량심이 잇서 텬리를 슌죵ᄒᆞ야 하ᄂᆞ님ᄭᅴ 갓가왓거늘 지금 셰샹은 인문이 결단나셔 도덕도 업셔지고 의리도 업셔지고 렴치도 업셔지고 졀긔도 업셔져셔 사름마다 더럽고 흐린 풍랑에 ᄲᅡ지고 헤여나올출 몰나셔 왼 셰샹이 다악ᄒᆞᆫ고로 그르고 올흠을 분변치 못ᄒᆞ야 악독ᄒᆞᆫ기로 유명ᄒᆞᆫ「도쳑」이 ᄀᆞᆺ흔 도적놈은 쳥텬 빅일에 ᄉᆞ마를 달녀 왕

폐회

여러분 하시는 말씀을 들으니 다 옳으신 말씀이오.
대저 사람이라 하는 동물은 세상에 제일 귀하다 신령하다 하지만,
나는 말하자면, 제일 어리석고 제일 더럽고 제일 괴악하다 하오.
그 행위를 들어 말하자면 한이 없고,
또 시간이 다하였으니 그만 폐회하오."

–『금수회의록』 폐회 중에서

2

긴 이야기 읽기가 대중화되다

일제의 강제병합과 3·1운동을 각각 시대의 출발점으로 삼는 1910년대와 1920년대는 나라가 비록 일제 식민지로 전락했지만, 근대적 '책'의 출판과 문학을 전문으로 하는 작가의 등장, 책을 판매하고 유통시키는 서점과 출판사의 출현이 본격화되는 시대이기도 했다. 이 시기에는 울긋불긋한 표지의 '딱지본'들이 크게 유행했는데, 대개가 주인공들의 뜻하지 않은 이별과 만남, 박해와 고난 등 기구한 운명을 겪는 이야기들이었다. 독자의 눈물샘을 자극하는 이런 소설들을 흔히 '신파'라 했으며, '이수일과 심순애 이야기'로 잘 알려진 『장한몽』과 발간 후 10년 만에 18판을 찍은 『추월색』이 대표적이다. 또한 당시 젊은이들의 연애/사랑이야기와 외국 작품의 번역물도 큰 인기를 끌었는데, 이들은 주로 청년학생들이 열광적으로 탐독했다. 『무정』과 『무궁화』가 청년들의 이상과 연애, 사랑을 그린 작품이고, 『명금』은 할리우드 모험활극 영화를 소설로 옮긴 작품이다. 특히 『무정』은 한국 최초의 창작 장편소설로 일제강점기를 대표하는 스테디셀러로 자리잡는다. 『사랑의 불꽃』은 소설이 아닌 연애편지모음집인데, 그야말로 폭발적인 인기를 얻었던 책으로, 한국 근대문학을 대표하는 최대 베스트셀러 중 하나라고 할 수 있다.

- 최찬식, 『추월색』, 1912
- 조중환, 『장한몽』, 1913
- 이광수, 『무정』, 1917
- 이상협, 『무궁화』, 1918
- 윤병조/송완식, 『명금』, 1920/1921
- 노자영, 『사랑의 불꽃』, 1923

단행본 • 회동서관, 1912.

회동서관 단행본 18판, 1923년

추월색

최찬식

이 시종의 외동딸 정임과 김 승지의 외아들 영창은 어려서부터 부모에 의해 정혼한 사이다. 그러나 김 승지가 평안도 초산 군수로 부임한 후, 민란이 발생하여 김 승지 일가의 행방은 묘연해진다. 정임이 열다섯 살이 되자 이 시종 내외는 다른 혼처를 정해 딸을 혼인시키려 한다. 도리를 저버린 부모의 처사에 반발한 정임은 혼자 집을 떠나 고생 끝에 일본으로 건너간다. 정임은 일본에서 음악을 전공하여 대학을 우수한 성적으로 졸업한다. 조선으로의 귀국을 앞둔 어느 날 정임은 도쿄 우에노 공원에 산책을 나갔다가 강한영과 마주친다. 평소에 정임에게 흑심을 품고 있던 한영은 정임을 추행하려 접근하지만, 정임이 반항하자 그녀를 칼로 찌르고 도망친다. 마침 공원을 지나던 한 남자가 정임을 구하지만, 그는 범인으로 오인받아 체포된다.

사실 그는 다름 아닌 영창이었다. 영창은 부모와 헤어진 뒤 영국인을 따라 영국으로 건너간 후 유학을 마치고 일본으로 왔다가 우연히 정임을 구하게 된 것이다. 마침내 다시 만난 두 사람은 함께 귀국하여 신식 결혼식을 올리고 만주로 신혼여행을 떠난다. 그곳에서 우연히 죽은 줄 알았던 김 승지 부부와 다시 만나게 되면서 헤어졌던 가족이 상봉하게 된다.

★ 매력적 이야기의 전형

회동서관에서만 18판을 찍을 정도로 독자의 사랑을 받은 신소설이다. 20여 년이 지난 1930년대 중후반에도 이태준, 채만식, 이효석 등이 자기 소설 속에서 여러 인물의 입을 빌려 매력적인 '이야기'의 대표작으로 들었을 정도로 명성을 누렸다. 신식(新式) 결혼식, 양복을 입고 떠나는 신혼여행 등 당대 청춘 남녀가 꿈꿨던 서양식 생활상이 그려진 대목을 눈여겨볼 만하다.

츄 월 ᄉᆡᆨ 1

신소설 츄월ᄉᆡᆨ 新小說 秋月色

시름업시 오던 가을비가긋치고 슬々부ᄂᆞᆫ서풍이 ᄊᆞ인구름을 쓰러보니더니 ᄉᆞ리알빗갓흔 하ᄂᆞᆯ에 티끌ᄒᆞᆫ점 업셔지고 교々ᄒᆞᆫ 츄월ᄉᆡᆨ이 텬디에 가득ᄒᆞ니 이ᄯᅢᄂᆞᆫ 사ᄅᆞᆷ사ᄅᆞᆷ마다 공긔신션ᄒᆞᆫ곳에 ᄒᆞᆫ번산보ᄒᆞᆯ ᄉᆡᆼ각이 도저히 나깃더라 ᄇᆞᆰ고밝은 그달빗헤 동경상야공원이 일폭월세계(月世界)를 이루엇스니 놉고나진루티ᄂᆞᆫ 금벽이 찬란ᄒᆞ며 ᄭᅩᆺ그림ᄌᆞ 대그늘은 서로얼켜 바다 갓고 풀ᄭᅩᆺ헤 찬이슬은 낫々치 반작거려 아름다온 야경이 그림갓치 영롱ᄒᆞᆫᄃᆡ 쾌락ᄒᆞ게 노티부르고 오락가락ᄒᆞᄂᆞᆫ 사ᄅᆞᆷ드른 모다 달구경ᄒᆞᄂᆞᆫ 사ᄅᆞᆷ이더니 밤은 어ᄂᆞᄯᅢᄂᆞᆫ 되얏ᄂᆞᆫ지 그만흔사ᄅᆞᆷ드리 하나식 둘식다 헤져가고 적々ᄒᆞᆫ 공원에 월ᄉᆡᆨ만 교결ᄒᆞᆫ대 그월ᄉᆡᆨ안고 불인지 관월교 셕난간에 의지ᄒᆞ야 웃득셧ᄂᆞᆫ ᄉᆞᄅᆞᆷ은 일미청년 녀학ᄉᆡᆼ이더라

그 녀학ᄉᆡᆼ은 나히 열팔구세쯤 된듯ᄒᆞ며 신션ᄒᆞᆫ 조화로 머리를 장식ᄒᆞ고 ᄌᆞ짓빗 하가마를 단정ᄒᆞ게 입엇ᄂᆞᆫᄃᆡ 그온화ᄒᆞᆫ 틔도가 어ᄂᆞ모로 ᄯᅳᆺ어보던지 쳔ᄉᆡᆼ귀인의집 규즁에셔 고이기른 ᄌᆞ근아씨라

그 녀학ᄉᆡᆼ의심즁에ᄂᆞᆫ 무ᄉᆞᆫᄉᆡᆼ각이 그리쳡々ᄒᆞᆫ지 힘업시셔셔 달빗만바라 보ᄂᆞᆫᄃᆡ 그달 졍신을 ᄲᅢᆺ아다가 그 녀학ᄉᆡᆼ의 ᄌᆞ식을 ᄌᆞ랑시키라고 ᄒᆞᆯᄯᅳ시 희고 헌

『추월색』 첫 부분.
일본 도쿄 우에노공원에서 강한영이 주인공 이정임에게 나쁜 마음을 품고 접근하는 장면이다.

연재 • 「매일신보」 1913년 5월 13일 ~ 10월 1일.
단행본 • 상권: 회동서관, 1913.
중권: 유일서관 · 한성서관, 1916.
하권: 조선도서주식회사, 1916.

상: 회동서관 재판, 1919년/
중: 유일서관 3판, 1919년/
하: 조선도서주식회사 4판, 1921년

장한몽

조중환

어려서 부모를 잃은 이수일은 아버지의 친구 심택의 집에서 생활한다. 심택의 딸 심순애와 사랑하는 사이가 된 이수일은 고등학교를 마친 후에 결혼할 것을 서로 약속한다. 그러던 어느 날, 심순애가 이웃집에 놀러갔다가 김중배와 마주치게 된다. 대부호의 아들 김중배는 아름다운 심순애에게 첫눈에 반하여 다이아몬드를 비롯한 물질공세로 그녀를 유혹한다. 허영심과 주변 사람들의 부추김에 의해 심순애는 점점 이수일을 멀리하게 된다. 사정을 알게 된 이수일은 직접 심순애를 달래 보고 화도 냈으나, 심순애는 끝내 그를 배신하고 김중배와 결혼한다. 절망과 분노로 인해 이수일은 고리대금업자 김정연의 서기가 되어 고리대금업에 발을 담그고, 심순애에 대한 복수를 다짐한다.

한편 고리대금업자가 되어 타락한 이수일을 본 심순애는 후회와 번민 속에서 괴로워하다 대동강에 투신한다. 우연히 이수일의 친구인 백낙관이 그녀를 구하게 되고, 백낙관의 설득으로 마음을 돌린 심순애는 이수일에게 용서를 구한다. 실성할 지경에

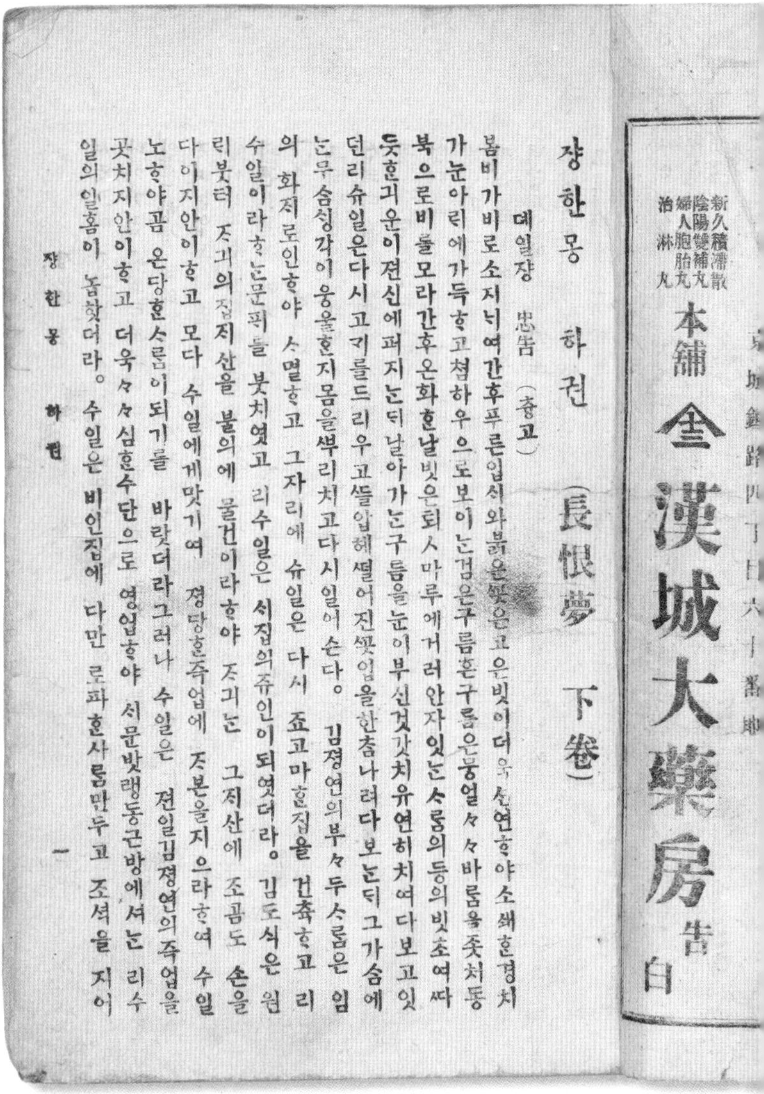

쟝한몽 하권 (長恨夢 下卷)

데일쟝 忠告 (츙고)

봄비가비로소지ᄂᆡ여간후푸른입ᄉᆡ와붉은ᄭᅩᆺ은고은빗이더욱션연ᄒᆞ야소쇄ᄒᆞᆫ경치가눈아리에가득ᄒᆞ고쳠하우으로보이ᄂᆞᆫ검은구름ᄒᆞᆫ구름은뭉얼〻〻바람을좃처동북으로비를모라간후온화ᄒᆞᆫ날빗은퇴ㅅ마루에거러안자잇ᄂᆞᆫᄉᆞ롬의등의빗초여싸듯ᄒᆞᆫ긔운이젼신에퍼지ᄂᆞᆫᄃᆡ날아가ᄂᆞᆫ구름을눈이부신것갓치유연히치여다보고잇던리슈일은다시고ᄀᆡ를드리우고ᄯᅳᆯ압헤ᄯᅥᆯ어진ᄭᅩᆺ입을ᄒᆞᆫ참나려다보ᄂᆞᆫᄃᆡ그가슴에ᄂᆞᆫ무ᄉᆞᆷ싱각이웅울ᄒᆞᆫ지몸을ᄲᅮ리치고다시일어ᄉᆞᆫ다。 김졍연의부〻두ᄉᆞ롬은임의 화지로인ᄒᆞ야 ᄉᆞ멸ᄒᆞ고 그자리에 슈일은 다시 죠고마ᄒᆞᆫ집을 건츅ᄒᆞ고 리수일이라ᄒᆞᄂᆞᆫ문픽를 붓치엿고 리수일은 싀집의쥬인이되엿더라。 김도식은 원ᄅᆡ붓터 ᄌᆞ긔의집지산을 불의에 몰건이라ᄒᆞ야 ᄌᆞ긔ᄂᆞᆫ 그지산에 조곰도 손을다이지안이ᄒᆞ고 모다 수일에게맛기여 졍당ᄒᆞᆫ직업에 ᄌᆞ본을지으라ᄒᆞ여 수일노ᄒᆞ야곰 온당ᄒᆞᆫᄉᆞ롬이되기를 바랏더라그러나 수일은 젼일김졍연의직업을곳치지안이ᄒᆞ고 더욱〻심ᄒᆞᆫ수단으로 영업ᄒᆞ야 셔문밧랭동근방에셔ᄂᆞᆫ 리수일의일홈이 놉핫더라。 수일은 비인집에 다만 로파ᄒᆞᆫᄉᆞ롬만두고 조셕을 지어

일반적으로 연재 종료 후 단행본으로 출간되지만,
『장한몽』은 작품이 한창 연재되는 도중에 단행본 상권이
발행되었다. 작품이 가진 엄청난 인기를 보여주는 것으로,
광복 이전 연재 종료 전 단행본이 출간된 유일한 작품이다.

이르면서까지 용서를 구하는 심순애를 완강하게 거부하던 이수일도 백낙관의 끈질긴 설득으로 마음을 열고 심순애를 용서한 후, 함께 새 출발을 다짐한다.

★ '사랑이냐 돈이냐' 이수일과 심순애 신드롬

장안에 이수일과 심순애 신드롬을 불러일으킨 번안소설이자 우리나라 최초로 삼각관계가 등장한 소설. 신문 연재와 동시에 연극으로 상연되면서 어마어마한 인기를 누렸고 이후 가요, 영화 등으로 계속해서 리메이크되었다. 『장한몽』의 대성공 이후 연애소설에서는 '사랑이냐, 돈이냐'를 중심에 둔 삼각관계 설정이 대유행하게 되었다. 『상록수』로 잘 알려진 작가 심훈은 만 24세에 영화 「장한몽」(1926)에서 이수일을 연기하며 영화배우로 데뷔하기도 했다.

"하고많은 말에 달리라도 좋은 말이 많이 있을 터인데 이 청을 들어주면 학비를 대주어서 토쿄에 유학을 시켜주겠다고 하십니다. 아…… 아…… 아무리 이수일이가 돈 없고 못생기고 무의무탁한 거지자식일망정 계집 판 돈으로 토쿄 유학 갈 생각은 못하겠소." 수일이는 부벽루 기둥에 의지하여 강물을 향하고 울기를 마지아니한다. 순애는 그때야 비로소 수일의 앞으로 가까이 나아가서 손목을 붙들고 얼굴을 들여다보며, "용서하여 주시오. 모든 일은 내가 다 잘못하였으니 용서하여 주시구려."

– 대동강가 이별 장면

1절

대동강변 부벽루하 산보하는
이수일과 심순애 양인이로다
악수논정 하는 것도 오늘뿐이요
보보행진 산보함도 오늘뿐이라

2절

심순애야 심순애야 내년에는
금일금야 이같이 밝은 달빛을
어데서 저 달빛을 보더래도
흐리거든 심순애야 심순애야

3절

금일금야 이 월색을 수일이는
원망하고 있는 줄 알려무나
수십만에 금전은 무엇이더냐
우리 둘의 애정보다 더할 수 있나

이상준, 『증보판 신유행창가』, 삼성사, 1929

「장한몽가」(필사), 일제강점기.

신상옥 각본 · 감독, 「장한몽」 시나리오, 주식회사 신필림 제작, 1969.
영화 제작 전 검열을 위한 시나리오로 당시 검열 흔적이 생생하게 남아 있다.
이 자료는 창작의 자유가 없었던 군사정권하 문화예술의 실태를 말해 준다.

장한몽 (1969)

감독 • **신상옥**
출연 • **신성일, 윤정희, 남궁원**
제작사 • **신필림**

연재 • 「매일신보」 1917년 1월 1일 ~ 6월 14일.
단행본 • 신문관 · 동양서원, 1918.

박문서관 단행본 8판, 1938년

무정

이광수

어려서 부모를 잃고 방랑하던 이형식은 박응진의 보살핌으로 그가 설립한 신학문을 공부하게 된다. 박응진은 형식을 자신의 딸 영채와 맺어 주려 했는데, 그의 집안이 망하면서 형식은 다시 떠돌이 신세가 된다. 어려움 끝에 학교를 마친 형식은 경성학교 영어 교사가 되었고, 현재는 부호 김 장로의 딸 선형에게 영어 개인지도를 하고 있다. 김 장로는 그를 사위로 삼아 딸과 함께 미국 유학을 보내 줄 계획을 가지고 있다. 형식이 미국 유학의 꿈에 부풀어 있을 때, 영채가 그를 찾아온다. 그녀가 아버지를 구하기 위해 기생이 되었다는 사실을 안 형식은 선형에 대한 선망과 영채에 대한 의무감 사이에서 갈등한다.

그러던 어느 날, 경성학교 배 학감이 영채에게 흑심을 품고 겁탈하려는 사건이 발생한다. 영채는 자살할 마음을 먹고 평양으로 떠나고, 형식은 그녀를 뒤쫓지만 결국 행방을 놓치게 된다. 자살을 기도하던 영채는 도쿄 유학생인 병욱을 만나 일본에서 음악과 무용을 공부하기로 마음을 바꾼다. 그리고 형식은 선형

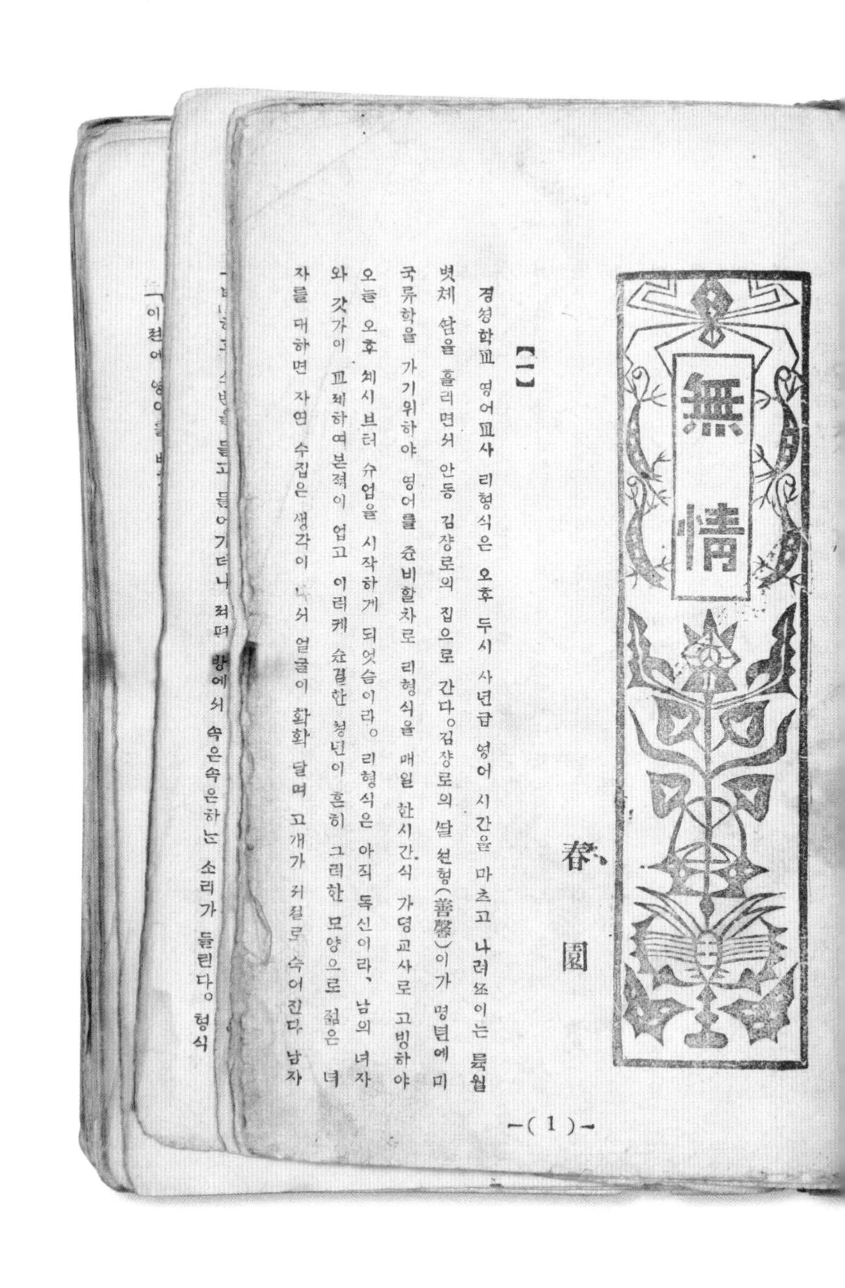

無情

春園

【一】

경셩학교 영어교사 리형식은 오후 두시 사년급 영어 시간을 마초고 나려쪼이는 륙월 볏체 땀을 흘러면서 안동 김쟝로의 집으로 간다。김쟝로의 딸 션형(善馨)이가 명년에 미국류학을 가기위하야 영어를 쥰비할차로 리형식을 매일 한시간식 가뎡교사로 고빙하야 오늘 오후 셰시브터 슈업을 시작하게 되엿슴이라。리형식은 아직 독신이라、남의 녀자와 갓가이 교졔하여본젹이 업고 이러케 슌결한 청년이 흔히 그러한 모양으로 젊은 녀자를 대하면 자연 수집은 생각이 나서 얼굴이 확확 달며 고개가 저절로 숙어진다 남자

—(1)—

『무정』의 첫 장면. 주인공 이형식이 길에서 마주치는 신우선은 소설가 심훈의 형이자 「매일신보」 기자인 심우섭을 모델로 한 인물이다.

과 약혼하여 미국 유학을 떠나기로 결심한다. 형식과 선형, 영채와 병욱은 각자 유학을 떠나던 도중 부산으로 가는 기차 안에서 우연히 마주치게 된다. 갑자기 삼랑진에서 홍수가 나 기차가 멈추자 네 사람은 수재민을 위한 자선공연을 연다. 이를 계기로 네 사람은 유학을 마치고 돌아와 조선의 미래를 위해 함께 힘쓸 것을 다짐한다.

★ 조선 문단 최초의 스타 이광수

명실상부한 한국 최초의 근대 장편소설. 일본에서 유학하고 있던 이광수는 26세의 나이에『무정』을 발표하면서 말 그대로 혜성처럼 조선 문단에 등장했다. 대중 독자는 물론 지식인 독자까지도 모두 열광한 소설로, 1924년에 실린 어느 광고에 의하면 그때까지 "만 부 이상 팔린" 유일한 조선 소설이라고 한다.『무정』이 실린 신문을 읽으려 매일 십 리 길을 걸어서 왕복했다는 독자가 있을 정도였다. 당시 가난한 유학생이었던 이광수는 처음엔 원고료가 한 달 5원이었는데 인기에 힘입어 10원으로 뛰었다고 회고하기도 했다.

무정 (1939)

감독 • **박기채**
출연 • **한은진, 이백수, 김일해**
제작사 • **조선영화주식회사**

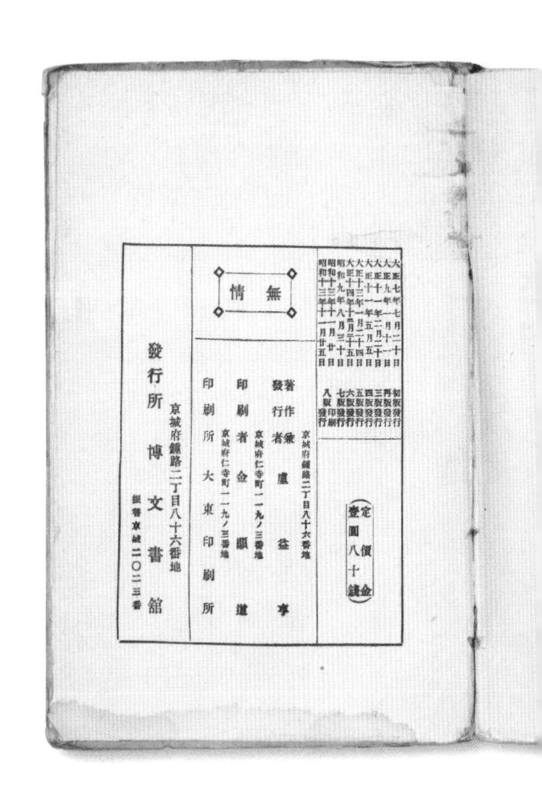

大正七年七月二十日 初版發行
大正九年一月十一日 再版發行
大正十一年二月二十日 三版發行
大正十一年五月五日 四版發行
大正十三年一月二十四日 五版發行
大正十四年十二月二十五日 六版發行
昭和九年八月三十日 七版發行
昭和十三年十一月廿日 八版印刷
昭和十三年十一月廿五日 八版發行

無情

定價金壹圓八十錢

著作兼發行者 盧益亨
京城府鍾路二丁目八十六番地

印刷者 金顯道
京城府仁寺町一一九ノ三番地

印刷所 大東印刷所
京城府仁寺町一一九ノ三番地

發行所 博文書館
京城府鍾路二丁目八十六番地
振替京城二〇二三番

『무정』 8판 판권지.
초판 발행(1918) 이후 20년 동안
총 여덟 차례 찍은 『무정』은 한국 근대문학의
대표적 스테디셀러이기도 하다.

초판에서 8판까지 출간 기록은 다음과 같다.
1918년 7월 20일 초판
1920년 1월 11일 재판
1922년 2월 20일 3판
1922년 5월 5일 4판
1924년 1월 24일 5판
1925년 12월 25일 6판
1934년 8월 30일 7판
1938년 11월 25일 8판

연재 • 「매일신보」 1918년 1월 25일 ~ 7월 27일.
단행본 • 신문관, 1918.

박문서관 단행본 3판, 1928년

무궁화

이상협

김 교리의 외동딸 옥정은 계모 홍 씨의 구박을 받으며 살고 있다. 어느 날 김 교리는 옥정과 심진국을 불러 둘이 결혼하라는 유언을 남기고 죽는다. 심진국은 김 교리의 친구 심 관찰의 아들로, 심 관찰이 죽자 김 교리가 데려와 보살핀 청년이다. 둘은 매일 아침 무궁화가 있는 우물가에서 만나 마음을 키워 간다. 한편 홍 씨는 옥정을 부잣집에 시집 보내 호강할 계책을 세운다. 이를 눈치챈 진국은 결혼 문제로 분란이 일어날 것을 두려워하여 옥정에게 파혼하자는 편지를 남긴 후 서울로 떠난다. 편지를 읽은 옥정은 진국을 쫓아 상경하여 여학교 교사인 신 선생의 집에 기거하게 된다.

한편 진국은 서울에서 학비를 벌기 위해 고생하다 기생 무궁화와 만난다. 절개가 있고 의협심이 강한 무궁화는 진국을 자기 집에 기거하며 공부할 수 있도록 도와준다. 무궁화와 진국이 서로 호감을 느껴 결혼을 약속하는 사이가 되었을 때, 무궁화는 진국에게 정혼녀가 있었다는 사실을 알게 된다. 무궁화와 옥정이 서로 진국을 양보하려 하고, 이에 진국은 두 여자 모두와 관계를 끊으려 갈등하던 중 결국 무궁화가 뜻을 굽히지 않고 진국과 옥정에게 결혼할 것을 강권하며 두 사람을 일본으로 유학 보낸다. 진국과 옥정은 일본에서 우수한 성적을 거두고, 무궁화는 몰래 서울을 떠나 평양에서 혼자 살아간다.

★ 삼각관계와 베스트셀러의 밀월

전례 없는 인기를 구가한 『무정』에서처럼 두 여자와 한 남자로 이루어진 삼각관계가 등장하는 소설. 작가가 연재 도중 병으로 연재를 거르자 독자의 문의와 항의가 있었다고 한다.

大正七年十二月五日 初版發行
大正十三年九月五日 再版發行
昭和三年十月十五日 印刷
昭和三年十月二十日 三版發行

不許複印

定價金一圓三十錢
郵稅十五錢

著作兼發行人 京城府黃金町二丁目二十一番地 崔昌善
印刷人 京城府黃金町二ノ一四八 朴仁煥
印刷所 京城府黃金町二ノ一四八 京城新聞社
發行所 京城府鍾路二丁目八二 振替京城二〇三三番 博文書館
及發賣所 京城府蓬萊町一丁目七七 振替京城二八五三番 新舊書林

『무궁화』 판권지.
초판 발행 후 10년간 3판을 찍을 정도로 많이 읽혔다.

단행본 • 윤병조 역, 신명서림, 1920.
송완식 역, 영창서관, 1921.

윤병조 역(좌), 송완식 역(우) 단행본

명금

윤병조 • 송완식

기치구레는 미국 소설가다. 탐정소설을 의뢰받은 그녀는 우연히 '구레쓰호헨국 북방구 레스톤이라 하는 포석 밑에 막대한 보물이 파묻혔다'고 쓰인 금화 반쪽을 얻은 후, 후레데릭 백작의 부하 로로에게 쫓기게 된다. 금화의 비밀을 밝히기 위해 기치구레는 소왕국 구레쓰호헨국으로 향하고, 로로의 미행을 따돌리려 가짜 금화를 흘린다. 로로는 이 가짜 금화를 가지고 후레데릭 백작을 찾았으나 오히려 도둑으로 몰리자 기치구레의 편에 서게 된다. 기치구레는 미치엘 왕을 만나게 되고, 왕은 그녀를 특사로 예우한다.

그러던 중 구라호겐국의 삿치오 백작의 함정에 빠진 기치구레는 감옥에 갇히게 되고, 이를 알게 된 미치엘 왕은 후레데릭 백작에게 그녀를 구할 것을 명한다. 후레데릭 백작과 로로는 기치구레를 구레쓰호헨국으로 탈출시키다 호겐국 군대에게 쫓기는 처지가 된다. 기치구레의 기지로 후레데릭 백작과 로로는 무사히 귀환한다. 한편 복수를 다짐하던 삿치오 백작은 기치구레와 로로를 다시 납치하고, 미치엘 왕과 후레데릭 백작을 모함하는 서류를 습득하게 된다. 후레데릭 백작은 부하를 보내 기치구레를 수색하게 하였으나, 기선에 실리는 기치구레와 로로를 발견한 부하들은 삿치오 백작의 부하들에게 살해당한다.

★ '명금 놀이' 대유행

미국 유니버설사의 모험활극 무성영화「The Broken Coin」을 번안한 소설. 1915년 제작된 총 50편짜리 활극 영화「The Broken Coin」은 1916년 조선에서「명금」이라는 제목으로 상영되어 큰 인기를 얻었다. 개봉 당시 부산의 행관 극장에서는 100일 간 매주 2편씩 릴레이 상영되었고, 일간지「조선시보」에는 영화 줄거리가 연재되기도 했다. 1920년대에 이 영화 내용을 번안하여 출판한 것이 바로 소설『명금』이다. 마치 황금박쥐 놀이가 유행했던 것처럼 일제시대 어린이들 사이에서는 '명금 놀이'가 대유행했다.

『명금』에 실린 영화「The Broken Coin」의 주인공 사진 및 스틸컷.
「The Broken Coin」은 연속 활극 시리즈로 총 22개의 에피소드로 구성된 영화다.
미국 유니버셜 필름 컴퍼니에서 제작했다.

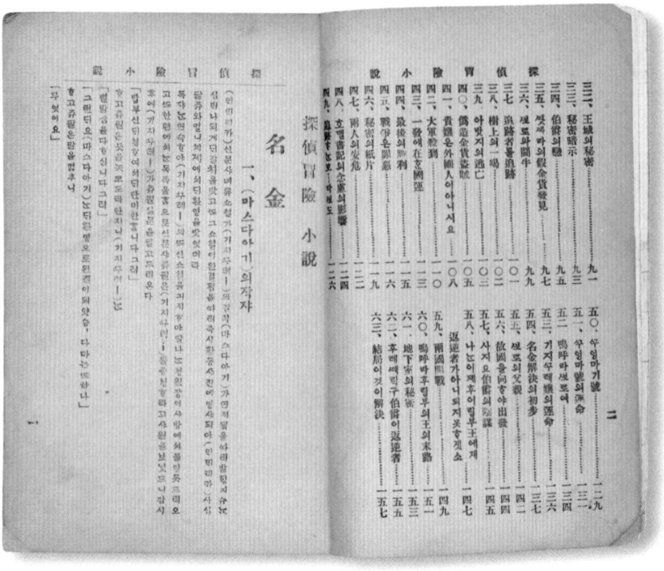

아메리카 신문사 여류소설가 키티 그레이의 걸작『마스다아기』가
연재됨을 따라 발행지수는 열 배나 되게 대갈채를 받고
또 그 소설이 완결됨을 따라 즉시 활동사진으로 영사되어
아메리카 48개 주와 멀리 세계에서 대환영을 받았더라.
독자는 연속하여 키티 그레이의 또 신소설을 게재하여 달라는
청원장이 사방에서 물밀 듯 들어오고 또 한편에서는 독촉을 함으로
신문사 주필은 키티 그레이를 좀 청하려고 사원을 보냈더니
잠시 후에 키티 그레이가 주필실 문을 열고 들어온다.

-『명금』 시작 부분

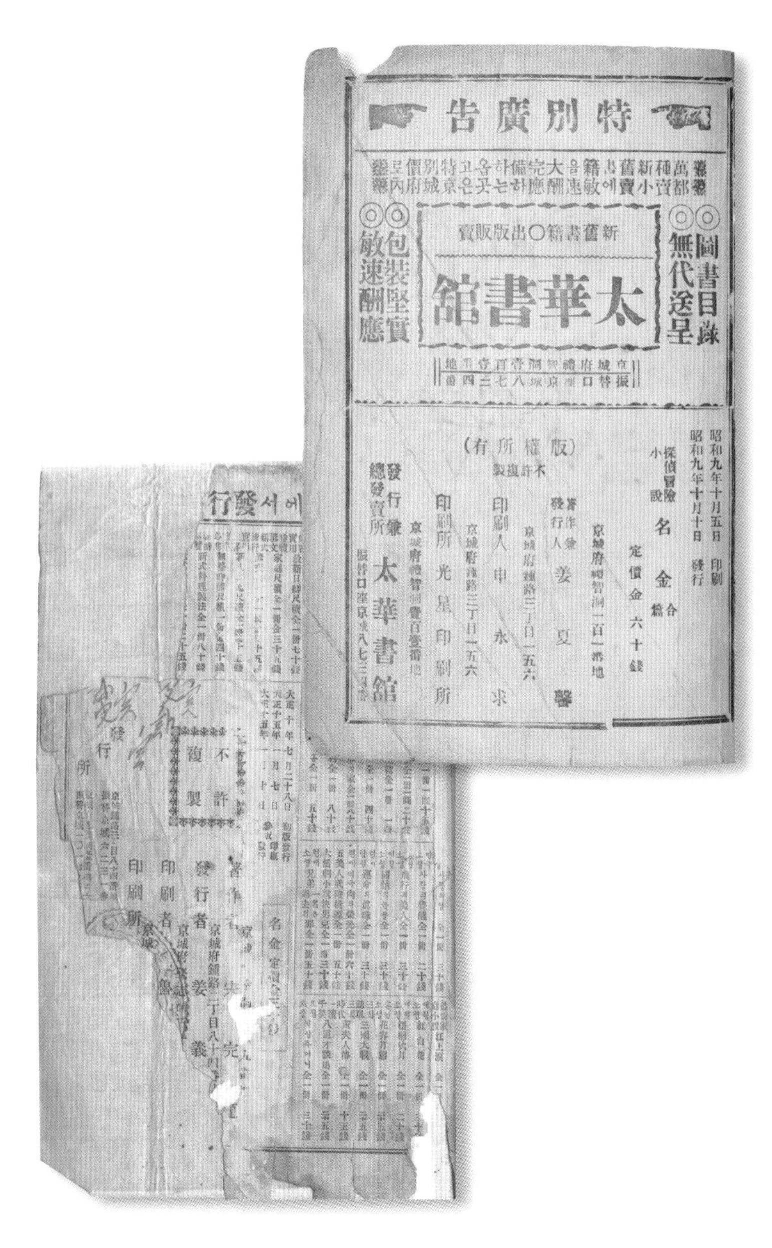

特別廣告

萬種新舊書籍을 大完備하옵고 特別價로
都賣小賣에 敏速應酬하는 곳은 京城府內

◎圖書目錄 無代送呈

新舊書籍○出版販賣

太華書館

◎包裝堅實 敏速酬應

京城府[illegible]洞壹百壹番地
振替口座京城八七三四番

昭和九年十月五日 印刷
昭和九年十月十日 發行

探偵冒險小說 名金 合編

定價金 六十錢

(版權所有)

不許複製

著作兼發行人 姜夏馨
京城府[illegible]洞一百一番地

印刷人 申永求
京城府鍾路三丁目一五六

印刷所 光星印刷所
京城府鍾路三丁目一五六

發行兼總發賣所 太華書館
京城府[illegible]洞壹百壹番地
振替口座京城八七三四番

윤병조 역 『명금』 판권지.
1934년 태화서관에서 다시 찍었다.

송완식 역 『명금』 판권지.
발행한지 5년 만인 1926년에 3판을 찍었을 정도로
인기가 있었음을 알 수 있다.

단행본 • 신민공론사, 1923.

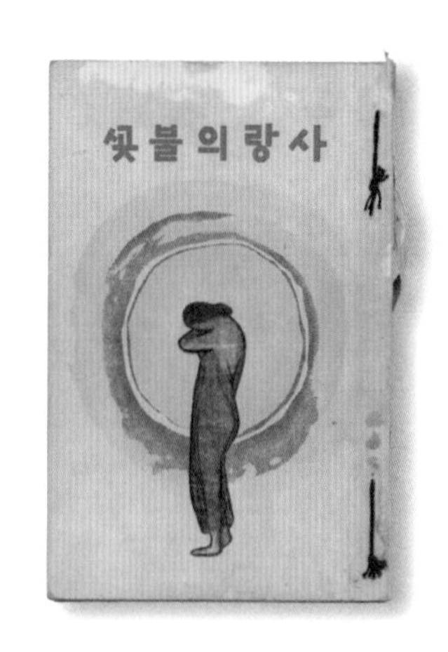

청조사 단행본 4판, 1925년

사랑의 불꽃

노자영

“우리 사회에도 ‘사랑’이라는 말이 많이 유행합니다.”라는 노자영의 말로 『사랑의 불꽃』은 시작한다. 1920년대는 ‘연애의 시대’라고 불릴 만큼 연애에 대한 관심이 폭발했던 시대이다. 이 책은 실제 연애편지를 모아 만든 서간집으로, 음악당, 청년회관, 교회, 극장, 기숙사, 하숙집 등을 배경으로 1920년대 청춘 학생남녀가 펼쳤던 연애의 풍경을 생생하게 엿볼 수 있다. 당시 청춘 남녀에게 사랑과 연애는 사회와 부모의 압력에 맞서 ‘내 마음대로 살고 내 뜻대로 살 수 있는 당당한 사람’이기를 추구하는 수단이기도 했다. 때문에 이들에게 연애는 오늘날보다 훨씬 더 심각하고 격렬하고 유일한 감정으로 느껴졌던 것 같다. “이 진주의 불이 와글와글 내 가슴에 불타오르고, 이 사랑의 샘물이 내 마음에 출렁출렁 넘쳐흐를 때에는 나는 울지 않고는 견딜 수가 없습니다.” “당신과 나와의 연애는 열정의 연애요 정신의 연애요 이해의 연애니까요, 하늘이 변하고 땅이 꺼질지라도 조금도 변하지 아니할 것이외다.” “낙원의 폭신한 잔디밭에서 쫓겨난 이 나의 가련

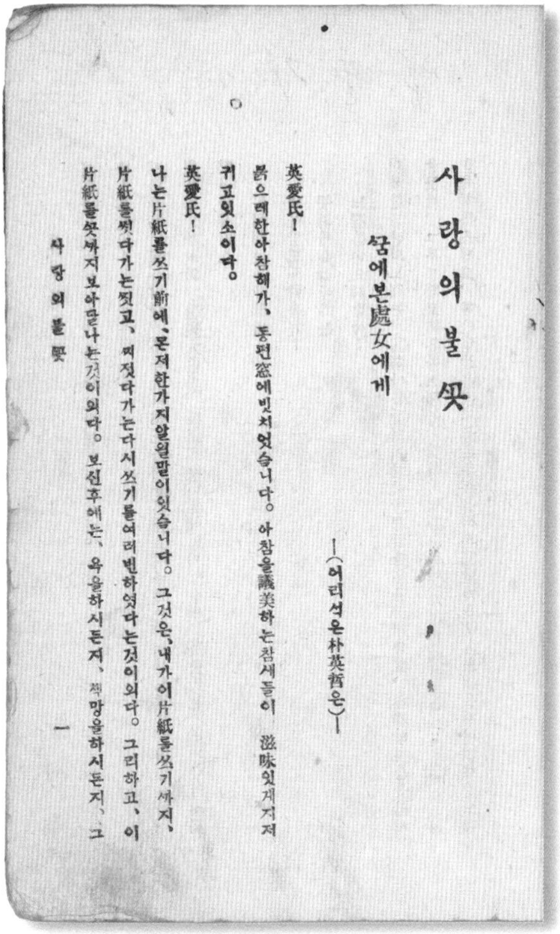

사랑의 불꼿

꿈에본處女에게

—(어리석은朴英哲은)—

英愛氏!

봄으레한아참해가, 동편窓에빗치엇슴니다。 아참을讚美하는참새들이 滋味잇게지저귀고잇소이다。

英愛氏!

나는片紙를쓰기前에, 몬저한가지알욀말이잇슴니다。 그것은, 내가이片紙를쓰기새지, 片紙를썻다가는찟고, 찌젓다가는다시쓰기를여러번하엿다는것이외다。 그리하고, 이片紙를씃새지보아달나는것이외다。 보신후에는, 욕을하시든지, 책망을하시든지, 그

사랑의불꼿 一

『사랑의 불꽃』 첫 번째 편지.
이 책에는 모두 19편의 연애편지가 실려 있다.

한 영을 품어줄 만한 사랑의 보금자리가 또다시 없을 것을 각오하였나이다." 같이 감정이 넘쳐흐르는 절절한 문장들은 오늘날의 감각으로는 좀처럼 쓰기 힘든 것으로 보인다.

★ 연분홍색 연애편지의 시대
노자영이 실제 연애편지를 수집하여 출간한 서간집으로 수천 부씩 날개 돋친 듯 팔리며 베스트셀러에 등극하였다. 특히 여성 독자에게 인기가 많았는데, 한 기자는 경부선 기차에 오른 개성의 여학교 수학여행단이 자리에 앉자마자 일제히 연분홍색 표지의 『사랑의 불꽃』을 꺼내 읽는 풍경을 목격한 경험을 쓰기도 했다. 1930년대 한 책방 주인은 노자영이 '이광수 다음가는 인기 작가'였으며, 그중에도 가장 많이 팔린 것이 『사랑의 불꽃』이라고 회고했다.

사랑은 인생의 꽃이외다. 그리고 인생의 '오아시스'외다.
누가 사랑을 저주하고, 누가 사랑을 싫다 할 리가 있겠습니까?
만약, 사랑을 모르고, 사랑을 등진 사람이 있다 하면,
그 사람처럼 불쌍한 사람은, 세상에 다시없을 것이외다.
우리 사회에도 '사랑'이라는 말이 많이 유행합니다.
더욱이 사랑에 울고, 사랑에 웃는 사람이, 적지 아니한 듯하외다.
이때를 당하여, 진정한 의미의 연애서간집을 발행하는 것도,
결코 무의미한 일이 아닐까 합니다.

–『사랑의 불꽃』 머리말에서

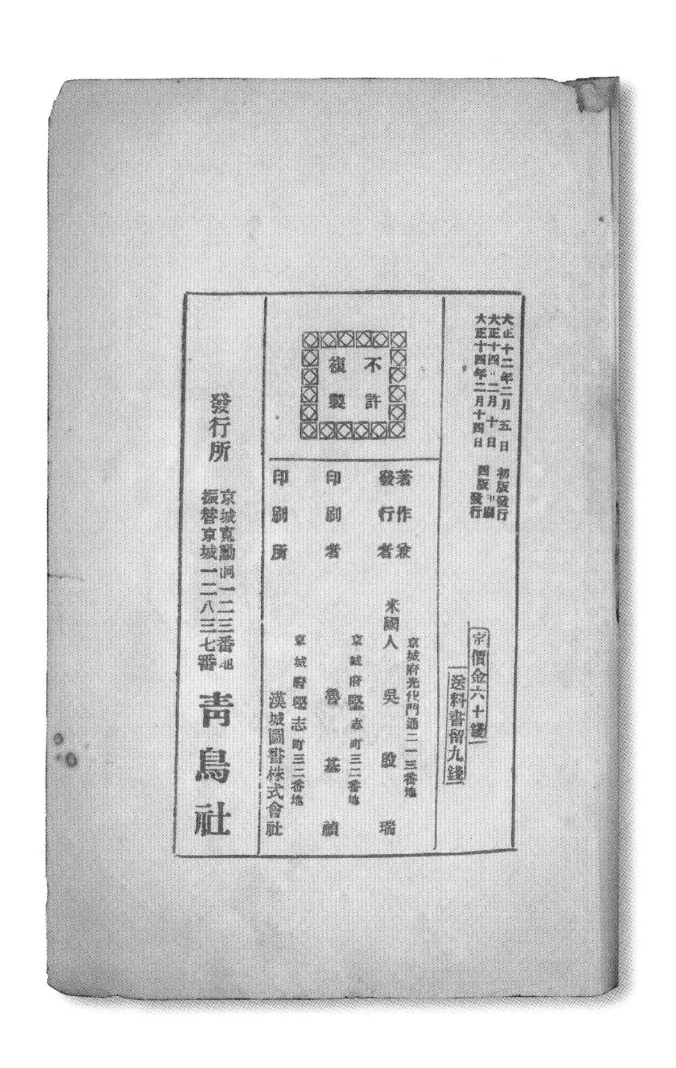
大正十二年二月五日 初版發行
大正十四〃二月十日 〃印刷
大正十四年二月十四日 四版發行

定價金六十錢
送料書留九錢

不許複製

著作兼發行者 京城府光化門通二一三番地 米國人 吳殷瑞
印刷者 京城府堅志町三二番地 魯基禎
印刷所 京城府堅志町三二番地 漢城圖書株式會社

發行所 京城寬勳洞一二三番地 振替京城一二八三七番 靑鳥社

소설은 아니지만, 한국 근대문학을 대표하는 최대 베스트셀러 중 한 권. 1930년대 후반 한 서점 주인의 회고에 의하면, 춘원 작품과 함께 가장 많이 팔린 책으로 기억하고 있을 정도로 엄청난 인기가 있었다.

저작 겸 발행자가 '미국인 오은서'로 되어 있다. 외국인 이름을 쓴 것은 일본인과 외국인이 상대적으로 검열에서 자유로웠기 때문이다.

3 고단한 현실을 견딘 힘이 되다

비록 일제 식민지이긴 했지만, 1930년대는 한국 근대문학이 화려하게 꽃핀 시대였다. 일반 단행본은 물론 다양한 문고본과 전집류도 인기리에 발간되었으며, 사회주의 내용을 가진 작품들까지 잘 읽히는 등 근대 출판시장이 독자적으로 생존할 수 있었고, 또한 동시에 이들 작품들을 사서 읽어 줄 독자층도 안정적으로 자리잡아 갔다. 브나로드운동으로 대표되는 농촌계몽을 주제로 한 이광수의『흙』과 사회주의 시각에서 농촌의 현실을 그린 이기영의『고향』, 육체적 사랑을 초월한 정신적 사랑을 강조한『사랑』은 모두 발간된 지 채 5년도 못 돼 각각 8판과 6판, 9판을 찍었을 정도로 많이 읽혔다. 일제 통치가 점점 흉포화되는 1930년대 후반이 되면 수십 판을 찍는 초대형 베스트셀러가 등장한다. 지고지순한 사랑과 희생을 그린 박계주의『순애보』는 판당 1천부에서 급기야 해방 직전에는 5천부를 발행하는 등 폭발적 인기를 끈 작품이다. '유불란'이라는 한국형 탐정이 활약하는 김내성의『마인』은 1950년대 중반까지 33판을 거듭할 정도로 장안의 지가(紙價)를 높인 탐정소설이다. 당시 독자들은 이런 소설들을 읽으며 점점 극심해지는 일제의 탄압을 견뎠던 것이다.

- 이광수, 『흙』, 1932
- 이기영, 『고향』, 1933
- 김말봉, 『찔레꽃』, 1937
- 이광수, 『사랑』, 1938
- 박계주, 『순애보』, 1939
- 김내성, 『마인』, 1939

연재 • 「동아일보」 1932년 4월 12일 ~ 1933년 7월 10일.
단행본 • 한성도서주식회사, 1933.

한성도서주식회사 단행본 8판, 1938년

흙

이광수

허숭은 경성 윤 참판 집에 기거하며 보성전문학교 법학과에 다니는 고학생이다. 여름방학을 이용해 고향 살여울에 내려간 허숭은 야학을 열고, 마을 처녀 유순에게 호감을 느낀다. 허숭이 졸업하게 되자, 윤 참판은 그에게 딸 정선과 혼인하여 도쿄에 유학할 것을 권한다. 유순에 대한 그리움, 농촌 계몽 운동에의 열정 사이에 갈등하던 허숭은 정선과의 결혼을 결심한다. 그러나 정선은 농촌 계몽 운동에 대한 허숭의 열정에 공감하지 못한다. 허숭이 살여울에서 협동조합을 설립하며 운동의 기초를 닦는 동안, 경성에 남아 있던 정선은 김갑진과 불륜을 저지른다. 이를 눈치챈 허숭은 크게 절망하고 집을 떠난다. 그러나 정선이 임신한 채 허숭이 탄 봉천행 기차에 투신자살을 기도하는 사건이 일어나고, 이로 인해 정선은 한쪽 다리를 절단하게 된다. 정선은 지난 일을 뉘우치며 자신과 아이를 감싸 안은 허숭을 도와 농촌 계몽 운동에 헌신하게 된다.

살여울에서의 농촌 계몽 사업이 우여곡절을 겪던 중, 악덕 지

이광수가 쓴『1932년 하기 한글강습교재요령』.
당시「동아일보」가 펼친 '브나로드'운동의
일환으로 발행된 것이다.

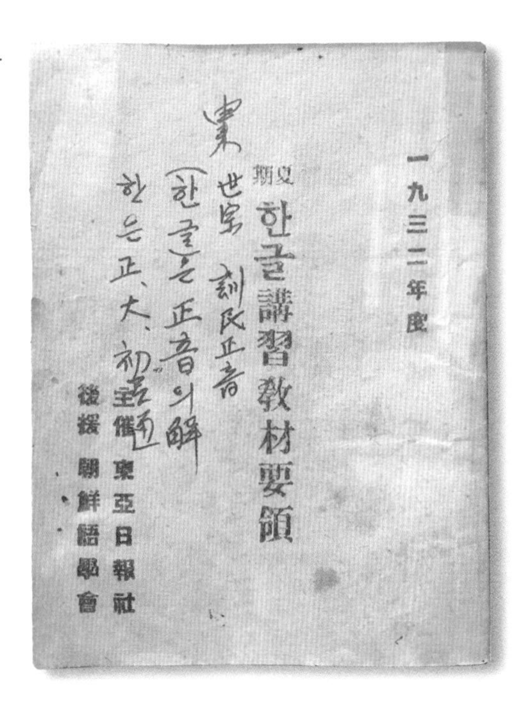

長篇小說
흙
春園 作
靑田 畵

(셋잿권) (四七)

승이 뛰어나간 것은 불현듯 정선을 생각한 까닭이엇다。술

하고 속으로 생각하고는『그럼 어때?』하는 식으로 잊어 버려려하엿다。

『어딜 가세요?』

에 취하고 결에 다른 여자가아른거리더라도 정선이란 생각은 무시로 쿡쿡 가슴을 쑤셧다。

『도모지 이게 무슨 꼴이람』

하고 복도에서 산월이가 승을 따라잡앗다。승은 팔에 매어달리는 산월의 가련한 눈찌를 돌아보앗다。

『흙』 연재본.
삽화가는「동아일보」전속화가인 청전 이상범이다.
청전은 1936년 일장기 말소사건으로 고초를 겪기도 했다.
『흙』은1933년 초판 발행 이후 5년 만인 1938년 8판을
찍었는데, 춘원의 또 다른 대표작『무정』도 같은 해 8판을
찍었다. 일제강점기 작가 중 8판을 찍은 작품을 복수로
가진 작가는 춘원이 유일하다.

주인 유산장의 아들 정근이 살여울로 돌아와 그를 괴롭히게 된다. 정근은 허숭과 유순이 간통했다는 모함을 했는데, 이로 인해 유순은 남편에게 구타당하여 죽게 되고 허숭은 투옥되는 처지가 된다. 그러나 개과천선한 정근이 허숭을 찾아 사죄하고, 허숭은 결국 농촌 계몽 운동의 성과를 일군다.

★ 베스트셀러에서 인기 영화로

이광수가 「동아일보」 편집국장 시절 일어난 농촌 혁신 운동인 '브나로드' 운동을 모티프로 연재한 소설이다. 연재 당시부터 폭발적 반응을 얻었고, 1980년대까지도 베스트셀러 목록에서 내려가지 않았다. 1960년대와 1970년대에 세 차례나 거푸 영화화되었는데, 1960년대 한국영화의 황금기를 이끈 영화배우 김진규는 1960년과 1967년 각각 제작된 영화 「흙」에서 모두 주인공 허숭 역을 맡았다. 은막의 스타인 문정숙, 김지미 등이 여주인공 윤정선으로 열연했다.

흙(1960)

감독 • **권영순**
출연 • **김진규, 문정숙, 조미령**
제작사 • **중앙문화영화사**

흙(1978)

감독 • **김기영**
출연 • **이화시, 김정철, 염복순**
제작사 • **동아수출공사**

製作 成東鎬 企劃 權寧純
撮影 李成
照明 高海
美術 林明
音楽 金聖
製作部長 金湘
흙
中央文化映画株式会社

■製作 李于錫
Produced by
LEE WOO SUK
●巨匠金綺泳演出作品
Directed by
KIM KI YOUNG
原作 李光洙
'흙'
「SOIL」
■宿願의 李光洙 代表作 『흙』의 完全映画化!
〈2時間余의 長篇超特作〉
*靑春男女의 性道徳의 理念을 追究한 世紀의 名作!
이 김 염 김 박 박 남 권 김
화 정 복 추 정 성 미 원
시 철 순 련 암 자 훈 혜 섭
(株)東亜輸出公司 作品
DONG-A EXPORTS CO., LTD.

연재 • 「조선일보」 1933년 11월 15일 ~ 1934년 9월 21일.
단행본 • 상권: 한성도서주식회사, 1936.
하권: 한성도서주식회사, 1937.

한성도서주식회사 단행본, 6판/4판, 1939년

고향

이기영

도쿄에서 유학하던 김희준은 공부를 포기하고 고향 원터 마을로 돌아온다. 자신이 떠난 사이 마을에는 철도와 공장이 들어섰으나 사람들은 여전히 가난에 허덕이고 있었다. 희준은 소작인으로 농사를 지으면서 농민 계몽 활동을 펼쳐 마을의 지도자적 위치에 서게 된다. 희준을 중심으로 뭉친 소작인들은 마름 안승학과 갈등을 빚는다.

한편 서울에서 여자고보에 다니던 승학의 딸 갑숙은 귀향했다가 희준을 보고 호감을 느낀다. 이 와중에 승학은 경호가 상필의 친자가 아니라는 사실을 알아내고 상필을 협박해 돈을 뜯어내려한다. 아버지에게 반감을 품은 갑숙은 가출하여 '옥희'라는 가명으로 제사공장 직공이 되고, 경호도 가출하여 생부를 찾고 공장 사무원으로 취직하여 재회하고 약혼한다.

한편 풍년임에도 가난에서 벗어날 수 없는 농민들은 소작료 감면을 요구하는 소작쟁의를 벌여 승학과 대립한다. 이때 제사공장에서도 옥희를 중심으로 노동쟁의가 벌어지고, 희준은 그녀

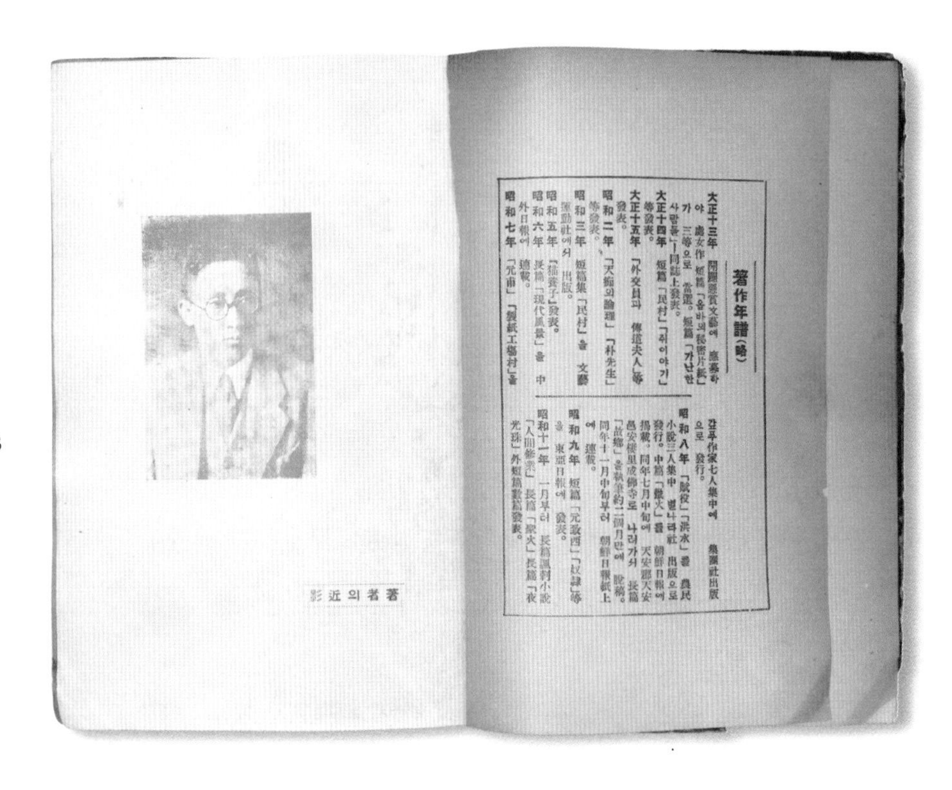

著作年譜(略)

大正十三年 開闢懸賞文藝에 應募하야 處女作 短篇「옵바의秘密片紙」가 三等으로 當選。短篇「가난한 사람들」ー同誌上發表。

大正十四年 短篇「民村」「쥐이야기」等發表。

大正十五年「外交員과 傳道夫人」等發表。

昭和二年「天痴의論理」「朴先生」等發表。

昭和三年 短篇集「民村」을 文藝運動社에서 出版。

昭和五年「猫養子」發表。

昭和六年 長篇「現代風景」을 中外日報에 連載。

昭和七年「元甫」「製紙工場村」을 갑푸作家七人集中에 集團社出版으로 發行。

昭和八年「賦役」「洪水」를 農民小說三人集中 별나라社 出版으로 發行。中篇「鼠火」를 朝鮮日報에 揭載。同年七月中旬에 天安郡天安邑安棲里成佛寺로 나려가서 長篇「故鄕」을 執筆約二個月만에 脫稿。同年十一月中旬부터 朝鮮日報紙上에 連載。

昭和九年 短篇「元致西」「奴隷」等을 東亞日報에 發表。

昭和十一年 一月부터 長篇諷刺小說「人間修業」長篇「[illegible]」長篇「夜光珠」外短篇數篇發表。

일제강점기 최대 출판사 중 하나였던 한성도서주식회사에서
'현대조선장편소설전집'(전10책)의 1-2권으로 발행되었다.
하드커버에 케이스까지 있었던 호화 양장본으로 가격이 상당했고,
남녀의 연애와 사랑이 아닌 사회주의적 내용을 가진
작품이었음에도 6판(상)과 4판(하)(1939년 기준)을 찍었을
정도로 독자들의 사랑을 받았다.

를 돕는다. 노동쟁의에 성공한 옥희는 원터의 소작쟁의를 후원하고, 승학을 꺾을 계책도 알려준다. 옥희의 말에 따라 희준은 승학의 약점을 이용하여 소작인들의 요구를 관철시킨다.

★ 한 편의 작품 두 명의 작가

이기영은 조선프롤레타리아예술가동맹(KAPF)에서 활약했던 가장 중요한 작가 중 한 명이다. 그는 어느 절에 틀어박혀 40여 일 만에 2천 장에 이르는『고향』의 초고를 썼다고 한다. 그러나 검열을 견디며『고향』을 연재하던 도중 이기영은 '신건설사 사건'에 휘말려 16개월 징역을 선고받게 된다. 김기진의 회고에 의하면 이기영은 자신이 붙잡혀 가면 대신『고향』을 집필하고 원고료는 자기 집에 보내달라고 부탁했다고 한다. 김기진은『고향』후반부를 자신이 집필했으며, 단행본 출판 때에도 이기영이 이를 고치지 않았다고 회고했다.

마을 사람들은 오늘도 논으로 밭으로 헤어졌다.
오후의 태양은 오히려 불비를 퍼붓는 듯이 뜨거운데 이따금
바람이 솔솔 분대야 그것은 화염을 부채질하는 것뿐이었다.
숨이 콱콱 막힌다. 논꼬에 고인 물이 부글부글 끓어오른다.
텀벙 뛰어드는 개구리는 두 다리를 쭉 뻗고 뻐드러진다.
그놈은 비스감치 자빠지면서 입을 딱딱 벌렸다.

–『고향』첫 부분

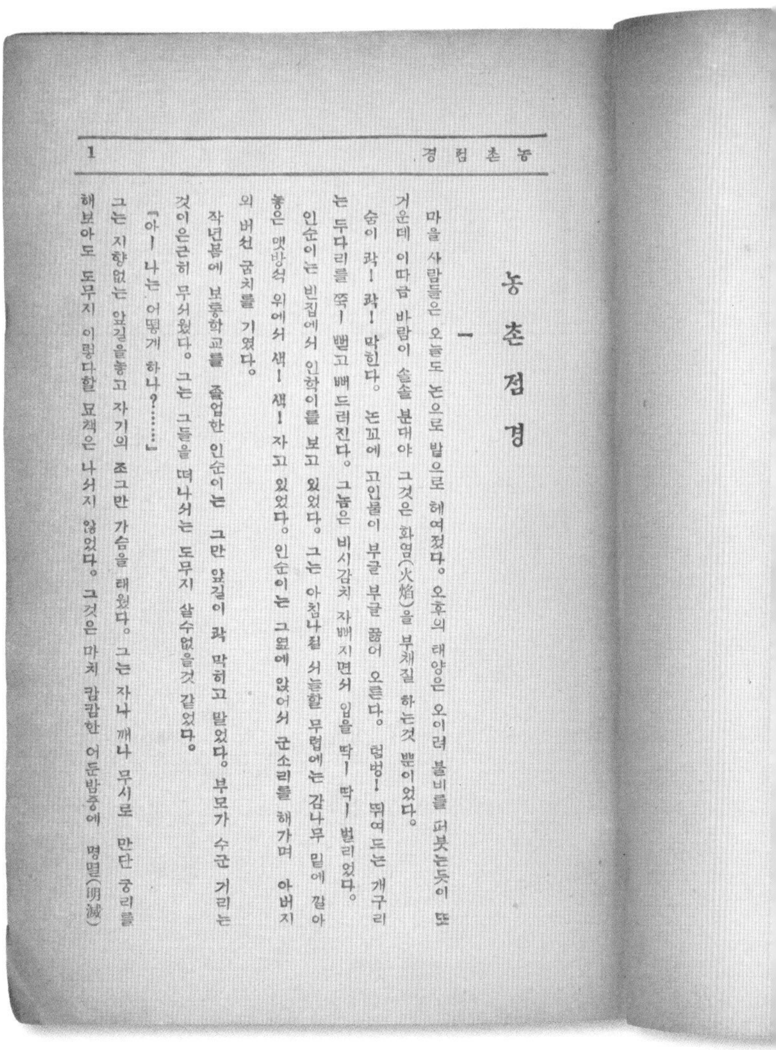

농촌점경

一

마을 사람들은 오늘도 논으로 밭으로 헤여젔다。오후의 태양은 오이려 불비를 퍼붓는듯이 또거운데 이따금 바람이 솔솔 분대야 그것은 화염(火焰)을 부채질 하는것 뿐이었다。

숨이 콱! 콱! 막힌다。논꼬에 고인물이 부글 부글 끓어 오른다。텀벙! 뛰여드는 개구리는 두다리를 쭉! 뻗고 뻐드러진다。그놈은 비시감치 자빠지면서 입을 딱! 딱! 벌리었다。

인순이는 빈집에서 인학이를 보고 있었다。그는 아침나절 서늘할 무렵에는 감나무 밑에 깔아놓은 맷방석 위에서 색! 색! 자고 있었다。인순이는 그옆에 앉어서 군소리를 해가며 아버지의 버선 굼치를 기였다。

작년봄에 보통학교를 졸업한 인순이는 그만 앞길이 콱 막히고 말었다。부모가 수군 거리는것이은근히 무서웠다。그는 그들을 떠나서는 도무지 살수없을것 같었다。

『아! 나는 어떻게 하나?……』

그는 지향없는 앞길을 놓고 자기의 조그만 가슴을 태웠다。그는 자나 깨나 무시로 만단 궁리를 해보아도 도무지 이렇다할 묘책은 나서지 않었다。그것은 마치 캄캄한 어둔밤중에 명멸(明滅)

민촌은 또한 우리가 살고 있는 이 시대와 우리가 영위하고 있는 생활을 구현하기에 적절한 감수성과 감상력과 어휘를 가지고 있는 작가다. 그의 말은 결코 아름다운 말이 못되는 대신 건실하고 힘차다. 만들어진 말이 아니라 토해진 말이다. 감정을 표현한 말이 아니라 감정이 그대로 말로 화(化)해서 독자에게 절규한다.

– 이무영, '북 리뷰', 「동아일보」 1937년 8월 3일.

연재 • 「조선일보」 1937년 3월 31일 ~ 10월 3일.
단행본 • 인문사, 1939.

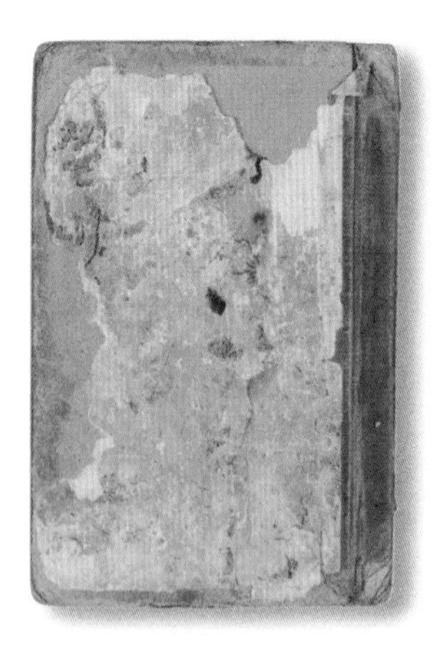

합동사서점 단행본 7판, 1948년

찔레꽃

김말봉

지적이고 아름다운 안정순과 호청년 이민수는 결혼을 약속한 사이이다. 가세가 기울자 정순은 은행장 조만호의 집에 가정교사로 들어간다. 정순에게 반한 만호는 그녀를 차지하려 하지만, 정순은 이를 밀어낸다. 한편 민수는 아버지가 만호의 은행에 땅을 저당 잡힌 사실을 알고 경매를 연기해 달라는 부탁을 하러 온다. 이 사실을 안 정순도 만호에게 민수를 도와 달라고 사정하는데, 민수와의 사이를 묻는 만호의 질문에 외사촌이라 거짓말을 해 버린다. 이후 정순을 마음에 두고 있던 만호의 아들 경구까지도 정순에게 적극적으로 구애한다. 한편 만호의 딸 경애는 민수에게 애정을 느끼고 그에 대한 마음을 밝히는데, 민수는 정순과의 관계를 밝히지 않고 어정쩡한 태도를 보인다. 민수는 경애가 옮기는 말만 듣고 정순과 경구의 사이를 의심하기 시작한다.

한편 상처(喪妻)한 만호는 정순을 후처로 들이고자 침모에게 중매를 부탁한다. 그러나 평소 만호의 후처 자리를 탐내던 침모는 자신의 딸 영자를 정순으로 속여 만호와 동침시킨다. 민수는 이 내막을 알지 못한 채 만호와 정순이 동침했다는 소문만 듣고 정순을 증오하며 경애와 약혼한다. 만호와 결혼을 약속했던 또 다른 인물인 기생 옥란 역시 이 사실에 분노하다가 만호의 방에 숨어들어 정순으로 위장하고 있던 영자를 칼로 찌르고 자수한다.

영자의 죽음으로 정순의 결백이 밝혀지고, 민수는 경애와 파혼을 선언하며 용서를 구하지만 정순은 끝내 민수를 받아들이지 않는다.

★ "『찔레꽃』 연재를 중단하라"

신예작가였던 김말봉을 당대 최고의 인기 작가로 등극시킨 작품이다. 연재 당시 타 신문사에서 『찔레꽃』의 연재 중단을 종용했을 만큼 인기가 있었다고 한다. 소설의 제목은 1936년 죽은 작가의 남편 전상범이 평소 즐겨 불렀던 가곡 「찔레꽃」에서 따온 것이라 한다.

長篇小說
찔레꽃 (4)
金末峰 作
金熊超 畫
여서재의여자(四)

金末峰 著
長篇戀愛小說
찔레꽃
지금 家庭이나 街頭나 모든 休息所에는 『찔레꽃』의 이야기가 潮水처럼 澎湃하다
京城府 光化門通 光化門ビル
振替 京城 二八六三三, 電話 二六四四
人文社
-「동아일보」 1938년 11월 3일 1면 광고.

단행본 • 전편: 박문서관, 1938.
후편: 박문서관, 1939.

박문서관 단행본(전편) 4판, 1939년

사랑

이광수

종교적 신념이 강하고 순수한 스물세 살 청년 석순옥은 여학교의 선생이다. 순옥은 어릴 적 읽었던 의사 안빈의 글을 읽고 감명받았던 기억을 떠올리며 그의 곁에서 간호부로 일한다. 안빈은 순옥에게 잠시 연정을 품지만, 안빈을 존경하는 순옥의 헌신과 희생에 고마워하며 연구에 더욱 매진하여 성과를 거둔다. 순옥은 안빈의 아내가 병들자 그의 아이들을 보살피면서까지 안빈을 돕는다.

몇 년 후 안빈의 아내가 죽었지만, 순옥은 고민 끝에 오랫동안 자신을 사랑해 온 시인 허영과의 결혼을 결심한다. 청혼하던 때와 달리 허영은 방탕한 생활을 일삼고, 얼마 후 순옥은 그가 다른 여자와 결혼하여 아이가 있고 양육비까지 보내고 있었다는 사실을 알게 된다. 이후 의사가 된 순옥은 허영과 그의 아들까지 부양하며 힘이 들 때마다 안빈을 찾아가 도움을 청하고, 안빈은 그녀에게 자비를 베풀라며 위로한다. 허영은 순옥과 안빈의 순수한 관계를 이해하지 못하고 끝까지 의심하다가 연길에서 사망한다. 허영이 죽은 후 순옥은 안빈의 곁에서 안정을 찾는다.

▲사랑(前編) 李光洙 著. 現代傑作長篇小說全集 第一回 配本. 定價 一圓 伍十錢. 京城 鍾路 二丁目 八十六番地. 博文書館 發行. 振替口座 京城 二〇二番.

▲사랑(後編) 李光洙 著. 定價 一圓 伍十錢. 內容…떠나는 길, 첫날밤, 수난, 사랑의 길, 사랑에는 한이 없다 等 總 伍百餘頁. 博文書館 發行. 振替口座 京城 二〇二三番.

– '신간소개', 「동아일보」 1938년 11월 8일, 1939년 3월 14일.

★ 일본어판으로 수출한 이광수의 역작

이광수의 『사랑』은 높은 판매부수를 기록했을 뿐 아니라 문단에서도 큰 호응을 얻은 작품이다. 출간 1년 후에는 일본의 모던일본사(モダン日本社)에서 『愛』라는 제목으로 번역되기도 했다. 이 작품을 쓸 때 이광수는 수양동우회 사건으로 옥고를 겪고 나와 병상에 누워 있는 상태였는데, 글을 쓸 기력이 없어 문하생 박정호에게 대필을 시켰다고 한다.

나는 사람이 평등되지 아니함을 믿는다. 지력으로나
의지력으로나 체력으로나 다 천차만별이 있지마는 그중에도
'옳은 것', '아름다운 것'을 아는 힘, 느끼는 힘에 있어서
더욱 그러함을 믿는다. 그리고 나는 이것을 슬퍼하지 아니한다.
도리어 사람의 이 차별이야말로, 무한한 향상과 진화를
약속하는 것이니, 벌레가 향상하기를 힘써 부처님이 될 수 있음을
믿을 수 있는 것이다. 그러기에 나같이 더럽고 어리석은 중생도
부처님의 완전을 바라는 기쁜 희망으로 이 고달픈 인생의 길을
걸어갈 수가 있는 것이다.

– 『사랑』 서문

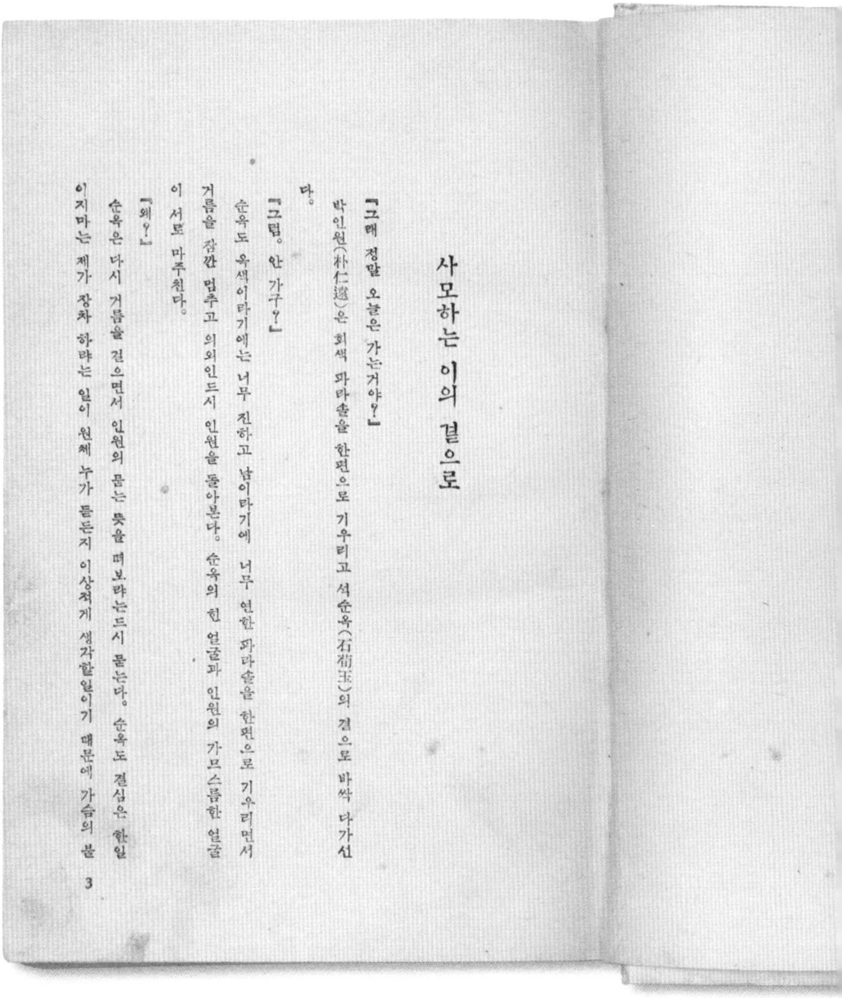

사모하는 이의 곁으로

『그래 정말 오늘은 가는거야?』

박인원(朴仁遠)은 회색 파라솔을 한편으로 기우리고 석순옥(石荀玉)의 곁으로 바싹 다가선다。

『그럼。안 가구?』

순옥도 옥색이라기에는 너무 진하고 남이라기에 너무 연한 파라솔을 한편으로 기우리면서 거름을 잠깐 멈추고 의외인드시 인원을 돌아본다。순옥의 흰 얼굴과 인원의 가므스름한 얼굴이 서로 마주친다。

『왜?』

순옥은 다시 거름을 걸으면서 인원의 묻는 뜻을 떠보랴는드시 묻는다。순옥도 결심은 한일이지마는 제가 장차 하랴는 일이 원체 누가 듣든지 이상적게 생각할일이기 때문에 가슴의 불

3

『사랑』은 이광수가 신문이나 잡지의 연재를 거치지 않고
처음으로 단행본으로 출판한 전작 장편소설이다.
춘원은 그 서문에서 연재와 관련된 여러 제한에 구애되지 않고 쓴 작품이자
자신의 인생관을 솔직히 토로한 작품임을 고백하고 있다.

연재 • 「매일신보」 1939년 1월 2일 ~ 6월 17일.
단행본 • 매일신보사, 1939.

박문출판사 단행본(하권) 50판, 1949년

순애보

박계주

부모를 잃은 최문선은 원산으로 와 김영호의 집에 의탁하게 된다. 원산 송도원해수욕장에서 문선은 우연히 물에 빠진 인순을 구하고, 인순은 그를 흠모하게 된다. 그러나 문선은 어릴 적 좋아했던 윤명희와 만나 가까워진다. 명희 오빠 명근의 청에 의해 사회사업을 도울 겸 다시 상경한 문선은 야학에서 의기(義妓) 계월향에 관한 이야기를 읽어 주었다가 10개월의 옥고를 치르게 된다.

명희 못지않게 인순도 지성으로 문선의 옥바라지를 하지만, 문선은 고심하면서도 명희와 더욱 가까워진다. 그러나 그는 출옥 뒤 인순의 간청에 못 이겨 그녀를 방문하러 가다 괴한에게 눈을 맞아 실명한다. 괴한은 인순을 강간하려다 실패하자 살해하고 도망치던 중이었다. 그러나 문선이 강간살해범으로 오인받아 법정에 서게 된다. 다행히 진범이 자수하여 누명을 벗은 문선은 함경도에서 과수원을 하는 친구에게 가 몸을 의탁한다. 한편 백방으로 문선의 행방을 찾던 명희는 우여곡절 끝에 그를 찾아

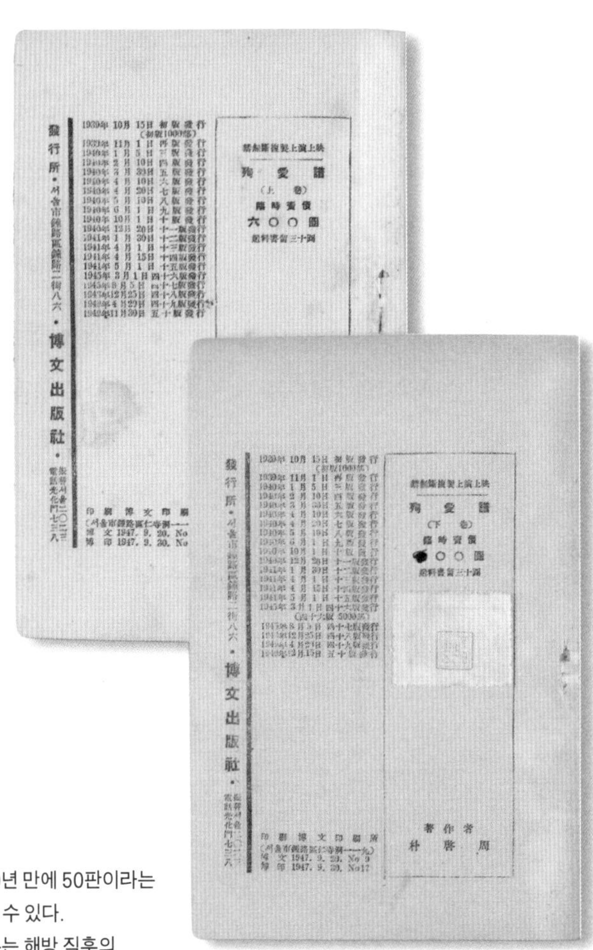

1939년 초판 발행 후 10년 만에 50판이라는
대단한 판매량을 확인할 수 있다.
더구나 10년간의 후반부는 해방 직후의
극심한 혼란기였다는 점에서,
사회적 혼란에 아랑곳하지 않는
『순애보』의 인기를 확인할 수 있다.

1939년 10월 15일 초판 (초판 1,000부 발행)
1939년 11월 1일 재판
1940년 1월 5일 3판
1940년 2월 10일 4판
1940년 3월 30일 5판
1940년 4월 10일 6판
1940년 4월 20일 7판
1940년 5월 10일 8판
1940년 6월 1일 9판
1940년 10월 1일 10판
1940년 12월 20일 11판
1941년 1월 30일 12판
1941년 4월 1일 13판
1941년 4월 15일 14판
1941년 5월 1일 15판
1945년 3월 1일 46판 (46판 5,000부 발행)
1945년 8월 5일 47판
1948년 12월 25일 48판
1949년 4월 20일 49판

와 재회하고 결혼한다. 명희의 보살핌을 받으며 문선은 '순애보'라는 소설을 신문에 연재한다.

★ 연재소설의 인기는 신문의 인기로

박계주가 박진(朴進)이라는 필명으로 응모해서 1938년 「매일신보」 특별현상소설 공모에 당선되었다. 연재 당시 「매일신보」 구독률이 두 배에 가깝게 뛸 정도로 큰 인기를 누린 소설이다. 1941년에는 연극으로 상연되고 1957년에는 영화로 제작되었다. 1956년 「자유부인」을 감독하여 크게 인기를 얻었던 한형모가 영화 「순애보」를 감독했다. 큰 키에 글래머러스한 체형을 가져 한국의 '브리짓 바르도'라고 불렸던 이빈화를 스타덤에 올린 영화가 바로 「순애보」다.

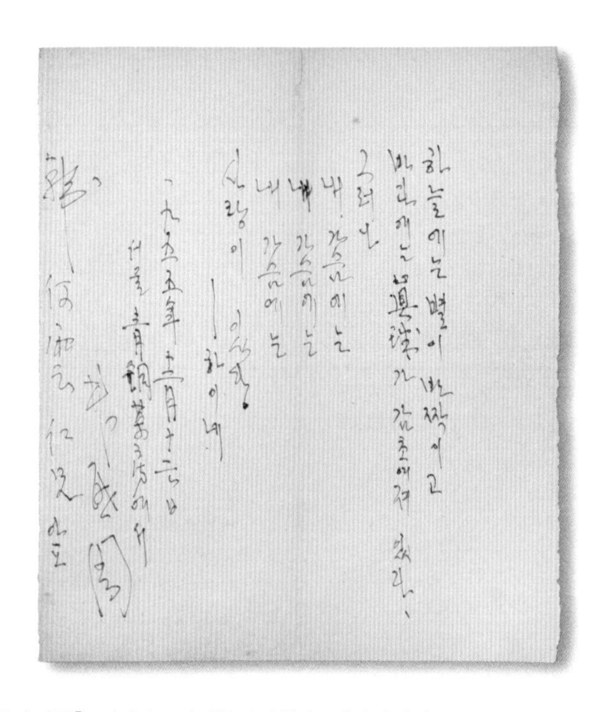
하늘에는 별이 반짝이고
바다에는 眞珠가 감추어져 있다,
그러나
내 가슴에는
내 가슴에는
내 가슴에는
사랑이 있다
— 하이네
一九五五年 十二月 十二日
서울 靑銅茶房에서
韓何雲 仁兄 앞
朴啓周

1955년 연말, 박계주가 시집 『보리피리』로 유명한 시인 한하운에게 건넨 메모.

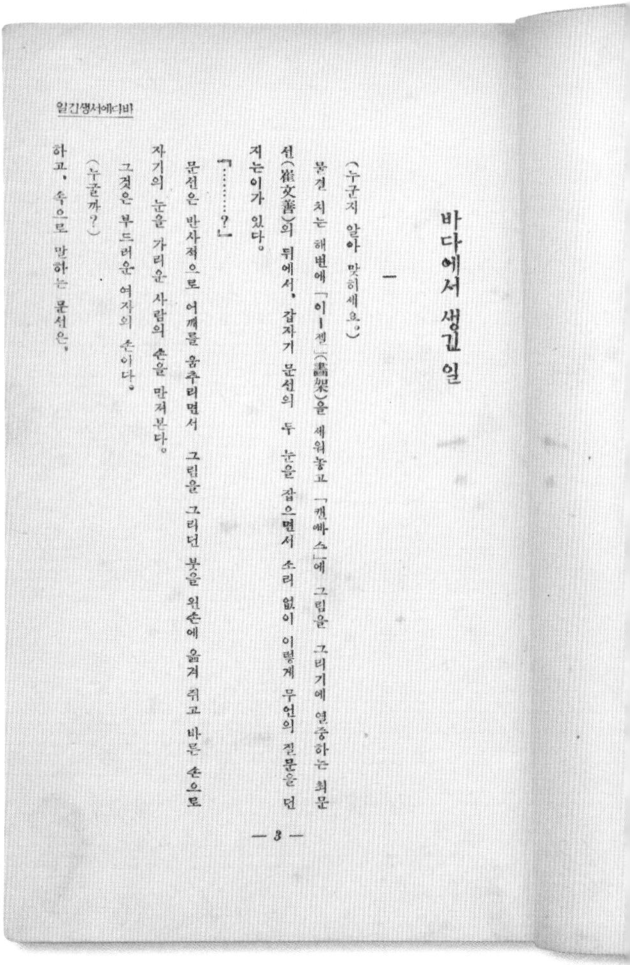

바다에서생긴일

바다에서 생긴 일

一

(누군지 알아 맞히세요。)

물결 치는 해변에 「이ー젤」(畵架)을 세워놓고 「캔빠스」에 그림을 그리기에 열중하는 최문선(崔文善)의 뒤에서, 갑자기 문선의 두 눈을 잡으면서 소리 없이 이렇게 무언의 질문을 던지는이가 있다。

「……?」

문선은 반사적으로 어깨를 움추리면서 그림을 그리던 붓을 왼손에 옮겨 쥐고 바른 손으로 자기의 눈을 가리운 사람의 손을 만져본다。

그것은 부드러운 여자의 손이다。

(누굴까?)

하고, 속으로 말하는 문선은,

— 3 —

"누군지 알아 맞히세요." 물결치는 해변에 이젤(畫架)를 세워놓고 캔버스에 그림을 그리기에 열중하는 최문선의 뒤에서 갑자기 소리없이 이렇게 무언의 질문을 던지는 이가 있다.
"……?" 문선은 반사적으로 어깨를 움츠리면서 그림을 그리던 붓을 왼손에 옮겨쥐고 바른손으로 자기의 눈을 가린 사람의 손을 만져본다. 그것은 부드러운 여자의 손이다.

–『순애보』 첫 장면

연재 • 『조선일보』 1939년 2월 14일 ~ 10월 14일.
단행본 • 조광사, 1939.

해왕사 단행본(탐정편) 19판, 1948년

마인

김내성

엄여분과 백문호는 원수지간이었던 집안의 반대에도 불구하고 서로 사랑하며 쌍둥이 딸까지 낳는다. 그러나 두 사람은 문호의 재산을 노린 사촌동생 영호에게 무참히 살해당한다. 부모를 잃은 쌍둥이 딸 중 한 명은 좋은 집안의 양녀 은몽이 되어 '공작부인'이라는 애칭을 가진 일류 무용수로 성장한다. 은몽은 어머니의 유언에 따라 복수를 결심하고, 자신의 약혼식과 결혼식에서 자신이 살해위협을 받는 듯한 자작극을 벌인다. 사건이 조금씩 커지자 은몽의 연인 수일은 자신이 이 사건의 전말을 밝히겠다고 나선다. 사실 수일은 은몽과의 관계를 유지하기 위해 자신의 정체를 숨겨온 명탐정 유불란이었다.

한편 영호의 아들이자 탐정소설가인 남수와 영호의 딸 정란의 애인이었던 변호사 오상억 역시 이 사건에 관심을 가진다. 조사를 진행하면서 남수는 이 사건들이 은몽이 아니라 영호를 노린 복수라는 점을 알아내지만, 이를 세상에 알리기 전 은몽의 총에 맞아 사망한다. 오상억도 은몽의 계획을 알아차리지만 은몽에

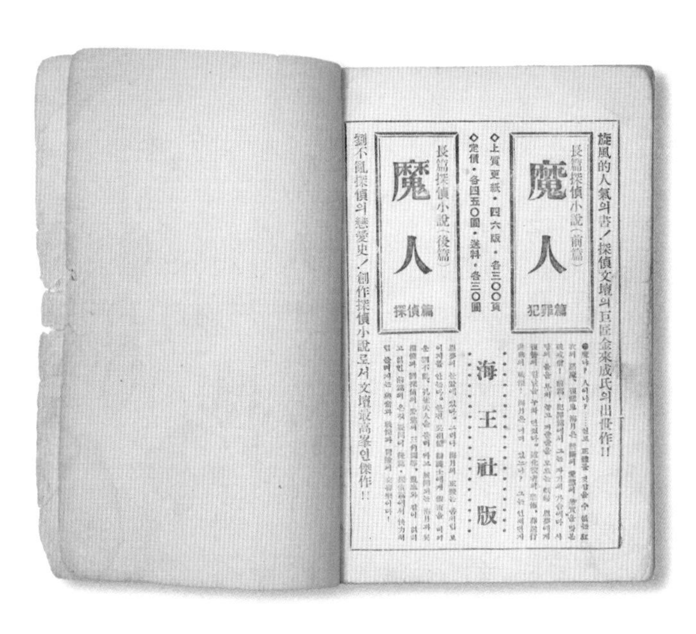

旋風的 人氣의 書! 探偵文壇의 巨匠 金來成氏의 出世作!!
長篇探偵小說(前篇) 魔人 犯罪篇
◇上質更紙 · 四六版 · 各 三〇〇頁
◇定價 · 各 四伍〇圓 · 送料 各 三〇圓
長篇探偵小說(後篇) 魔人 探偵篇
劉不亂 探偵의 戀愛史! 創作探偵小說로서 文壇 最高峰인 傑作!!
–『마인』 단행본 광고, 1948년.

대한 욕정에 그를 돕기로 한다. 상억은 은몽의 계획을 실행하며 영호의 딸 정란, 그의 약혼자, 은몽의 여동생까지 살해하는 만행을 저지른다. 유불란은 일련의 사건들이 은몽의 계획으로 시작되어 상억이 실행한 것이라는 점을 밝혀낸다. 진상이 드러나자 상억은 자살한다.

유불란은 은몽의 아버지 문호가 죽지 않고 다른 이름으로 살아가고 있었다는 사실을 알아내 은몽과 문호와의 재회를 주선하지만, 은몽은 유서를 남기고 자살한다. 이후 유불란은 탐정 활동을 접기로 한다.

★ 한국의 명탐정 유불란

김내성의 『마인』은 당시로서는 드물었던 순수 창작 추리소설로, 한국의 명탐정 유불란을 독자에게 각인시킨 작품이다. 폭발적인 인기에 힘입어 『마인』은 발표 5년 만에 18판을 돌파했고, 한국전쟁 직후에는 30판을 넘었다고 한다. 1980년대 말까지도 인기를 유지했으며, 연극과 영화로 꾸준히 리메이크되었다. 1957년 개봉한 영화 「마인」은 '한국 최초의 탐정 영화'라고 불린다.

김내성은 「조선일보」를 통해 발표한 『마인』으로
본격적인 추리소설가로 명성을 얻었다.
괴도 루팡의 작가 모리스 르블랑에서 따온 '유불란'이라는
한국형 명탐정을 주인공으로 등장시킨 이 작품은
당대 최고의 무용수 최승희를 연상시키는 인물 설정과
국제적 연애, 미궁에 빠진 사건과 관련된 각종 트릭,
이를 해결하기 위한 과학적이고 치밀한 추리 등
추리소설이 가져야 할 미덕을 골고루 갖춰 크게 성공한 소설이다.

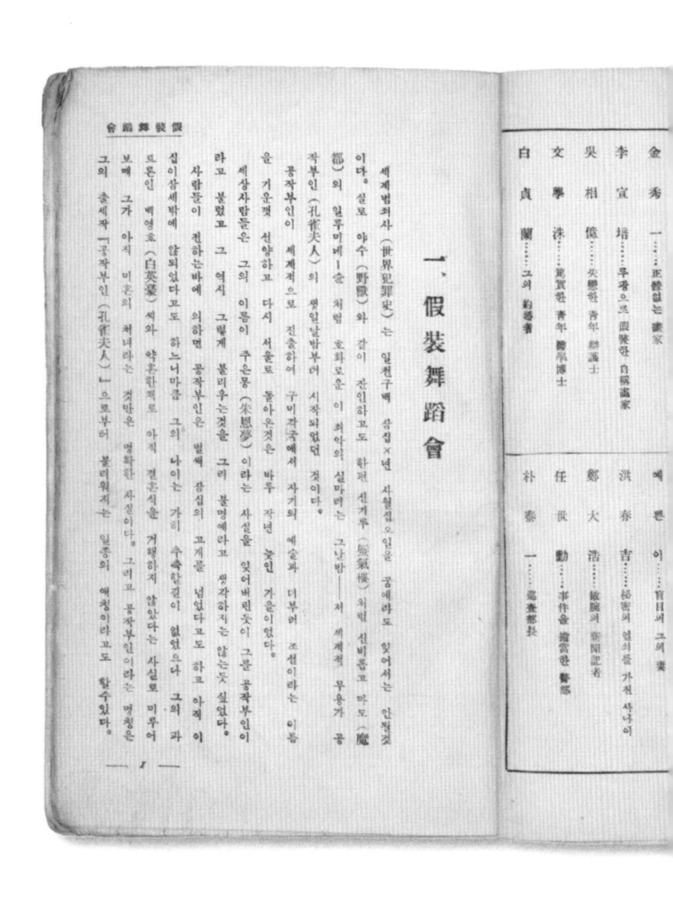

一、假裝舞蹈會

세계범죄사(世界犯罪史)는 일천구백 삼십×년 사월십오일을 꿈에라도 잊어서는 안될것이다。실로 야수(野獸)와 같이 잔인하고도 한편 신기루(蜃氣樓)처럼 신비롭고 마도(魔都)의 일루미네ㅡ숀 처럼 호화로운 이 죄악의 실마리는 그날밤——저 세계적 무용가 공작부인(孔雀夫人)의 생일날밤부터 시작되었던 것이다。

공작부인이 세계적으로 진출하여 구미각국에서 자기의 예술과 더부러 조선이라는 이름을 기운껏 선양하고 다시 서울로 돌아온것은 바루 작년 늦인 가을이었다。

세상사람들은 그의 이름이 주은몽(朱恩夢)이라는 사실을 잊어버린듯이 그를 공작부인이라고 불렀고 그 역시 그렇게 불리우는것을 그리 불명예라고 생각하지는 않는듯 싶었다。

사람들이 전하는바에 의하면 공작부인은 벌써 삼십의 고개를 넘었다고도 하고 아직 이십삼세밖에 않되었다고도 하느니마큼 그의 나이는 가히 추측할길이 없었으나 그의 파트론인 백영호(白英豪)씨와 약혼한채로 아직 결혼식을 거행하지 않았다는 사실로 미루어보매 그가 아직 미혼의 처녀라는 것만은 명확한 사실이다。그리고 공작부인이라는 명칭은 그의 출세작 『공작부인(孔雀夫人)』으로부터 불리워지는 일종의 애칭이라고도 할수있다。

金秀一……正體없는 畵家
李宣培……루팡으로 假裝한 自稱畵家
吳相億……失戀한 青年 辯護士
文學洙……篤實한 青年 醫學博士
白貞蘭……그의 約婚者

예쁜이……盲目의 그의 妻
洪春吉……秘密의 열쇠를 가진 사나이
鄭大浩……敏腕의 新聞記者
任世勳……事件을 擔當한 警部
朴泰一……巡査部長

조선문단에는 작가도 많고 작품도 많다고 할 수 있다.
그러나 외국문단에 비교하여 본다면 누구나 그 빈약성에 놀라지 아니할 수가 없을 것이다. 그 증거로는 알기 쉽게 아직까지 이렇다 할 장편의 탐정소설 한 권이 간행되지 못한 것만 가지고도 넉넉히 알 수 있는 것이다.
그러나 조선문단은 질과 양으로 향상의 길을 밟아나가고 있다고 볼 것이다. 이번에 조선일보 연재의 장편소설『마인』이 강호의 떠들썩한 호평 속에 완료되었고, 이어서 단행본으로 출간이 되게 된 것은 이 사실의 한 좋은 증거이다. 누구나 다 아는 바와 같이 이『마인』은 장편탐정소설로 조선 최초의 창작이다.

–『마인』 서문

전후 복구 현실에서 소설에 열광하다

4

해방은 격렬하게 민족의 문제를 대중들에게 각성시켰다. 『청춘극장』은 젊은 이들의 독립운동과 사랑을 소재로 독자들에게 성큼 다가선 작품이다. 대중들에게 투영된 독립운동의 환상이 『청춘극장』에는 잘 드러나 있다.

곧이어 터진 전쟁은 전 국토를 황폐화시켰을 뿐만 아니라 모든 사람들에게 씻기 어려운 상처를 남겼다. 최인훈의 『광장』은 전쟁의 상처를 문학적으로 밀도 있게 형상화함으로써 한국문학의 대표적 스테디셀러로 자리 잡는다.

한편, 전쟁은 한국사회를 근본적으로 변화시켰다. 분단이 고착화되었고 미국을 대표로 하는 새로운 대중문화가 한국인의 일상을 바꿔 놓는다. 미국이 모범이었고 미제 물건은 상류층을 상징하는 문화적 코드였다. 자유연애, 일하는 여성 역시 마찬가지였다. 『자유부인』은 당시 그런 시대풍조를 가장 흥미롭게 보여주는 작품이다.

그런데 시간이 점차 흘러가고 전쟁의 상흔도 이겨내면서 다시 우리의 근대사를 돌이켜보는 작업이 시작된다. 민족의 문제를 거시적 차원에서 그리고 진지하게 성찰하는 노력이 본격화된다. 그렇게 해서 이루어진 거대한 산맥이 박경리의 『토지』다.

- 김내성, 『청춘극장』, 1949
- 정비석, 『자유부인』, 1954
- 최인훈, 『광장』, 1960
- 박경리, 『토지』, 1969

연재 • 「한국일보」 1949년 ~ (6.25로 중단) ~ 1952년.
단행본 • 전 5권, 청운사, 1953 ~ 1954.

청운사 단행본, 1957년

청춘극장

김내성

백영민은 완고한 부모의 강요에 못 이겨 연상의 허운옥과 정혼하지만 동경 유학길에 만난 오유경과 사랑에 빠진다. 한편 백영민의 친구인 신성호가 백영민을 좋아하는 기생 춘심을, 친구 장일수는 백영민과 약혼한 운옥을 사랑하게 되면서 이들은 복잡한 관계에 빠진다.

얼마 후 영민이 학도병으로 끌려가자 운옥은 영민의 소식을 듣기 위해 길을 나서고, 우연한 기회에 장일수를 돕게 된다. 장일수는 유경의 아버지이자 친일파인 오창윤, 역시 친일파인 최달근과 총격전까지 벌였던 투사로 운옥에게 사랑을 고백하지만 운옥이 자신의 친구인 영민의 약혼녀라는 것을 알고 마음을 접는다.

운옥은 부상당한 영민을 찾아 함께 고향으로 내려왔다가, 영민과의 사이에 낳은 아들 금동을 데리고 고향에 와 있던 유경을 만난다. 이 모습을 본 운옥은 자살을 결심하고 나서는데, 이때 자신에게 집착하던 헌병 박준길을 사고로 살해한다. 결국 사형

「불놀이」의 시인 주요한은 6·25전쟁이 한창이던 1951년, 이 작품을 전선의 병사들에게 필요한 '군수품'이라 했다. 1949년 5월, 잡지 『백민』에 처음 실렸는데, 이때의 작품명은 「여인애사(女人哀史)」였다.

청춘극장 (1959)

감독 • **홍성기**
출연 • **김진규, 김지미, 황정순**
제작사 • **자유영화공사**

선고까지 받은 운옥을 살리기 위해 영민은 고뇌하고, 이 모습을 바라보는 유경 역시 괴로워하다가 아들이 병으로 죽자 자살한다. 광복이 되고 운옥이 풀려나자 장일수는 기뻐하지만, 영민은 유경의 죽음을 자책하다 결국 자살하고 만다.

★ 전쟁도 멈추지 못한 애독 현상

『청춘극장』은 한국전쟁 중에도 1만 부가 팔렸고, 전 5권짜리 1질이 15만 질이나 팔렸다고 한다. 작가의 미망인 김영순 여사의 회고에 따르면, 피난 시절이었음에도 불구하고 매일 애독자들의 편지가 끊이지 않을 정도였다고 한다. 심지어 1952년에는 피난지 부산에서『청춘극장』의 매우 호화로운 출판기념회가 열리기도 했다.

일전에 나는 책 한 권을 받았다. 청춘극장이라는 장편소설의 제1부였다. 그날 저녁 집에 들어와 램프불을 돋우고 청춘극장을 들췄다. 들추다가 그만 나는 책을 못놓고 반 이상을 더 읽어버렸다. 이것은 탐정소설이 아니었다. 탐정소설이 아닌 데도 나는 무엇에 끌렸는지 이렇게 놓지를 못하고 반 이상을 끌려가고 다음 날은 다 읽고야 말았다. 나는 이 작품에서 탐정소설가로서의 김내성씨의 몸뒤침을 확실히 보았다. 내가 붓을 든 까닭이 바로 여기에 있다. 탐정소설의 분야에서만 있기엔 씨의 역량이 만족하지 않았다. 이번 장편 청춘극장에서의 시험에서 씨는 완전히 성공했다.

– 노천명,「『청춘극장』을 읽고」

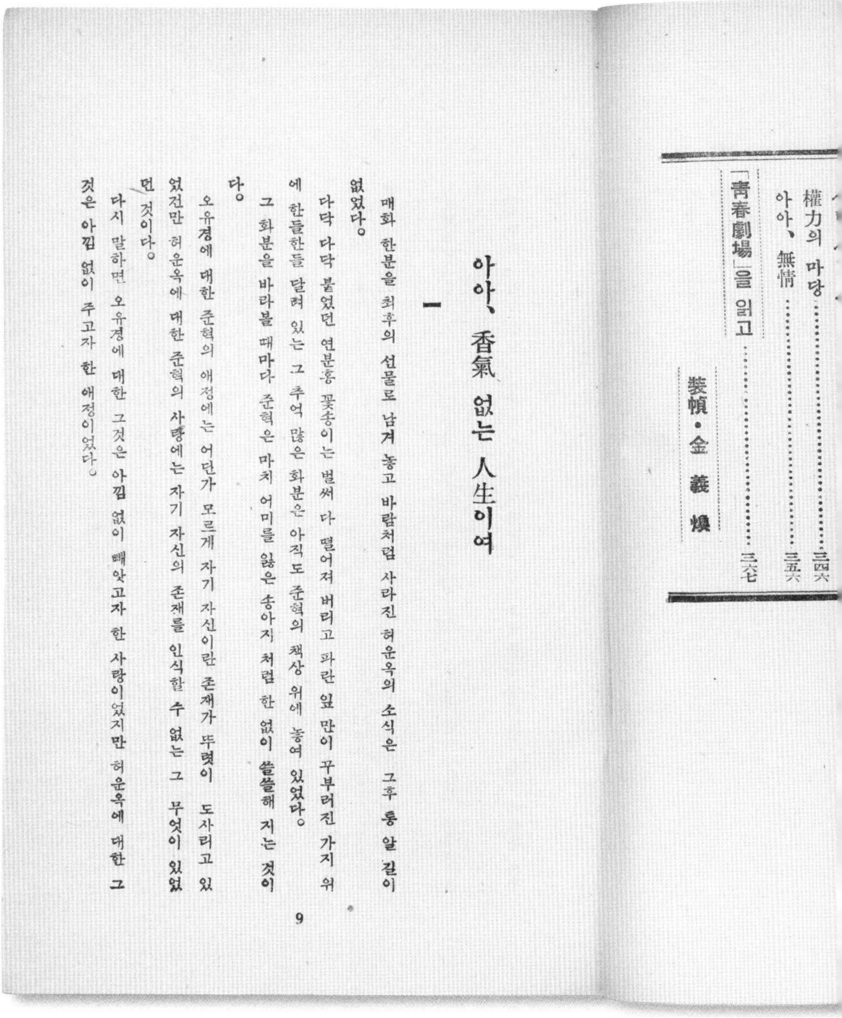

權力의 마당 …………… 三四六
아아、無情 …………… 三五六
「靑春劇場」을 읽고 …………… 三六七
裝幀·金義煥

아아、香氣 없는 人生이여

一

매화 한분을 최후의 선물로 남겨 놓고 바람처럼 사라진 허운옥의 소식은 그후 통 알 길이 없었다。

다닥 다닥 붙었던 연분홍 꽃송이는 벌써 다 떨어져 버리고 파란 잎 만이 꾸부러진 가지 위에 한들한들 달려 있는 그 추억 많은 화분은 아직도 준혁의 책상 위에 놓여 있었다。

그 화분을 바라볼 때마다 준혁은 마치 어미를 잃은 송아지 처럼 한 없이 쓸쓸해 지는 것이다。

오유경에 대한 준혁의 애정에는 어딘가 모르게 자기 자신이란 존재가 뚜렷이 도사리고 있었건만 허운옥에 대한 준혁의 사랑에는 자기 자신의 존재를 인식할 수 없는 그 무엇이 있었던 것이다。

다시 말하면 오유경에 대한 그것은 아낌 없이 빼앗고자 한 사랑이었지만 허운옥에 대한 그것은 아낌 없이 주고자 한 애정이었다。

9

1949년 단행본 1-2부가 보름만에 2만 부가 나갔으며,
피난의 힘든 삶 속에서 이 작품은 좋은 읽을거리가 되었다.
전쟁 뒤 작가는 서울 성북구 동선동에 거주했는데,
사랑과 연애로 고민하던 여대생들이 찾아와 김내성은
본의 아니게 이들의 연애 카운슬러가 되기도 했다고 한다.

연재 • 「서울신문」 1954년 1월 1일 ~ 8월 6일.
단행본 • 정음사, 1954.

정음사 단행본(하), 1954년

자유부인

정비석

국문과 교수 장태연과 그의 아내 오선영은 고상하게 살아가던 부부이다. 어느 날 선영은 우연히 만난 대학동기 최윤주의 권유로 동창들의 모임에 참석하면서, 그 자리에 있던 화려한 동창생들의 모습을 동경하게 된다. 선영은 윤주의 소개로 실업가 한태석의 부인인 이월선을 만나고 그가 경영하는 양품점 파리양행에서 일하기 시작한다. 새로 접하는 화려한 서울 생활에 들뜬 선영은 당시 유행하던 사교춤에 빠지고, 급기야 남편의 제자 신춘호와 함께 춤을 춘 사실이 드러나 가정이 깨질 위기에 처한다. 한편 장태연도 한글을 가르치며 알게 된 미모의 타이피스트 박은미에게 호감을 가지게 되지만, 그녀가 결혼하면서 마음을 접는다.

선영을 유혹하여 가정에 분란을 일으킨 춘호는 선영의 오빠의 딸인 명옥과 가까워지고, 두 사람은 함께 미국 유학길에 오른다. 이 사실에 질투와 분노를 느낀 선영은 월선의 남편에게서 위안을 받으려 하지만, 이 사실을 눈치 챈 월선으로 인해 두 사람의 관계는 실현되지 못한다. 자신의 행동에 대한 회한과 좌절로 실의에 빠진 선영은 자포자기 상태에 이르지만, 남편의 이해로 다시 가정으로 돌아온다.

★ 숱한 화제와 논쟁의 인기 소설

연재 당시 『자유부인』의 인기는 실로 대단했는데, 연재하는 동안 「서울신문」 부수가 급증하다가 연재가 종결되자마자 5만 2천 부 이상 급감했다는 일화가 특히 유명하다. 인기에 힘입어 1956년 동명의 영화로 제작되었는데, 영화 속 키스신이나 러브신, 대학교수 부인의 일탈 등의 내용이 문제가 되어 개봉일 하루 전까지도 상영허가가 나지 않았다. 개봉 후 영화 「자유부인」은 그 해 한국영화 흥행 1위를 기록한다.

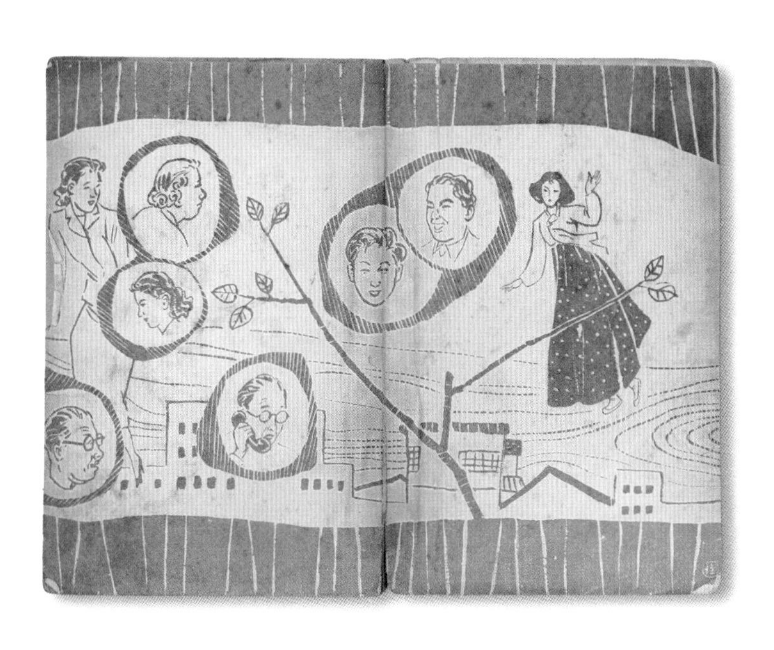

『자유부인』(하) 단행본 겉표지 안쪽.
선풍적인 인기 속에 연재된 후 같은 해 정음사에서
출간된 단행본도 날개돋친 듯 팔려나갔는데,
모두 초판으로 인쇄되었다는 점이 흥미롭다.

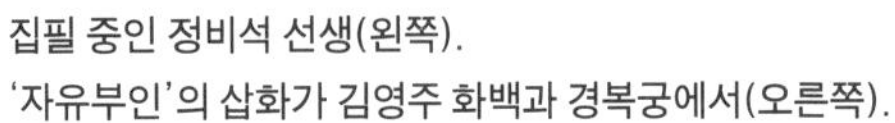

집필 중인 정비석 선생(왼쪽).
'자유부인'의 삽화가 김영주 화백과 경복궁에서(오른쪽).

"오늘은 아이들이 굉장히 기뻐하겠군!
그동안, 어머니 어디 갔느냐고 졸라대기에, 부산 피난 살던 집에
다니러 갔다고 했더니, 이것들이 날마다 어머니가 안 온다고 어떻게
야단을 치는지…… 당신은 아이들이 보고 싶지 않습디까?"
숨은 애정이 절절이 느껴지는 말이었다. 오여사는 그럴수록에
자신의 과오가 뼈저리게 뉘우쳐져서, 이제는 어깨조차 들먹거리며
소리내어 흐느꼈다. 장태연 교수는 잠자코 아내의 손목을 힘차게
붙잡기만 할 뿐이다. 맑게 개인 일요일 오후였다. 여름 볕이 담뿍
흐르는 탄탄대로를, 택시는 쾌속도로 달려나가고 있었다.
적선동으로! 그리운 옛집으로! 오선영 여사는 이제 몸과 마음이
아울러 그리운 옛 품으로 돌아오고.

–『자유부인』결말 부분

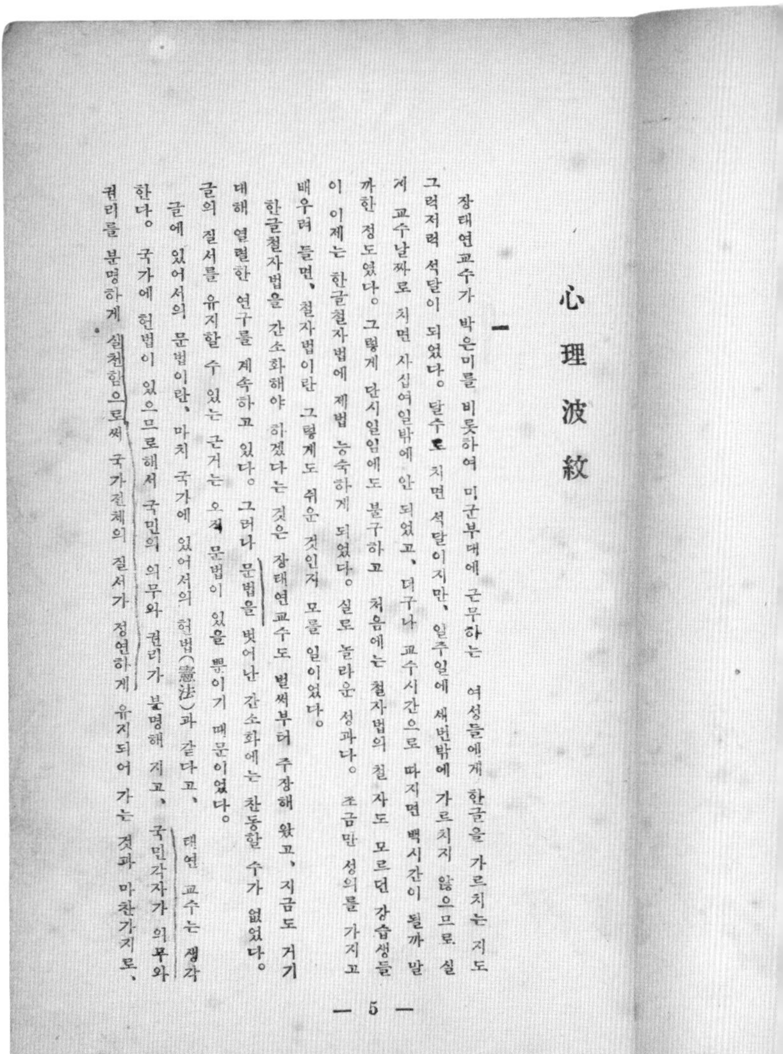

心理波紋

一

장태연교수가 박은미를 비롯하여 미군부대에 근무하는 여성들에게 한글을 가르치는 지도 그럭저럭 석달이 되었다。 달수로 치면 석달이지만、 일주일에 세번밖에 가르치지 않으므로 실지 교수날짜로 치면 사십여일밖에 안 되었고、 더구나 교수시간으로 따지면 백시간이 될까 말까한 정도였다。 그렇게 단시일임에도 불구하고 처음에는 철자법의 철 자도 모르던 강습생들이 이제는 한글철자법에 제법 능숙하게 되었다。 실로 놀라운 성과다。 조금만 성의를 가지고 배우려 들면、 철자법이란 그렇게도 쉬운 것인지 모를 일이었다。

한글철자법을 간소화해야 하겠다는 것은 장태연교수도 벌써부터 주장해 왔고、 지금도 거기대해 열렬한 연구를 계속하고 있다。 그러나 문법을 벗어난 간소화에는 찬동할 수가 없었다。 글의 질서를 유지할 수 있는 근거는 오직 문법이 있을 뿐이기 때문이었다。

글에 있어서의 문법이란、 마치 국가에 있어서의 헌법(憲法)과 같다고、 태연 교수는 생각한다。 국가에 헌법이 있으므로해서 국민의 의무와 권리가 분명해 지고、 국민각자가 의무와 권리를 분명하게 실천함으로써 국가전체의 질서가 정연하게 유지되어 가는 것과 마찬가지로、

— 5 —

『자유부인』은 연재 도중 벌어진 작가와
당시 서울법대 교수 황산덕과의 논쟁으로도 유명하다.
황산덕은 당시 이 작품을 가리켜
'중공군 50만 명에 해당되는 조국의 적'과 같다며 맹비난했다.

자유부인 (1956)

감독 • **한형모**
출연 • **박암, 김정림, 노경희**
제작사 • **삼성영화사**

자유부인 (1981)

감독 • **박호태**
출연 • **윤정희, 최무룡, 남궁원**
제작사 • **동아흥행(주)**

『소설 손자병법』 관련 저자 메모.
작가가 70년대 취재할 때 사용한 녹음기.
1961년부터 타계할 때까지 사용한 국어사전.

발표 • 『새벽』 1960년 11월.
단행본 • 정향사, 1961.

1961년 정향사에서 발행된 최초 단행본
1973년 민음사에서 나온 두 번째 단행본

광장

최인훈

대학 철학과에 다니고 있는 이명준은 남로당을 조직하여 활동하다 월북한 공산주의자 이형도의 아들이다. 명준은 아버지와는 다르게 이데올로기에는 전혀 무관심하지만, 북에서 요직을 차지하고 있는 아버지의 활동으로 인해 취조실에 불려가 고문을 당한다. 이 사건으로 명준은 남한에는 자신만의 밀실이 없다는 것에 깊은 회의를 느끼게 되고, 얼마 후 뱃사람의 주선으로 이상적인 사회를 기대하며 북으로 간다. 명준은 아버지의 추천으로 노동신문의 기자가 되지만, 북에는 개인의 밀실이 없고 오로지 사회적 광장만 존재한다는 것에 다시 한번 절망한다.

6 · 25가 일어나고, 명준은 군관 신분으로 서울에서 지내다 자원해서 낙동강 전선에 나가 포로가 된다. 정전 후 북과 남 양측의 설득에도 불구하고 북에도 남에도 자신이 바라던 이상향은 존재하지 않는다는 것을 안 명준은 제3국인 중립국을 택한다. 제3국으로 가는 배 안에서 극한의 고독을 느낀 명준은 바다를

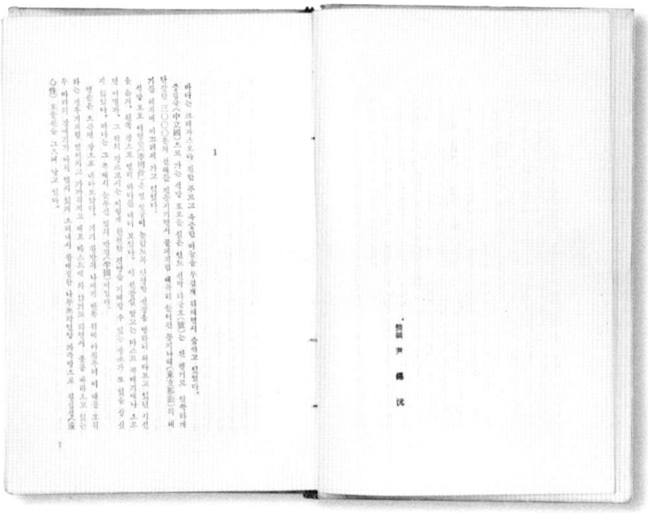

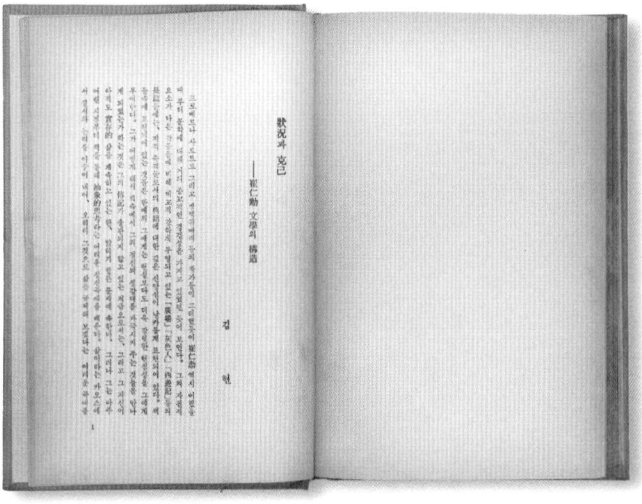

(위) 연재 이듬해인 1961년에 발행된
최초 단행본의 첫 부분. 잡지 연재본에 비해 원고지
200매 분량이 추가되어 장편소설이 되었다.
(아래) 1973년 발행된 두 번째 단행본.
한자어를 한글로 바꾸는 개작이 이루어졌다.
끝에 평론가 김현의 해설 「상황과 극기」를 실었다.

광장이라고 생각한다. 그리고 그날 밤 그 배 안에는 '미스터 리'라는 한 명의 실종자가 발생한다.

★ 15년간 여섯 차례 개작

1960년 처음 발표된『광장』은 중편이었는데, 15년간 무려 여섯 차례의 개작을 거치며 현재의 장편 규모로 불어났다. 분단 현실에 대한 날카로운 인식을 선보인 이 작품에 대해 당시 평단은 찬사를 아끼지 않았다. 한 평론가는 1960년을 '『광장』의 해』'라고 명명했을 정도이다. 현재까지 190쇄를 넘긴 한국문학 스테디셀러 중 하나.

광장은 대중의 밀실이며 밀실은 개인의 광장이다.
인간을 이 두 가지 공간의 어느 한 쪽에 가두어버릴 때,
그는 살 수 없다. 그럴 때 광장에 폭동의 피가 흐르고,
밀실에서 광란의 부르짖음이 새어나온다.
우리는 분수가 터지고 밝은 햇빛 아래 뭇 꽃이 피고 영웅과
신들의 동상으로 치장이 된 광장에서 바다처럼 우람한 합창에
한몫 끼기를 원하며 그와 똑같은 진실로 개인의 일기장과,
저녁에 벗어놓은 채 새벽에 잊고 간 애인의 장갑이 얹힌 침대에
걸터앉아서 광장을 잊어버릴 수 있는 시간을 원한다.
이명준의 경우도 마찬가지다.

– 1961년판 작가 추기(追記)

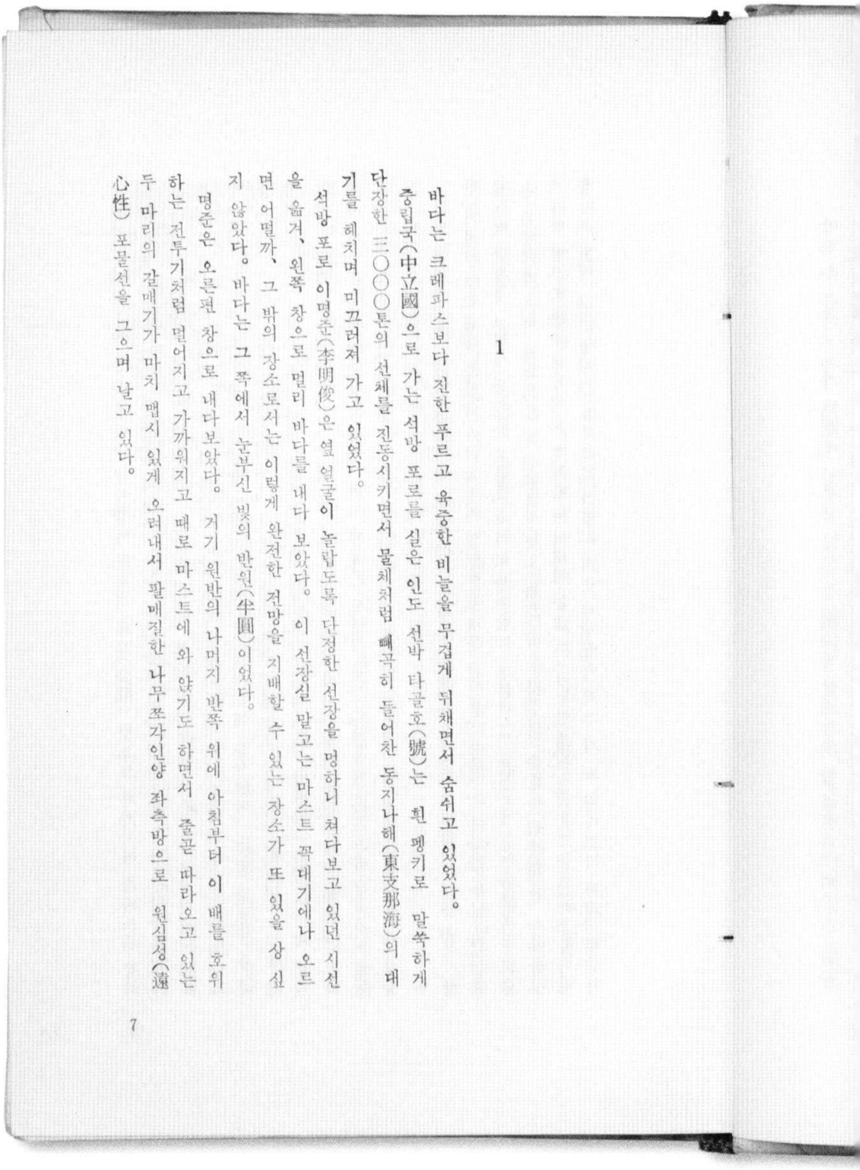

1

바다는 크레파스보다 진한 푸르고 육중한 비늘을 무겁게 뒤채면서 숨쉬고 있었다.
중립국(中立國)으로 가는 석방 포로를 실은 인도 선박 타골호(號)는 흰 펭키로 말쑥하게
단장한 三〇〇〇톤의 선체를 진동시키면서 물체처럼 빽곡히 들어찬 동지나해(東支那海)의 대
기를 헤치며 미끄러져 가고 있었다.

석방 포로 이명준(李明俊)은 옆 얼굴이 놀랍도록 단정한 선장을 멍하니 쳐다보고 있던 시선
을 옮겨, 왼쪽 창으로 멀리 바다를 내다 보았다. 이 선장실 말고는 마스트 꼭대기에나 오르
면 어떨까, 그 밖의 장소로서는 이렇게 완전한 전망을 지배할 수 있는 장소가 또 있을 상 싶
지 않았다. 바다는 그 쪽에서 눈부신 빛의 반원(半圓)이었다.

명준은 오른편 창으로 내다보았다. 거기 원반의 나머지 반쪽 위에 아침부터 이 배를 호위
하는 전투기처럼 멀어지고 가까워지고 때로 마스트에 와 앉기도 하면서 줄곧 따라오고 있는
두 마리의 갈매기가 마치 맵시 있게 오려내서 팔매질한 나무쪼각인양 좌측방으로 원심성(遠
心性) 포물선을 그으며 날고 있다.

7

1961년 정향사 단행본의 도입부.

최초 발표인 잡지 『새벽』 게재본(1960년 11월).

『새벽』 편집후기에서, 분단문제를 다룬 이 작품을
'전후 한국문단에서는 찾아볼 수 없었던 문제성을 지닌 작품'이라 하여
한국 현대문학의 영원한 문제작이 될 것임을 이미 예언하고 있다.

編輯後記

△ 달마다 나오는 月刊誌이고、해마다 있는 가을이지만、그달그달을 두번 없는 것으로 알고、誠意와 努力을 다하지 않으면 타성과 만네리즘에 빠지기 쉬운것이 雜誌이고、그해 가을을 다시 못 맞을 가을인양 切實하게 感得하지 않으면 그야말로 虛送歲月이요 安價한 人生이 되고 말것이다。그런 가을의 實感과 雜誌의 使命을 다한 책을 讀者諸賢에게 바치기 위하여 그 좋은 丹楓잎하나도 못 보고、靑磁같은 하늘의 푸르름도 누려보지 못하고 말았다。

△ 이런 아레고리를 해본다。「엔진은 새것이되、부레이키가 망가진 自動車같은 現代」참으로 危險한 狀態인 것이다。마구 달리는 高速度車를 탄 氣分은 分明히 痛快하리라。그러나 그 車에는 制動機가 없다는 것을 깨달을 때의 不安과 恐怖는 實로 비길데가 없는 것이리라。그런데 現代라는 世界는 그 物質文明의 發展이나 惠澤으로 볼때 마치 高速度車처럼 눈부시고 놀라웁다。그리하여、사람들은 이 車위에서 大滿足하여 노래를 부르고 춤을 추고있다。政治、社會、經濟、文化、產業、各面에서 앞질러 달리기에 餘念이 없다。그러나 웬일인지、부레이키없는 自動車의 疾走처럼 危險과 不安을 느끼게 한다。이런 世界와 人類의 現況을 自覺하고 來日의 方法을 찾기위해서「世界의 전날목」이라는 特輯을 꾸며봤다。

△ 가을은 思索의 季節이요、瞑想의 때라고 한다。그것은 모든 生物들이 한해의 營爲를 決算하고 整理하게끔 마련된 自然의 攝理의 所致이지 결코 人爲的인 習慣은 아니리라。그러기 때문 이季節에 落葉을 밟으면서 하는 思索은 어느 季節보다도、深刻하고 切實한 것이라고 믿는다。마음의 살이 찌는 때인것이다。여기 몇몇 글을 모아「落葉속의 思索」이라 불였음은 그런 의도에서다。

△ 지난 달엔 苦悶하는 執權黨인「民主黨의 全貌」를 報告하여 讀者의 評價를 받은바 있거니와、이번엔 이나라의 落後된 政治理念을 止揚하고저 새로운 旗幟를 들긴하였으나 서로 分裂된채로 좀처럼 成果를 못올리고 苦悶하고 있는 革新勢力의 全貌를 讀者에게 報告하기도 했다。

△ 本誌가 隔月間으로 編輯해오던 人文科學 各部門의「젊은 學者들의 노오트」는 다섯번째로서 社會學部門을 모았다。後進的인 韓國社會의 諸問題點을 分析檢討한 젊은 學者들의 意欲的인 作業을 엿볼수 있겠다。

△「그레이 俱樂部」「假面考」等으로서 慧星처럼 나타난 新進作家 崔仁勳氏의 中篇力作「廣場」을 全載한다。兩斷된 祖國의 南北의 風土를 마치 時代의 證人처럼 딩굴어야 했던 主人公을 그린 이 作品은 아마 戰後 韓國文壇에서는 찾아볼 수 없었던 問題性을 지닌 作品이라고 생각한다。

△ 다음號는 送年號이다。變動과 事件이 많았던 一九六〇年의 마지막 달이다。國內外的으로 歷史에 하나의 에포크를 질른 이 해를 記[illegible]하는 特輯을 構想中이다。

○本誌 年間 購讀 料金 一個年 四、五〇〇환으로 되어 있읍니다。
送料는 물론 본사 부담이며 料金은 본사구좌인「振替 서울 三五八〇」으로 우편 송금하면 됩니다。연간구독 요금의 引下문제나 단체 주문에 대하여서는 종전대로 시행하고 있읍니다만 쉬再考할 방침입니다。

業務部

檀紀四二九三年一〇月一〇日印刷
檀紀四二九三年一〇月一五日發行

새벽 十一月號 값 四〇〇환

社長 李容高
主幹 金在淳
編輯發行兼印刷人 朱耀翰
發行所 새벽사

서울特別市中區乙支路二街一九九
電話 ② 四四〇六
振替서울 三五八〇

[illegible]三〇號

연재 • 1969년에서 1994년까지,
25년간 9곳의 지면(『현대문학』, 『문학사상』, 『주부생활』, 『독서생활』, 『한국문학』, 『마당』, 『정경문화』, 『월간경향』, 「문화일보」)을 거쳐 연재함.
단행본 • 문학사상사, 1973.

문학사상사 단행본, 1973년

토지

박경리

부유한 지주인 최 참판의 아내 윤씨는 김개주에게 겁탈당해 김환을 낳는다. 김환은 '구천'이란 가명으로 최씨 집안의 하인으로 생활하다 이복 형 최치수의 아내인 별당 아씨와 사랑에 빠져 함께 지리산으로 도망쳐 들어간다.

윤씨가 콜레라로 사망하자 먼 친척 조준구가 최씨 집안의 재산을 가로챈다. 그의 횡포에 견디다 못한 윤씨 부인의 손녀 서희는 종 길상과 함께 간도로 떠난다. 서희는 복수하려는 일념으로 윤씨가 남긴 재물을 자본으로 장사를 시작하여 성공을 거두고 길상과 결혼한다. 한편 길상은 김환의 비밀을 알게 된 후 그와 함께 독립운동에 투신한다.

서희는 마침내 조준구에게 뺏겼던 가산과 본가를 되찾는다. 그러나 복수가 끝난 서희는 상실감을 느끼며 진주에서 살아간다. 동학 잔당을 규합하여 독립운동을 벌이려던 김환은 일경에 체포된 끝에 자살한다. 3·1운동과 학생운동이 연이어 일어나는 중, 청년이 된 서희의 두 아들 환국과 윤국은 자신의 풍족한 처

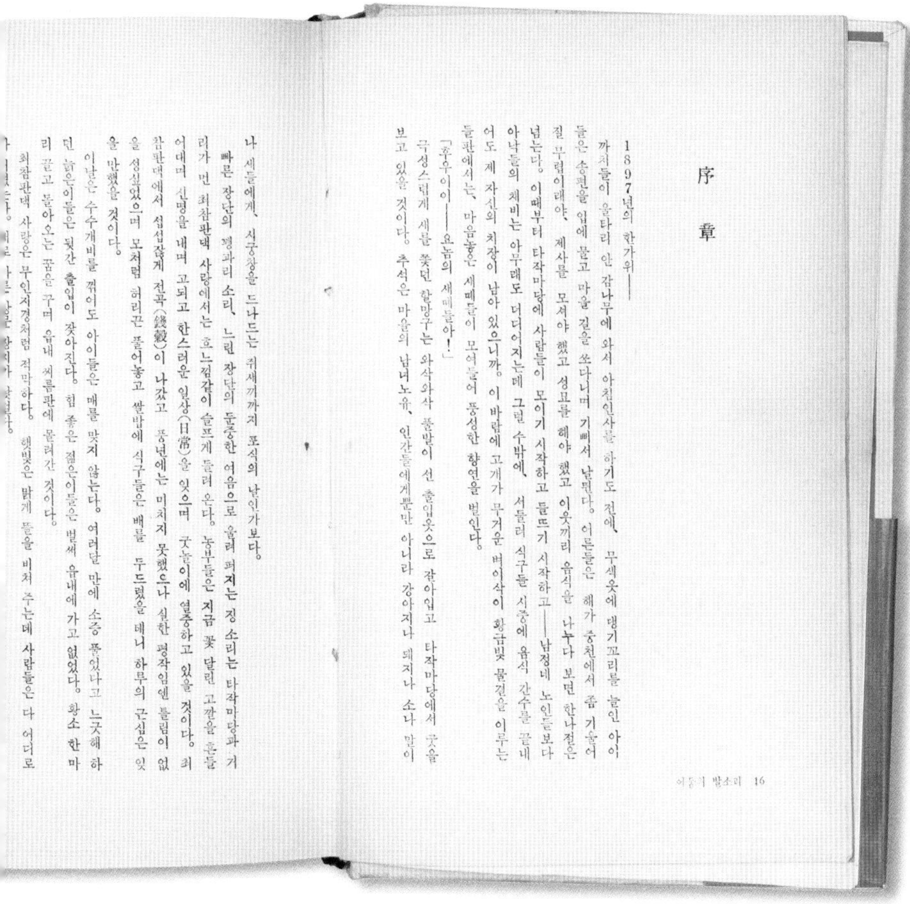

序章

1897년의 한가위—

까치들이 울타리 안 감나무에 와서 아침인사를 하기도 전에, 무색옷에 댕기꼬리를 늘인 아이들은 송편을 입에 물고 마을 길을 쏘다니며 기뻐서 날뛴다. 어른들은 해가 중천에서 좀 기울어질 무렵이래야, 제사를 모셔야 했고 성묘를 해야 했고 이웃끼리 음식을 나누다 보면 한나절은 넘는다. 이때부터 타작마당에 사람들이 모이기 시작하고 들뜨기 시작하고—남정네 노인들보다 아낙들의 채비는 아무래도 더디어지는데 그럴 수밖에, 식구들 시중에 음식 간수를 끝내어도 제 자신의 치장이 남아 있으니까. 이 바람에 고개가 무거운 벼이삭이 황금빛 물결을 이루는 들판에서는, 마음놓은 새떼들이 모여들어 풍성한 향연을 벌인다.

「후우이이—요놈의 새떼들아!」

극성스럽게 새를 쫓던 할망구는 와삭와삭 풀발이 선 출입옷으로 갈아입고 타작마당에서 굿을 보고 있을 것이다. 추석은 마을의 남녀노유, 인간들에게뿐만 아니라 강아지나 돼지나 소나 말이

어둠의 발소리 16

나 새들에게, 시궁창을 드나드는 쥐새끼까지 포식의 날인가 보다.

빠른 장단의 꽹과리 소리, 느린 장단의 둔중한 여음으로 울려 퍼지는 징 소리는 타작마당과 거리가 먼 최참판댁 사랑에서는 흐느낌같이 슬프게 들려온다. 농부들은 지금 꽃 달린 고깔을 흔들어대며 신명을 내고 고되고 한스러운 일상(日常)을 잊으며 굿놀이에 열중하고 있을 것이다. 최참판댁에서 섭섭잖게 전곡(錢穀)이 나갔고 풍년에는 미치지 못했으나 실한 평작임엔 틀림이 없을 성싶었으며 모처럼 허리끈 풀어놓고 쌀밥에 식구들은 배를 두드렸을 테니 하루의 근심은 잊을 만했을 것이다.

이날은 수수개비를 꺾어도 아이들은 매를 맞지 않는다. 여러날 만에 소증 풀었다고 느긋해 하던 늙은이들은 뒷간 출입이 잦아진다. 힘 좋은 젊은이들은 벌써 읍내에 가고 없었다. 황소 한 마리 끌고 돌아오는 꿈을 꾸며 읍내 씨름판에 몰려간 것이다.

최참판댁 사랑은 무인지경처럼 적막하다. 햇빛은 밝게 뜰을 비춰 주는데 사람들은 다 어디로

土地 第1部第1卷/朴景利作

문학사상사에서 발행한 단행본(1973)의 책상자와 작품 첫 부분.

지와 현실의 괴리에 고민하며 방황한다. 한편 가산을 탕진하고 꼽추 아들 병수에게 얹혀 살던 조준구는 중풍으로 누워 갖은 행악을 벌이다 죽는다.

출옥한 길상은 관음보살 탱화 제작에 몰두하다 일제 말기 다시 사상범 예비 검거로 끌려간다. 일본 히로시마에 폭탄이 떨어졌다는 소식으로 뒤숭숭할 때, 서희는 가족을 이끌고 상경할 것을 결심한다. 이 때 일본 천황이 항복했다는 소식이 알려진다.

★ 4만 장의 원고지 위에 600명 인물의 대서사

『토지』의 전체 분량은 200자 원고지 4만 장에 이를 만큼 방대하며, 등장인물의 수 역시 엄청나다. 『토지』에 직접 등장하거나 언급되는 약 600여 명의 인물만을 정리한 『토지인물사전』이 출간되었을 정도이다. 소설을 각색하여 1987년~1989년에 방영되었던 KBS 대하드라마 「토지」는 주인공 서희를 누가 맡을 지 관심이 컸는데, 박경리는 황신혜를 추천했다고 하나 실제로는 최수지가 캐스팅되어 톱스타가 되었다.

1970년대 제2부를 연재하던 무렵의 작가 박경리.

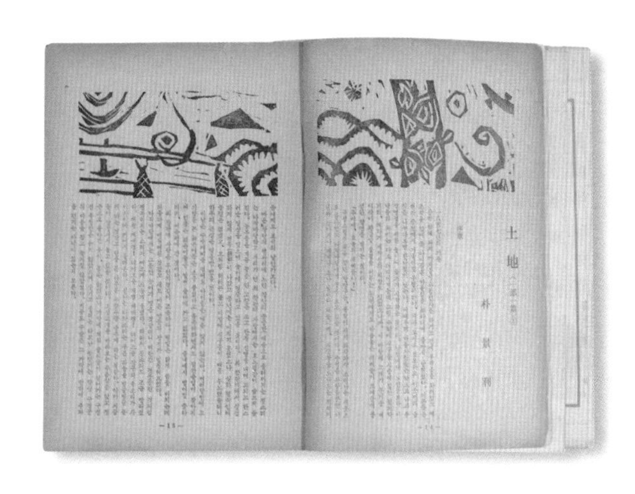

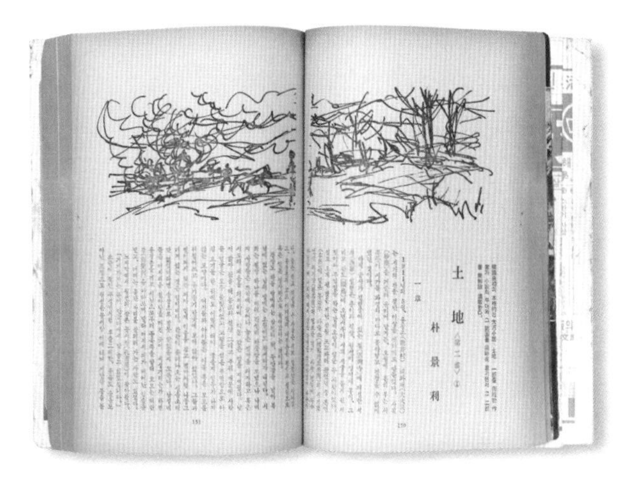

(위) 『토지』 최초 발표본. 『현대문학』 1969년 9월.
(아래) 『토지』 제2부 제1회. 『문학사상』 1972년 10월.
『토지』는 25년간 집필 · 연재되었는데, 처음 연재한 『현대문학』부터
마지막인 「문화일보」까지, 총 아홉 곳의 신문과 잡지에 게재되었다.

"뭐라 했느냐?" "일본이, 일본이 말예요, 항복을,
천황이 방송을 했다 합니다." 서희는 해당화 가지를 휘어잡았다.
그리고 땅바닥에 주저앉았다. "정말이냐……" 속삭이듯 물었다.
그 순간 서희는 자신을 휘감은 쇠사슬이 요란한 소리를 내며 땅에
떨어지는 것을 느낀다. 다음 순간 모녀는 부둥켜안았다. 이때
나루터에서는 읍내 갔다가 나룻배에서 내린 장연학이 뚝길에서
만세를 부르고 춤을 추며 걷고 있었다.
모자와 두루마기는 어디다 벗어던졌는지 동저고리 바람으로,
"만세! 우리나라 만세! 아아 독립만세! 사람들아! 만세다!" 외치고
외치며, 춤을 추고, 두 팔을 번쩍번쩍 쳐들며,
눈물을 흘리다가는 소리내어 웃고, 푸른 하늘에는 실구름이
흐르고 있었다.

–『토지』 마지막 부분

솔 출판사 발행『토지』전질(총 16권)과
작가 생전에 책상에 놓여 있거나 집필 시 사용하던 문구류.

『토지』는 1969년 연재를 시작한 이래 25년 만에 탈고한
대하장편소설이다. 1984년「한국일보」창간 30주년 기념
'한국전후문학 30년' 최대의 문제작으로 선정된 바 있으며,
2002년에는 EBS와 교보문고가 실시한 인터넷 설문조사에서
한국인이 가장 좋아하는 소설 1위에 오르기도 했다.

밀리언셀러와 전업작가가 탄생하다

5

1970년대는 독재체제의 긴 터널 한편으로 산업화가 이뤄낸 달콤한 풍요가 어두운 터널 속의 조명처럼 반짝반짝 빛나던 시대였다. 도시에서는 청년들이 청바지 차림에 통기타를 어깨에 메고 거리를 거닐다가도 매캐한 최루가스로 뒤덮인 거리에서 게릴라처럼 나타나 구호를 외치고 사라졌다. 도시의 밤은 더 이상 어둡지 않았으나 네온사인의 그늘에는 시골에서 올라온 누이들의 눈물이 골목 한 구석에 웅덩이처럼 고여 있었다. 청년 작가 최인호가 쓴『별들의 고향』은 그런 면에서 이 시대 한국사회를 상징적으로 드러내는 작품이었다. 「영자의 전성시대」는 시골을 떠난 여성들이 어떤 삶을 살아야 했던가를 보다 더 직접적이고 적나라하게 드러낸 작품이었다.

이에 비해 조해일의『겨울여자』는 70년대 '여대생'이라는 존재를 로맨틱하게 등장시키는 소설인 동시에 억압된 정치적 상황 아래에서 일그러진 거울에 투영된 청년들의 삶을 보여주는 작품이기도 했다.

'정의사회구현'이라는 구호를 내세우며 등장한 5공화국이 출범할 무렵 연재가 시작된『인간시장』은 정의사회가 정작 '장총찬'이라는 청년의 어깨에 달린 것임을 아이러니컬하게 보여준다. 영웅적 개인에 대한 대중적 열망이『인간시장』에는 투영되어 있었다. 이런 대중들의 열망은 마침내 민주화에 대한 요구로 이어졌고 분단의 상처를 정면으로 다룬『태백산맥』이 그 열망과 만나면서 이 시대 최고 베스트셀러의 반열에 오른다.

- 최인호, 별들의 고향, 1972
- 조선작, 영자의 전성시대, 1973
- 조해일, 겨울여자, 1975
- 김홍신, 인간시장, 1981
- 조정래, 태백산맥, 1983

연재 • 「조선일보」 1972년 9월 5일 ~ 1973년 9월 14일.
단행본 • 예문관, 1973.

예문관 단행본, 1973년

별들의 고향

최인호

문오는 3년 전 동거했던 경아의 부고 소식을 듣고, 시신 인수를 위해 병원으로 향한다. 차마 경아의 시신을 볼 수 없었던 문오는 병원을 나와 경아에 대한 기억을 떠올린다.

경아는 평범한 집에서 태어나 사랑받으며 자랐지만 아버지가 돌아가시면서 가정형편이 기울자 학업을 포기하고 취직한다. 사회로 뛰어든 경아는 영석과 사랑에 빠져 임신하지만, 아이를 원치 않는 그의 요구로 중절수술까지 받고 버림받는다. 얼마 후 경아는 상처(喪妻)한 만중을 만나 결혼한다. 그러나 만중이 전처에 대한 기억을 떨치지 못하고 경아의 과거에 집착하면서 둘은 헤어진다. 이후 경아는 술집에서 일하게 되고, 그곳에서 문오를 만나 잠시 동거한다. 그러나 경아가 자신을 쫓아다니며 위협하는 남자를 피해 술집을 그만두고 집에만 있게 되면서 문오와의 다툼이 잦아진다. 결국 경아와 문오는 이별한다.

그로부터 1년이 지난 후 문오는 우연히 경아와 다시 만난다. 문오는 예전의 발랄했던 모습을 잃어버린 경아를 안타까워하면

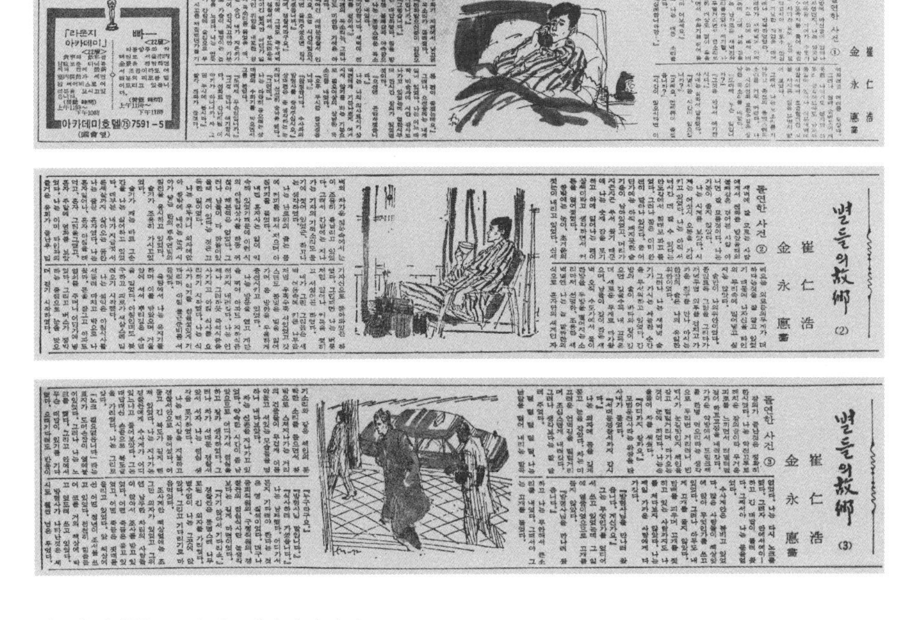

돌연한 사건 ①
崔仁浩
金永憲 畵

별들의 故鄕 (2)
돌연한 사건 ②
崔仁浩
金永憲 畵

별들의 故鄕 (3)
돌연한 사건 ③
崔仁浩
金永憲 畵

예문관 단행본(1973) 뒤표지의 저자 사진.

「조선일보」 연재 1~3회.
이 작품은 단행본으로 발행되자마자 매진되는 소동이 있었고,
무려 6개월 동안이나 베스트셀러의 자리에서 내려오지 않는 '이변'을
연출했다. 당시 신문기사에 의하면 초판을 무려 5천 부나 찍었으며,
판수가 최소 30판은 넘었을 것으로 추정하고 있다.

서도 그녀와 함께 하지 못하고 떠난다. 힘겹게 생활을 이어가던 경아는 추운 겨울, 술과 약에 취해 거리를 방황하다 눈 속에 파묻혀 죽음을 맞는다.

문오는 그녀의 뼛가루를 한강에 뿌리면서 경아가 자유로워지기를 소망한다.

★ “오랜만에 같이 누워 보는군, 경아”

단행본으로 출간되자마자 베스트셀러에 올랐던『별들의 고향』은 1974년 동명의 영화로 개봉되어 47만 4,800여 명이라는 한국 영화사상 최고의 관객 수를 기록했다. 당시 호스티스로 일하던 이들 중 많은 수가 주인공의 이름 ‘경아’로 예명을 바꿨다는 에피소드가 나올 만큼 소설과 영화「별들의 고향」의 인기는 상당했다.

속 별들의 고향 (1978)

감독 • **하길종**
출연 • **장미희, 신성일, 도금봉**
제작사 • **화천공사**

09

별들의 고향 (1974)

감독 • **이장호**
출연 • **안인숙, 신성일, 윤일봉**
제작사 • **화천공사**

큰 욕심은 부려보지 않겠다. 나이가 젊다고 객기를
부려보지도 않겠다. 신문소설이 작가에게 주는 영향은
대부분 마이너스라는 소리도 수십 번 들었다.
그래서 솔직히 겁이 난다. 무지막지하게 겁이 난다.
그러나 최소한도 문장 하나하나에 신경을 쓰고 사건
하나하나에 신경을 써서 써보겠다. 나는 언제부터인가
소설 속에 흔히 나타나는 우연적인 사건에 회의를 느끼고
있었다. 그 우연적 사건이 소설의 재미를 더해준다는
사실을 알고 있지만, 우연적 사건은 될 수 있는 한
피해볼 작정이다. 예쁘고 착한 여자를 그려볼 작정이다.
여기에 나타나는 남자상들은 대부분 비열하고
잔인하지만 본질적으로 선한 사람들이다.
나는 원래 선천적 악인을 그려내 보일 재주가 없다.
우리 주위에서 흔히 만날 수 있고 흔히 볼 수 있는
여인의 얘기가 독자들의 구미를 만족시켜줄 수 있을는지
없을는지는 잘 모르겠다. 또 약간은 환상적인 여자의
얘기가 어떤 반감을 일으킬지도 모르겠다.
그러나 최선을 다해 보이겠다.

–「조선일보」 연재 예고 작가의 말

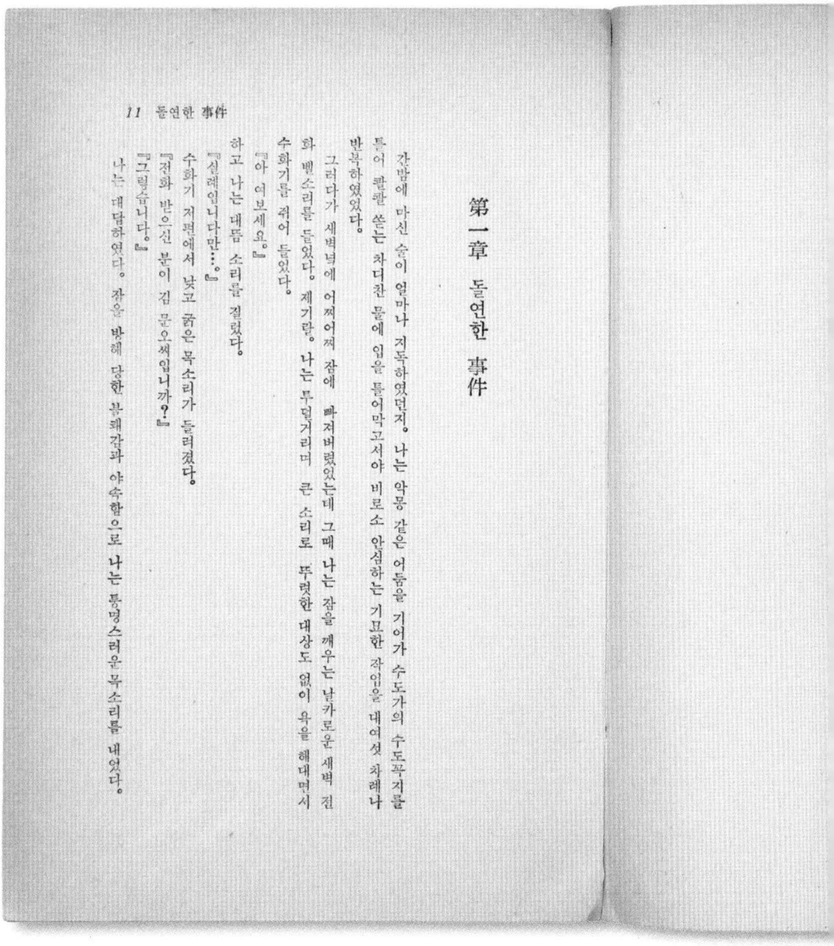

第一章 돌연한 事件

간밤에 마신 술이 얼마나 지독하였던지。 나는 악몽 같은 어둠을 기어가 수도가의 수도꼭지를 틀어 콸콸 쏟는 차디찬 물에 입을 틀어막고서야 비로소 안심하는 기묘한 작업을 내여섯 차례나 반복하였었다。

그러다가 새벽녘에 어쩌어찌 잠에 빠져버렸었는데 그때 나는 잠을 깨우는 날카로운 새벽 전화 벨소리를 들었다。 제기랄。 나는 투덜거리며 큰 소리로 뚜렷한 대상도 없이 욕을 해대면서 수화기를 쥐어 들었다。

『아 여보세요。』

하고 나는 내뜸 소리를 질렀다。

『실례입니다만…。』

수화기 저편에서 낮고 굵은 목소리가 들려졌다。

『전화 받으신 분이 김 문오씨입니까?』

『그렇습니다。』

나는 대답하였다。 잠을 방해 당한 불쾌감과 야속함으로 나는 퉁명스러운 목소리를 내었다。

『별들의 고향』은 여러 가지로 그 계기나 처음을 이룬 작품이라고 할 수 있다. 우선, 1970년대 '호스티스 문학' 유행의 발단이 되었으며, 소설이 잘 팔리면 큰돈을 만질 수 있다는 생각을 갖게 한 작품이기도 하다. 소설에 이어 영화도 공전의 성공을 기록했는데, 영화 OST 앨범도 한국 영화음악의 새로운 이정표를 세웠다. 이장희와 윤시내가 부른 음반은 기존 히트곡을 쓰거나 영화 흥행 성공 후 발매하는 것이 아닌 영상과 스토리텔링을 염두에 두고 기획한 본격 오리지널 사운드트랙이다.

발표 • 『세대』 1973년 7월.
단행본 • 민음사, 1974.

민음사 단행본, 1974년

영자의 전성시대

조선작

'나'는 군 제대 후 변변한 직업을 갖지 못하고 중대장이 차린 목욕탕에서 때밀이로 일한다. 여유를 찾은 '나'는 옛 연인 창숙이도 찾을 겸 성욕을 달래러 사창가를 찾았다가 군 입대 전 일했던 철공장 주인집의 식모였던 영자를 만난다. 가난한 농촌에서 태어난 영자는 서울에서 식모살이를 할 때에는 주인집 남성들에게 겁탈당하고, 집을 나와 버스 안내양 일을 할 때에는 한쪽 팔을 잃는 등 갖은 고생을 하다가 변두리로 밀려나 성매매를 하고 있었던 것이다.

'나'는 영자를 자주 찾아가고 의수까지 마련해 줄 정도로 마음이 깊어진다. 의수를 단 영자는 악착같이 돈을 벌고, '나'는 영자에게 달라붙던 남자를 폭행한 결과 구치소에 들어가기도 했다. 이 사건을 계기로 '나'는 영자의 서방으로 통하게 되었다. 그러나 그 무렵 경찰의 단속이 심해져 사창가에 자주 가지 못하게 된다. '나'는 영자와 따로 나와 살기로 결심하고 살림을 차린다. 영자는 가게 주인에게 그동안 모은 돈을 모두 맡겼다며 불안해하고, '나' 몰래 돈을 찾으러 갔다가 원인 모를 화재에 휘말려 사망한다. '나'는 한쪽 팔이 없는 한 구의 시체를 보며 허탈해한다.

★ 전성시대의 전성시대

소설「영자의 전성시대」는 인기를 끈 대중소설을 영화화하는 당시의 추세에 따라 1975년 같은 이름의 영화로 제작되었다. 영화가 큰 인기를 끌자 제작사는「영자의 전성시대」의 후속격인「창수의 전성시대」를 제작했는데, 주인공의 성격이나 줄거리가 유사하다는 이유로 작가가 표절문제를 제기하면서 큰 소란을 빚었다.

■ 新銳作家6人短篇選

영자의 全盛時代

趙善爵

실로 우연한 기회에 나는 영자를 다시 만나게 되었는데, 그것은 정말 꿈에도 생각지 못했던 일이었다. 영자를 다시 만나게 된 것은, 내가 군대에서 돌아와 한 공동목욕탕에 일자리를 구한 다음의 일이었다.

군대에서 돌아온 뒤 일자리를 구하기 위해서 나는 진짜로 고군분투했었다. 그러나 결국 낙착된 것은 목욕탕의 〈때미는 사람〉이었다. 사실 내가 군대에서 배운 것이라고는 사람을 죽이는 일밖에 없었다. 월남에서 실제로 나는 많은 사람을 죽였는데, 화염방사기로 토굴 속에 숨어 있는 일곱 명의 베트콩을 불태워 죽이고 이름있는 무공훈장을 획득하기도 했었다. 그러나 훈장이 나에게 취직 자리를 구해주는 것은 아니었다.

훈장을 받고 의기양양해졌을 때는 군대에 말뚝을 확 박아버릴까도 생각했었다. 그러나 나는 내 소시적부터의 꿈을 그렇게 쉽사리는 버릴 수가 없었다. 어렸을 때부터 나는 어느 철공장에 빌붙어 견습 용접공으로 밥을 얻어 먹었지만, 내 꿈이란 무교동의 한 화려한 술집에서 보오타이를 매고 일하는 것이라든지 명동의 한 소문난 양복점에서 재단사로 일해 보는 것따위의 그럴듯한 것이었다. 군대에서 돌아온 뒤 사실 나는 그런 곳에서 일자리를 찾았었다. 그러나 웨이터 자리를 위해서는 내게 보증금이 없었고, 양복점의 〈시다〉로서는 나이가 너무 많이 먹어버렸던 것이다.

그리하여 나는 어쩔 수 없이 나 자신을 불명예스럽게도 공동목욕탕의 때미는 녀석으로 낙착시키지 않을 수 없었는데, 따지고 본다면 실상 이 일자리는 실속은 있는 일이었다. 열심히만 된다면 까짓 시시하게 술집의 웨이터나 양복점의 재단사가 문제가 아니라, 술집이나 양복점의 사장도 될 수가 있는 판국이었다. 월남에서 용명을 날리던 우리 중대장이, 아직도 불도저가 산을 깎아내려 택지를 만들고 있는 이 신흥 주택가에 엉성한 목욕탕을 하나 차려놓고, 치사스럽게도 돈을 긁어모으는 일에 혈미처 있다는 사실을 생각한다면, 내가 거기서 손님들의 때를 밀고 있다는 사실도 피장파장이 아닐 수 없다.

아뭏든, 우리 중대장이 차려놓은 목욕탕에 일자리를 구하고 나서, 내게는 약간의 여유가 생기게 되었다. 여유가 생기자 나는 내가 군대에 들어가기 전에 사귀었던 계집애 창숙이년을 찾아나서게 되었는데, 엉뚱하게도 영자를 만나 버렸던 것이다.

362

『세대』 1973년 7월.
'신예작가 6인 단편선' 중
한 작품으로 발표되었다.

영자의 전성시대 (1975)

감독 • **김호선**
출연 • **염복순, 송재호, 최불암**
제작사 • **태창흥업**

15

속 영자의 전성시대 (1982)

감독 • **심재석**
출연 • **조영희, 송영춘, 김동현**
제작사 • **(주)현진필림**

87 영자의 전성시대 (1987)

감독 • **유진선**
출연 • **선우일란, 김영철, 김을동**
제작사 • **성도흥업(주)**

연재 • 「중앙일보」 1975년 1월 1일 ~ 12월 31일.
단행본 • 문학과지성사, 1976.

문학과지성사 단행본, 1976년

겨울여자

조해일

이화는 중산층 집안에서 곱게 자란 여자이다. 이화는 자신에게 편지로 고백하던 민요섭을 만나 좋은 관계로 지내던 중, 적극적으로 다가오는 그를 밀어낸다. 이화에게 거부당한 민요섭이 자살하자, 큰 충격을 받은 이화는 자신만이 아닌 타인을 위해서 살아야겠다고 결심한다.

대학에서 만난 우석기는 이화에게 사회적 현실을 가르쳐 주고, 이화는 많은 사람들에게 사랑을 베풀겠다고 생각하며 가족들에게 결혼을 하지 않겠다고 선언한다. 그러던 중 이화는 옛 고등학교 선생이자 지금은 대학에서 강의하는 허민을 만난다. 이화와의 관계가 깊어지자 허민은 청혼하지만, 이화는 이혼한 전처와 허민이 재회하도록 도와준 후 그를 떠난다.

이후 이화는 판자촌에서 사람들을 도우며 생활하고 있는 김광준을 만나 적극적으로 타인을 돕는 삶에 매진한다. 많은 사람들의 노력에도 불구하고 판자촌은 강제 철거되고, 이화는 그 폐허 앞에서 다시 일어서기로 결심한다.

★ 겨울여자를 보기 위한 행렬, 2킬로미터

소설의 인기에 힘입어 1977년 개봉한 영화 「겨울여자」는 57만 명을 동원하며 「별들의 고향」(1974)을 제치고 한국영화 흥행 1위에 올라섰다. 이 기록은 1990년 「장군의 아들」까지 깨지지 않았고, 여주인공 장미희는 이 영화를 계기로 스타덤에 올랐다. 당시 종로 3가 단성사 앞에서 비원 앞까지 2킬로미터에 이르는 줄이 섰다고 한다.

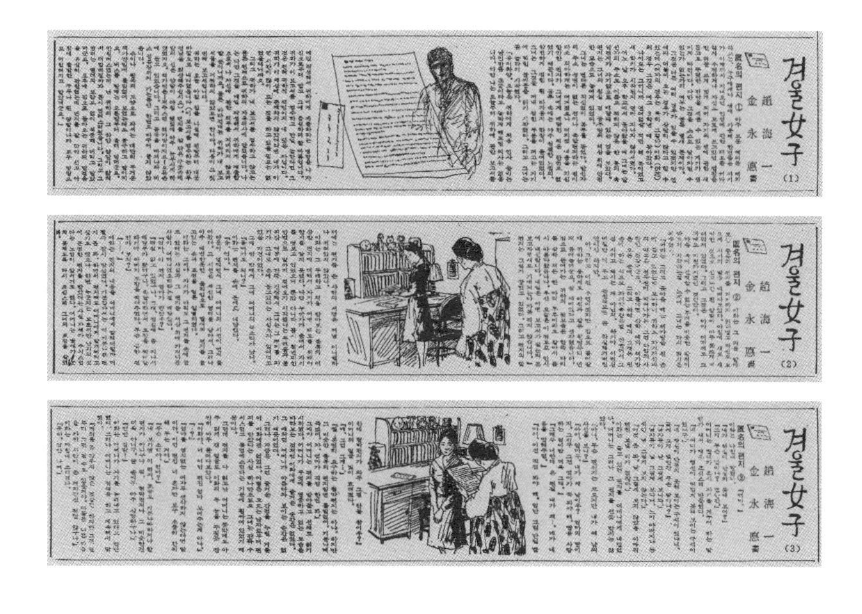
겨울女子 (1)
趙海一
金永悳 畵

겨울女子 (2)
趙海一
金永悳 畵

겨울女子 (3)
趙海一
金永悳 畵

「중앙일보」 연재 1~3회.
서양화가 김영덕이 삽화를 그렸다.

『겨울여자』라는 소설의 제목은 따라서 다소 정치성을 띤다.
'겨울'이 그렇다. 그 소설에 등장하는 남성 인물들은 대부분
정치적 상황과 깊이 연관되어 대체로 행복하지 못하다.
권력가의 괴로운 외아들, 학생시위, 대학신문에 쓴 기사
등으로 학교에서 제적돼 군에 입대해야 하는 학생기자,
고약한 정치상황에 괴로워하는 허약한 교수, 빈민운동가들이
그들이니 결코 행복하다고는 할 수 없는 사람들이다.
'겨울'을 사는 이들에게 따스한 '체온'을 나눠주는 역할이
여주인공이 맡은 몫이다. 이 대목이 다소 우화적이고,
따라서 오해도 조금 낳는다. 거기에 양념으로 곁들인
여성해방에 관한 나의 짧고 어설픈 식견의 피력(물론
여주인공의 입을 빌린)이 그 오해를 증폭한다. 그리고
놀랍게도 그러한 오해들이 독자들로 하여금 그 소설을
재미있는 소설로 비치게 한 모양이다 …(중략)… 어쨌든
작가로서는 어설픈 정치적 우화소설의 변종쯤으로
여겨지는 이 소설이 나름대로 지닌 미덕 또는 매력이
있었는지 나중에 단행본으로 출판되자 대뜸 베스트셀러가
되어, 나를 연탄 때는 15평짜리 서민아파트에서 곧
중앙공급식 난방의 27평짜리 중산층 아파트로 이사할 수
있게 해주었다. 나로서는 생각지도 못한 선물이었다.

– 조해일, '나의 책 이야기 – 겨울여자', 「동아일보」 1990년 9월 13일.

겨울여자 (1977)

감독 • **김호선**
출연 • **장미희, 신성일, 김추련**
제작사 • **화천공사**

겨울여자 2부 (1982)

감독 • **김호선**
출연 • **박선희, 김추련, 조인하**
제작사 • **(주)화천공사**

연재 • 『스물두 살의 자서전』, 『주간한국』, 1981.
단행본 • 행림출판, 1981.
(1981년부터 1985년까지 1부 10권,
1985년부터 1989년까지 2부 10권을 출간)

행림출판 단행본, 1981년

인간시장

김홍신

『인간시장』은 사회 뒷골목의 이야기를 옴니버스식으로 엮은 소설로 발표 당시의 제목은 『스물두 살의 자서전』이었다. 주인공 장총찬은 '인간시장'으로 지칭되는 인신매매의 본거지 창녀촌을 비롯하여 폭력배 집단, 소매치기 소굴, 사이비 종교단체, 퇴폐업소 등 사회의 어두운 면을 낱낱이 폭로한다. 일종의 해결사라 할 수 있는 장총찬의 활약은 마치 무협소설과 같은 분위기를 자아내면서 1980년대의 시대적 울분과 분노를 드러내는 데에 상당한 효과를 발휘한다. 장총찬의 행적으로 드러나는 현실 비판적 서사와 함께 장총찬과 간호학과 대학생인 다혜의 연애 이야기가 작품의 다른 한 축을 차지한다. 순수한 다혜와 장총찬의 러브스토리는 『인간시장』의 인기를 모으는 중요한 축이 되었다.

★ 한국 최초의 밀리언셀러

『인간시장』은 국내 최초의 밀리언셀러이다. 최인호의 『별들의 고향』(80만 부)의 기록을 넘어 『인간시장』은 1부 7권이 발행된 1984년에 한국 소설 최초로 1백만 부의 판매기록을 세웠다.

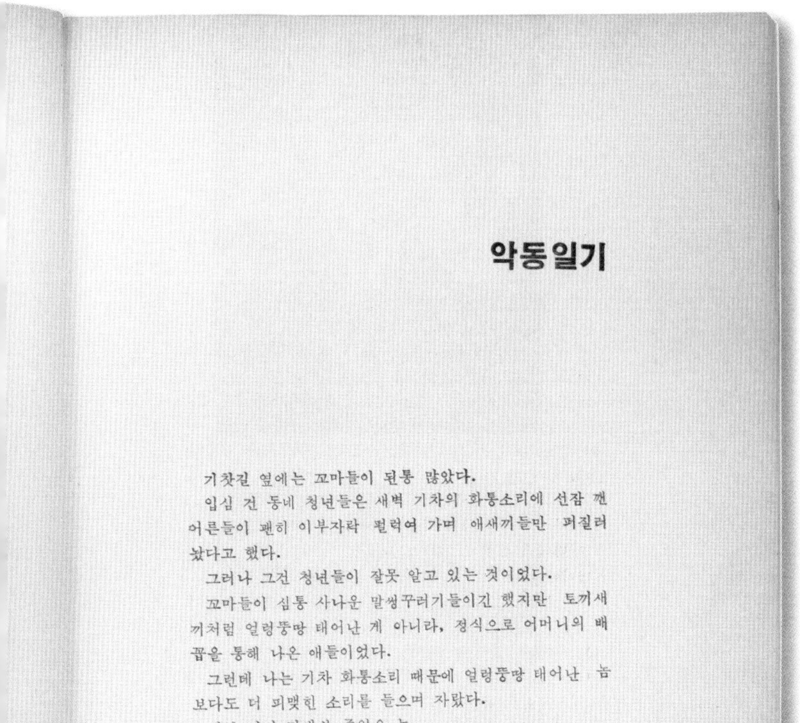

악동일기

기찻길 옆에는 꼬마들이 된통 많았다.

입심 건 동네 청년들은 새벽 기차의 화통소리에 선잠 깬 어른들이 괜히 이부자락 펄럭여 가며 애새끼들만 퍼질러 놨다고 했다.

그러나 그건 청년들이 잘못 알고 있는 것이었다.

꼬마들이 십통 사나운 말썽꾸러기들이긴 했지만 토끼새끼처럼 얼렁뚱땅 태어난 게 아니라, 정식으로 어머니의 배꼽을 통해 나온 애들이었다.

그런데 나는 기차 화통소리 때문에 얼렁뚱땅 태어난 놈보다도 더 피맺힌 소리를 들으며 자랐다.

샛강 다리 밑에서 주워온 놈.

나는 여학생 앞에서 부끄러움을 느끼는 나이가 될 때까지 이런 소리를 들었다.

「엄마, 날 누가 낳어?」

「내가 낳지 누가 나.」

「어디로 낳어?」

「배꼽으로.」

어머니는 언제고 주저하는 법 없이 이렇게 명쾌하게 대답했지만 나는 어머니의 말이 반쯤은 거짓말일 거라고 믿었다.

최초의 밀리언셀러 『인간시장』 단행본 1권.

인간시장,
작은 악마 스물두 살의 자서전 (1983)

감독 • **김효천**
출연 • **진유영, 원미경, 정한용**
제작사 • **㈜동협상사**

89 인간시장, 오! 하느님 (1989)

감독 • **진유영**
출연 • **진유영, 박현숙, 김종선**
제작사 • **뉴버드프로덕션**

인간시장 2, 불타는 욕망 (1985)

감독 • **김효천**
출연 • **진유영, 원미경, 강태기**
제작사 • **㈜동협상사**

인간시장 3 (1991)

감독 • **진유영**
출연 • **진유영, 정다혜, 이대근**
제작사 • **뉴버드 프러덕션**

23

작품이 연재된 『주간한국』에 실린 단행본 광고.
『주간한국』 919호, 1982년 7월 11일.
연재가 2년차에 접어들었는데,
제목이 『스물세 살의 자서전』으로 바뀐 것이 흥미롭다.

연재 • 『현대문학』, 『한국문학』, 1983년 9월 ~ 1989년 11월.
단행본 • 전 10권, 한길사, 1989.

한길사 단행본

태백산맥

조정래

해방 후 좌우익의 대립에 초점을 맞춘 『태백산맥』은 총 4부로 구성되어 있다. 제1부에는 1948년 빨치산 부대가 율어지역을 장악하는 과정이, 제2부에는 여순 사건 이후 약 10개월의 상황이, 제3부에는 1949년 10월부터 6·25전쟁 전후가, 제4부에는 1953년 휴전협정 직후까지가 그려져 있다.

좌익이 장악했던 벌교가 남측 군경에 의해 다시 진압되는 사이, 군당 위원장 염상진은 군경 세력이 미치지 못하는 율어면을 점거해 해방구로 선포한다. 이로 인해 마을이 좌우로 대립하고 인심이 흉흉해지는 가운데, 중도적 지식인 김범우는 희생을 줄이려 노력한다. 좌우익의 세력 교체 와중에 사람들이 서로 밀고하고 보복하는 참상이 자세히 그려진다.

여순 사건 이후 수복된 벌교에서는 북에서 농지개혁이 실시된다는 풍문에도 불구하고 남에서 토지개혁이 지지부진하자 농민의 불만이 비등하게 된다. 마침내 발표된 농지개혁법에 불만을 품은 농민들은 봉기하지만 벌교에 주둔한 군경은 이들을 무참히 진압한다.

한국전쟁의 상황은 벌교 지역 주둔군 사령관이던 심재모에 초점을 맞추어 그려진다. 한국전쟁 당시 군대의 부패와 무능, 횡령, 학살과 같은 참상은 물론 미군에 의해 저질러진 비인간적 행태들도 폭로된다. 중도적 지식인이었던 김범우는 공산주의로 전향한다. 휴전 후에는 지리산 빨치산 투쟁, 거제포로수용소의 실태 등이 그려진다. 염상진이 이끄는 빨치산 부대는 패퇴를 거듭하다 결국 자폭하고 효수된다.

★ 문학의 산맥

냉전 체제가 극에 달했던 시기에 분단을 정면에서 다룬 이 소설은 연재 당시부터 평단과 독자의 화제가 되며 지금까지 총 850만 부 이상 팔려 나갔다. 1994년에는 임권택이 이 소설을 영화화하여 그 해 각종 영화제에서 상을 휩쓸었다. 약 300여 명의 인물을 통해 해방 후부터 한국전쟁 휴전까지를 그린 원작을 살리기 위해 30억 원의 제작비와 7천여 명의 엑스트라가 동원되었다고 한다.

태백산맥 (1994)

감독 • **임권택**
출연 • **안성기, 김명곤, 김갑수**
제작사 • **태흥영화사**

소설『태백산맥』은 80년대 문학의 최대 성과로 문학사에
기록될 것이다. 그 근거는 이 방대한 규모의 작품 자체와
그것을 끈질기게 완성한 작가의 투지에서도 찾을 수 있지만,
이러한 깊이와 무게를 지닌 대작을 포괄할 수 있을 정도로
우리 사회가 넉넉해지고 있다는 점에서도 확인되는 것이다.
이제 우리의 삶과 역사는 총체성에 대한 인식을 전제하지
않고서는 그 방향을 이해하기 힘들다. 작가 조정래가 바로
그런 일을 이 달에 마무리지었다는 것은 노벨문학상에
대한 헛된 망상을 깨끗이 씻어버릴 통쾌한 일이라고
생각된다. 우리 시대는『태백산맥』이라는 이 작품 하나로
문학사의 표적이 될 수 있을 것이다. 작가와 조정래와 소설
『태백산맥』을 위해 함께 박수를 보내자.

– 권영민, '이달의 소설, 조정래『태백산맥』완결을 보고',「동아일보」1989년 10월 24일.

■連載小說

太白山脈 第1回

趙 廷 來

제1부 恨의 모닥불

1

언제 떠올랐는지 모를 하현달이 서편 하늘에 비스듬히 걸려 있었다. 밤마다 스스로의 몸을 조금씩 조금씩 깎아내고 있는 하현 달빛은 스산하게 흐렸다. 달빛은 어둠을 제대로 사르지 못했고, 어둠은 달빛을 마음대로 물리치지 못하고 있었다. 달빛과 어둠은 서로를 반반씩 섞어 묽은 안개가 자욱히 퍼진 것 같은 미명을 만들어 내고 있었다. 그 아슴푸레함 속으로 바닷물이 실려 있는 포구와 햇솜 같은 흰 꽃의 무리를 이루고 있는 갈대밭이 아득히 멀었다. 바닷가를 따라 이어지고 있는 긴 방죽 위의 길은 옥양목 필을 풀어 펼친 것처럼 유난히 희게 뻗어 나가고 있었다. 그 끝머리에 읍내가 잠들어 있었다. 읍내 너머의 들녘이나 동네는 켜켜이 싸인 묽은 어둠의 장막에 가려 자취가 없었다.

끼룩, 끼룩, 끼룩……

문득 기러기떼의 울음소리가 정적을 깨며 파문을 일구었다. 인(人)자를 옆으로 누인 대형을 이루며 기러기떼가 동쪽으로 날아가고 있었다. 그다지

『현대문학』 1983년 9월호에 제1부 1회 연재를 시작했다.

• 베스트셀러의 탄생

『인간시장』 김홍신 작가와의 대화 · 이현식, 함태영

• 베스트셀러와 문학의 대중성

시집을 중심으로 · 유성호

2 베스트셀러의 이면 읽기

TRADE WARS
닥터스 씽킹
韓國現代文學史

일시: 2017년 9월 7일
인터뷰어: 한국근대문학관 이현식 관장, 함태영 학예연구사
정리: 한보성 학예연구사

베스트셀러의 탄생 『인간시장』 김홍신 작가와의 대화

베스트셀러 기획전을 준비하면서 도록을 위해 문학관에서는 특별히 작가 인터뷰를 준비하였다. 베스트셀러가 어떻게 탄생하게 되었는지, 작품이 베스트셀러가 된 이후 작가의 삶이 어떻게 바뀌었는지를 통해 베스트셀러의 이면을 들여다 볼 수 있는 기회가 될 수 있을 것으로 기대했다. 이는 전시(展示)라는 방식으로는 전달할 수 없는 베스트셀러의 또 다른 이면이다. 작가라는 프리즘을 통해 베스트셀러의 탄생과 그 속살을 이해하는 기회가 될 것이다. 한국근대문학관에서는 가급적이면 현재 전시 대상인 작품의 작가를 찾았고 다행스럽게도 우리나라 베스트셀러의 대명사나 마찬가지인 『인간시장』의 작가 김홍신 선생께서 흔쾌하게 응해 주셨다. 인터뷰는 2017년 9월 7일 오후, 김홍신 선생의 자택에서 진행되었다.

이현식 (이하 이): 안녕하십니까. 1980년대의 대표적인 베스트셀러 작가인 김홍신 선생님을 모시고 이야기하게 되었습니다. 81년이면 저는 고등학교 다닐 때인데요. 젊은 세대는 잘 모를 수도 있겠지만 그때 『인간시장』의 인기란 정말 어마어마했습니다. 그에 대한 이야기부터 들려주시는 것이 어떨까요.

김홍신 (이하 김): 최근에 저와 인터뷰한 젊은 기자가 자료 조사하다가 깜짝 놀랐대요. 『인간시장』이 81년에 나왔는데, 나오자마자 한 달 반 만에 십만 부 돌파하고 3권인지 4권인지 정확하지 않은데, 성남에 있는 대한교과서에서, 초판을 12만 부 찍었어요. 단행본 역사상 아마 초판 12만 부는 그게 처음이자 마지막일거예요. 36년이 지난 지금도 이해가 잘 안 되지 않습니까?

이: 처음 연재되기 시작한 게 1981년이죠. 『주간한국』에 연재하게 된 개인적인 동기가 있으신가요?

김: 제가 동년배보다 비교적 늦게 1976년도에 데뷔를 했는데, 80년에 책을 세 권 냈어요. 부지런히 쓴 거죠. 장편소설『해방영장』, 콩트집『도둑놈과 도둑님』, 창작집『무죄증명』이었어요. 그중『도둑놈과 도둑님』이 말썽이 난거죠. 계엄 때 국가원수모독, 체제비방, 군 모독으로 끌려다닌 거죠. 수습이 되고 나서『주간한국』에 평론가이자 교열부 기자로 일하던 선배님이 계셨어요. "편집국장이 보잔다." 해서 갔더니 연재소설을 쓰래요. 연재소설이니 매주 원고지 40매씩 써야 하니까 부담스럽잖아요. 머릿속이 복잡한 게 지금 계엄사에서 조사받은 지 얼마 되지도 않는데, 무슨 얘기를 쓸까 겁도 나고. 그러다 그분에게 어떤 손님이 오셔서 대화하는 사이에 집에 와버렸어요. 나는 거절한 걸로 알고 온 거죠. 그랬더니 그 선생님이 전화를 하셔서 "내 체면이 있지 그냥 도망가면 어떡하나." 그래서 "도망간 게 아닙니다. 그분이 바쁘셔서 거절하고 왔습니다." 그랬더니 저 보고 "싫으면 편집국장한테 정식으로 거절을 해 달라."고 하셨죠. 그러면서 저를 약간 나무라기도 하셨어요. "젊은 사람이 도전을 한번 해야지, 그 정도 뱃심도 없나?"

이: 선생님, 그때 나이가 어떻게 되셨어요?

김: 81년이니까, 제 나이가 서른넷이었죠. 그래서 제가 "미안하지만 못 씁니다." 이러려고 갔어요. 국장님한테 정식으로, 안 쓴다는 얘기를 하

려고. 근데 국장님이 저에게 그러는 거예요. "그동안 당신이 쓴 글들을 쭉 봤다"고. 특히 동아일보에 『서울요철』을 6개월가량 연재했는데. 예를 들어 588 창녀촌, 그다음에 한센병 치유마을을 비롯하여 사람들이 보통 가기 꺼리는 곳을 찾아다녔어요. 새벽인력시장이나 서울역 앞에서, 시골에서 상경한 소녀들 팔아먹는 조직이 있었는데, 그런 것들을 취재해서 글을 쓴 적이 있었어요. 그걸 보고 나한테 반했다고 하는 거예요. 그래도 "난 못씁니다. 40매씩 쓸 재간이 없습니다, 특히 제가 지금 풀려난 지 얼마 안 되는데, 내 맘대로 글 못씁니다." 그랬더니 "당신 마음대로 쓰시오, 이건 약속할게." 그렇게까지 하는데, 옆에 그 선배님까지 계신데, 거절을 못하겠더라고요. 그래서 어쩔 수 없이 "하겠습니다." 하고 돌아서 나와 버스에 타는 순간부터 후회를 했어요. 그날부터 집에 와서 걱정을 하면서 공책에다가 볼펜으로 계속 끄적거리는 거예요. 인물 정하고, 뭐. 그렇게 해서 시작했는데 불과 몇 회 안 가서 분위기가 이상하다는 거예요. 『주간한국』이 더 팔리고, 독자들 반응이 장난이 아니라는 거예요.

함태영
(이하 함): 주인공 이름인 '장총찬'에 얽힌 일화가 있지요?

김: 주인공 '장총찬', 본래는 주인공 이름이 '권총찬'이었거든요. 제가 계엄사에 가 보니까 다 권총 차고 있었고. 저도 한번 붙어보고 싶은 마음에 '권총찬'으로 지었는데, 『인간시장』은 전부 검열받으며 쓴 글입니다. 그 시절은 계엄사 검열단에서 꼼꼼히 읽어 봐서 '검열필' 도장을 찍어야만 연재할 수 있었어요. 전부 그들 맘대로 고치고, 그들이 빼고, 하고 싶은 대로 다 한 거예요. 온전한 제 글하고는 부분적이지만 많이 달라져 있죠. 권총찬 그 이름 못쓴다고 해서 성만 살짝 바꿨어요, 장씨로. '장총찬'은 통과가 되고 '권총찬'은 통과가 안 됐어요. 연재할 때 반응이 굉장히 좋다는 건 알았지만 그 시절은 초판 2천부 찍을 때인데 『인간시장』은 5천 부를 찍을 만큼 분위기를 탔죠.

이: 『인간시장』 단행본 출판을 행림출판에서 하셨죠?

김: 행림출판으로 정한 이유는, 당시 제가 제일 부러운 게 책을 구석구석 쌓아두지 않고 가로로 죽 세워 놓는 것, 그래서 바로 자료 찾고, 읽고 싶은 걸 바로 읽고 꽂아 넣는 게 소원이었어요. 책이 너무 쌓이니까 방법이 없더라고요. 그래서 출판사 사장한테 농담처럼 "내 소망이 책꽂이에 마음 놓고 책을 꽂을 책방을 하나 갖고 싶다, 책을 정돈하게." 그랬더니 며칠 뒤에 밥을 먹자 그래요, 행림출판 사장은 제 인생에서 정말 고마운 사람이죠. 갔더니 수표를 줘요. 오늘 은행에다 넣으면 내일 찾을 수 있는 당좌수표에요. 내 평생 처음 만져 본 액수예요. 천만 원짜리를. 제가 그날 수표를 넣고 이튿날 확인해 보니 천만 원이 진짜 제 통장으로 입금이 됐어요. 그 당시 책값이, 보통 1,900원 정도 할 때에요.

이: 그 당시 천만 원이면 굉장히 큰 건데요. 제가 84년에 대학 들어갔는데, 그땐 책값이 좀 올라서 권당 3000원 정도였어요.

김: 그 시절 제 형편으로 그 빚을 언제 갚을 수가 있겠어요. 『인간시장』을 연재하는 동안 다른 데서 저한테 자꾸 미리 선인세를 주겠다, 원고를 달라, 여러 군데에서 제안이 들어왔어요. 『주간한국』에서 화제가 되니까. 하지만 저는 빚을 갚아야 하고 사장의 배려가 너무 고마워서 행림출판에서 출간을 했죠.

이: 앞서 말씀하셨듯이 『인간시장』 초판 부수는 정말 기록적이었습니다.

김: 처음에 출판사에서 초판 5천부를 찍겠다고 하는 거예요, 그래서 제가 겁나서 "안 팔리면 어떻게 하려고 해" 했더니 "내가 이정도 못 팔 줄 아느냐"고, 농담하듯 말하는 거예요. 그러더니 3일만인가 전화가 왔어요. (이: 5천부 찍은 다음에.) 네, 바로 1만 부 찍겠다고. "왜 그래?" 그랬더니 아, 주문이 폭주하고 있다는 거예요. 지금은 재판을 찍어도 책이 빨리 나오지만 그 시절에는 활판이라 인쇄하고 제본하는 것이 수작업이 많잖아요, 그러니까 늦게 나오니까 더 난리가 난 거예요. 괜히

베스트셀러라는 게 아니라 책을 찾아도 구할 수 없을 정도였죠. 독자들은 재미있다고 난린데. 만 부 찍고 나서는 또 금방 이만 부 찍겠다고 연락 오고, 한 일주일 사이에. 그러니까 한 달 반 만에 십만 부 돌파를 한 거죠.

이: 지금 와서 하는 얘기지만, 출판사 사장님이 선견지명이 있으셨네요.

김: 『인간시장』 초판이 1981년 9월 1일에 출간되었는데 제 운전면허증은 10월 면허증이에요. 81년 10월. 출판사에서 십만 부 돌파 기념으로 그때 처음 나온 현대 포니 투 자동차. 스틱이 아니고 오토매틱. 그걸 사줬어요. 그리고 2년 뒤에 백만 부 돌파 기념으로 스텔라를 사줬어요. 당시로서는 아주 좋은 차였어요. 그 무렵에는, 연예인은 '딴따라', 스포츠스타는 '헝그리맨'이라 불리면서, 사회적으로 인정을 못 받았어요. 오히려 진짜 사회적으로 인정받는 스타는 작가들이었죠. 예를 들어 저희들 한참 앞에는 슈퍼스타가 이어령 선생님, 그다음에 최인

호 형, 이런 식으로. 특히 문단의 스타가 대스타였거든요. 그런데 그걸 한번에 뒤집어 엎어가지고, 제가 한방에 80년대의 전설, 슈퍼스타가 돼 버린 거죠.

이: 제가 81년에 고등학교 1학년이었는데, 선생님께서 TV에 출연하시고 라디오 진행하시는 모습이 기억납니다. 요즘은 문인의 방송 출연을 보기 어려운 시대입니다만 그때는 베스트셀러가 사회적인 각광을 받는 시기였지요. 다시 그렇게 되기는 쉽지 않을 것 같습니다.

김: 82년에 MBC 심야 라디오, 「별이 빛나는 밤에」 뒤에 「0시의 플랫폼」을 제가 진행했어요. 텔레비전도 자주 출연했고. 『인간시장』으로 벼락스타가 됐고 방송에서 분위기 잘 맞춘다, 진행도 잘한다, 이런 방송국 쪽 나름의 판단과 청취율도 상당히 높으니까 저를 계속 선택한 거죠.

이: 지금과는 베스트셀러의 위상 자체가 달랐던 것 같습니다. 『인간시장』이 그렇게까지 인기를 거두었던 이유는 뭘까요?

김: 이건 좀 역설적인 건데, 당시 정권이 어떻게 보면 『인간시장』을 도와줬다고도 할 수 있어요. 그때 대학가, 군대, 노동 현장 그리고 해외 건설 현장 같은 곳에서 『인간시장』을 못 읽게 했거든요. 못 읽게 하니까 몰래, 더 호기심을 자극하게 되잖아요, 군대에서 휴가 나갔다가 『인간시장』을 가지고 가지 않으면 손찌검을 당하기도 하고. 그러니 부대 근처에다가 숨겨놓고 몰래 보고. 이런 식으로 많이 했대요. 해외근로 현장에서도 필독서였고요. 이게 광고효과라기보다, 암암리에 더 보고 싶어지는 심리가 크게 작용했죠. 그 시절 학교 선생님들이 전해 준 이야기가 참 재밌는데, 고교 교사들이 『인간시장』을 안 읽은 양반이 없는 이유가, 애들이 계속 몰래 보잖아요, 그걸 못 보게 하려고 뺏어서 왜 애들이 열광하는지 확인하려고 읽어 보니까 재밌거든. 그래서 당신들이 전부 돌려 읽은 거라고 하더라고요.

이: 그 당시 기준으로 총 판매 부수가 어느 정도나 됐나요? 아까 백만 부를 넘었다고 하셨는데.

김: 완판 기준으로 오백육십만 부죠. 백만 부는 이년 만에 돌파했어요. 그래서 제가 영광스럽게 대한민국 역사상 최초의 밀리언셀러 작가로 기록되었습니다.

이: 저는 『인간시장』이 그렇게 폭발력을 가졌던 이유가, 80년대의 억압적인 분위기에서 대중들의 눌려있는 마음, 그와 동시에 사회가 정의롭길 바라는 마음. 그리고 5공화국의 국정지표가 '정의사회구현'이라 했는데도 불구하고 정의사회가 구현되기는커녕 오히려 정의가 위협받는 상황, 소설을 통해 영웅이 출현했으면 좋겠다는 욕구, 대중들의 그런 억눌린 욕구가 『인간시장』과 만나서 나타난 현상이 아닌가 하거든요.

김: 정확히 보신 거예요. 그때가 계엄치하잖아요. 전두환 정권의 횡포가 심했고요. 광주 민주화운동으로 우리 민족의 가슴에 잘 벼린 칼날이 박혔잖아요. 국민들을 억압해서 어떤 울분을 분출할 수가 없었잖아요. 돌파구가 없었던 겁니다. 막힌 사회니까. 그러니까 책을 읽어서 분노의 해소, 울분을 저감시키는 반사작용, 저항을 하고 싶은데 내가 못하니까 누군가 대신해 주는 통쾌함, 이 암울한 시대에는 누군가가 내 대신 악당을 처단해 주기를 바라는 심리가 있잖아요. 그런 것들이 종합적으로 나타난 거죠.

이: 그러면서도 작품이 굉장히 재미있었죠.

김: 재미가 없으면, 아무리 기를 써도 안 팔렸겠죠. 『인간시장』은 감각적으로 쓸 수밖에 없었던 것이, 매번 검열관이 철저히 검열을 하거든요. 그러니까 저는 검열관과 대결해야 되잖아요. 그런데 검열관이 한 명이 아니라 매번 바뀌었어요. 이번 주엔 이 사람이 읽고, 그다음 주는 다른 사람이 읽고. 들어오는 순서대로 읽는 게 아닌가 싶어요. 그러니까 검열관마다 "아, 이게 문제가 되네? 이것 빼, 저것 지워."하는 것이

『인간시장』 집필 무렵의 작가.

저마다 다른 거예요. 그리고 또 그들 입장에서도 검열을 매섭게 했다는 흔적을 남겨둬야 뒤탈이 없을 거 아니에요? 위쪽에서 나중에 "왜 그냥 내보냈어?" 하며 책임을 물을 테니까 더 손을 댈 수밖에 없었죠. 세월이 지나고 보니까, 그때 쓸 때는 '아 여기 손댔네, 여기 손댔네.' 하며 첨삭한 걸 알았지만, 지금은 어느 장면 어느 글인지 모르겠어요. 뭘 손댔는지. 작년에 새로 출간을 하면서 고민을 하다가, "그냥 내자. 이건 그 시대, 상황과 검열의 패악을 고스란히 보여주는 거니까 그냥 내보내자." 그렇게 했어요. 그때는 『인간시장』의 스토리를 더욱 흥미진진하게 써야 했죠. 검열에서 살아남아야 하니까. 그렇기 때문에 저는 검열관이 '어 이거 봐라, 이거 재밌네.' 이럴 수 있도록, 일부러 Y담이나 로맨스를 넣기도 했죠.

이: 『주간한국』에서는 언제까지 연재하신 건가요?

김: 5년 연재해서 열 권을 냈고, 5년 뒤에는 출판사가 "이거 끝까지 갑시다, 백 권 갑시다, 백 권 거리는 되지 않습니까." 해서, 그 뒤에 아마 3년 반인가 걸쳐 계속 썼죠. 후편이 열 권이죠.

이: 뒤에는 연재 안 하고 전작으로 하신 거죠?

김: 연재는 안 했죠. 5년 동안 쉬지 않고 연재소설 쓰자니까 정말 힘들었어요, 다른 일도 바쁘려니와 대학원도 다니고 해서 더 그랬죠. 도저히 못 견디겠더라고요. 그만 쓰겠다고 선언한 거죠. 출판사가 계속 팔린다고 아쉬워했지만, 사실 10권 이후에는 많이 안 팔렸다고 봐야죠.

함: 홍보하는 데마다 선생님을 "작은 악마"라고 부르잖습니까? 영화 리플릿에도 '작은 악마'라고 나오던데요. 왜 작가를 "작은 악마"라고 불렀을까요?

김: 처음에 언론에서 "작은 거인"이라고 했어요, 그런데 어떤 권투선수도 작은 거인이고, 제가 아담한 사이즈니까 자꾸 거인을 붙이는데, 그게

남들하고 차별감이 없어요. 그래서 제가 농담처럼 "거인이라면 정신적 거인이어야 하는데, 내가 아직은 거인이 아니다, 그래서 작은 악마, 이러면 귀엽지 않냐. 도깨비 방망이 휘두르는 것처럼." 게다가『인간시장』, 전에도『도둑놈과 도둑님』같은 작품이 있었잖아요. 그런 작품까지 포괄하는 귀여운 악마, 장난꾸러기 악마. 그런 뜻이었죠.

이: 『인간시장』이 나중에 영화화하고 TV 드라마로도 만들어졌죠? 영화로 만들어진 게 먼저죠?

김: 사람들이 잘 모르는데, 두 번째 영화까지는 '인간시장'이라는 제목조차 못 쓰게 했어요. 진유영 씨가 두 편에 출연했는데, 두 번을 '인간시장'이라는 타이틀을 못 썼어요. 그리고 진유영 감독이 연극을 만든 적이 있는데, 지금의 서울시의회 건물, 당시는 세종문화회관 별관이었을 겁니다. 거기를 대관해서 공연을 올리려 했는데, 개막하는 날 저녁에 경찰이 포위를 해 버렸어요. 간판부터 전부 뜯어내고. '인간시장'이라는 제목을 썼다는 이유 하나만으로. 그러다가 MBC에서 박상원 씨가 주인공으로 나온 드라마가 처음으로 '인간시장'이란 제목을 쓴 거예요. 그 후에 진유영 씨가 직접 감독이 되어 영화「인간시장」세 작품을 더 만들었죠. 그러니까 '인간시장'이란 제목을 못 쓴 두 편과 '인간시장' 이란 제목을 사용한 세 편이 더 있어서 총 다섯 편이죠.

이: 북한에서도 선생님 작품을 거론한 적이 있습니다. 87년 이후 해금되고 나서 알려지길, 그쪽 사람들 말로는 남조선의 문제들을 잘 표현한 작품이라고 높이 평가했어요.

김: 저도 여러 번 들었어요. '남조선이 이렇게 엉망진창이다, 전두환이 다 망가트려 놨다, 오죽하면 김 아무개가 사회를 비판하는 이런 글을 썼겠는가. 지금 남조선 인민들이 이 책에 열광하고 있다, 우리 북조선 인민들은 남조선의 실상을 모르고 있다.'는 식의 내용이라고 들었죠.

이: 지금도 많은 사람이 김홍신 선생님 하면 『인간시장』을 생각합니다. 『인간시장』이라는 작품이, 선생님 개인적으로도 운명적인 작품이 아니었을까요?

김: 그렇죠. 제 인생을 바꾼 책은 확실하죠. 대한민국 역사상 최초의 밀리언셀러이니까요. 그것에 대해서는 누가 뭐라 하건 제 인생을 바꾸는 데 굉장히 중요한 계기였죠.

이: 저는 평론가인데, 평론을 하는 입장에서는 문학작품이 먼저 만들어지고, 부가적인 콘텐츠들인 영화 · TV 드라마 · 연극 등을 만들어내는 게 일반적입니다. 문학이 원 소스니까요. 한류의 뿌리도 문학이라고 저는 생각하는데, 그 입장에서 사회적으로도 물론 그렇지만, 문화적인 측면에서도 『인간시장』의 역할에 주목해야 한다고 생각하거든요. 영화 관람객 숫자라든지 TV 시청률 같은 부분만 봐도요.

김: TV 시청률은 그 무렵 시청률 최상위였죠. 그래서 박상원 씨가 그 드라마로 스타가 되었죠.

함: 81년에 처음 연재하실 때 작품 제목을 보면 『스물두 살의 자서전』이고, 광고도 그렇게 되어 있어요. 한 작품인데 제목이 두 개인 건가요?

김: 연재소설을 쓰다가 중간에 제목이 바뀐 건 우리 역사상 처음이에요. 『인간시장』이 여러 가지 기록을 가지고 있어요. 처음에 '스물두 살의 자서전'으로 제목을 지은 것은, 주인공이 스물두 살이거든요. 그래서 책을 낼 때 고민을 되게 많이 했어요. 책 제목으로는 임팩트가 덜하니까 『인간시장』으로 바꿨죠. 그랬더니 연재 중간에 신문사에서 연재 제목까지 바꿨어요. 해가 바뀌면 '스물세 살의 자서전', 또 해가 바뀌면 '스물네 살의 자서전'으로 했다가 그 뒤에는 아예 '인간시장'으로 바꿨죠. 『인간시장』으로 바꾼 것은 이미 단행본 책이 너무 폭발력이 있으니까 그런 거죠.

함: 제목은 어떤 의미에서 '스물두 살의 자서전'이라 붙이셨던 건가요?

김: 스물두 살이면 뭔가 꿈을 크게 꾸어야 하는 나이고, 인생의 도전기이기도 하고 뭐든 저질러야 하는 시기라고 생각해서 그렇게 했죠. 그런데 책을 내려고 하니까 임팩트도 약하고, 소설 제목인데, 무슨 '자서전' 하니까 좀 어울리지 않아요. 그래서 책을 낼 때 고민하다가 『인간시장』이라 했더니 출판사 사장이 아주 좋다는 거예요. 제목이 『인간시장』이기 때문에 더 폭발력이 있었던 것 같아요. 제목을 잘 바꿨다 싶었죠. 인간시장이 사람시장이잖습니까, 어디 가서 뭐 물어볼 때, '그럼 내 가격은 얼마일까' 이런 생각을 사람들이 조금씩 하게 되거든요. 그래서 『인간시장』으로 바꿨어요.

이: 연재하는 도중에 이 작품이 뜨겠다는 그런 생각을 하셨나요?

김: 그런 생각은 전혀 못했어요. 처음에 책을 찍는다니까 "그렇게 많이 찍지 마라, 큰일 난다"고 할 정도로 자신감이 없었어요. 다만 빚을 빨리 갚아야 한다는 중압감 때문에 그 출판사로 정했는데 출판사 사장은 정말로 자신 있다는 거예요. 저도 놀랐고, 그렇게 움직일 줄 몰랐죠.

이: 『인간시장』을 두고 현대판 무협지 같다는 말도 많았거든요.

김: 맞아요. 『홍길동전』 같다는 말도 많았죠. 그럴 수밖에 없던 것이, 정면 돌파를 할 수가 없었어요. 계엄 치하에서, 매주 검열관들 손을 빠져나가야 하니까. 그래서 좀 날렵하고 가볍게 쓰자, 상대를 공격할 때 눈앞에서 창이나 칼 들고 하면 대번에 걸린다, 그러니까 멀리서, 안 보이는 데서 휘감아서 다른 방법으로 공격하자, 그런 구상은 처음부터 했죠. 그리고 또 그 시대에 가지고 있던 울분 있잖습니까. 광주 민주화 운동만 봐도 못 견디겠는 그런 울분을 저도 터뜨릴 데가 없으니 하늘에 대고 빈주먹질이라도 하고 싶었지요. 『만다라』 쓴 김성동 선생, 이외수 선생, 송기원 선생, 시 쓰는 윤재걸 선생 등과 어울려 다니면서 울분을 토로하고 그랬어요. 제가 그 당시에 평민사라는 출판사를 우

"
계엄 치하에서.
매주 검열관들 손을 빠져나가야 하니까.
그래서 좀 날렵하고 가볍게 쓰자.
상대를 공격할 때 눈앞에서
창이나 칼 들고 하면 대번에 걸린다. "

리 대학 후배들하고 네 명이 시작을 했어요.

우리 평민사에서 감옥 간 양반이 무지 많아요. 민주화운동 하다가. 김찬국 선생을 비롯하여 장을병, 임헌영 선생 등등. 지난 얘기지만, 김성동, 송기원, 윤재걸과 저, 이렇게 네 명이 은밀하게 '청년작가동맹'이란 모임을 결성했어요. 각자 선언문을 써 가지고 국내 신문에는 못 내니까 외신에 주기로 하고 가지고 있는데, 그러다 송기원 선생이 잡혀 들어갔어요. 그래서 우리가 썼던 청년작가동맹 선언문을 묻었어요. 왜냐하면 모임 이름부터가 수상하잖아요. 더구나 선언문이 발각되면 송기원 선생이 더 고역을 치르게 되니 항아리에 묻었어요. 나중에 캐보니 물에 젖어서 못쓰게 되었어요. 그게 있으면 지금 얼마나 좋았을까. 그때 송기원 선생이 정말 고마운 게, 잡혀가서 우리 얘기를 한 마디도 안 한 거예요, 끝까지. 정말 평생 그건 잊을 수가 없어요.

이: 그런 평민사의 분위기가 『인간시장』에도 반영되었겠네요.

김: 우리 출판사에서는 수건을 창문 쪽에다가 걸어요. 우리 방에 경찰이나 정보원이 있다 그러면 노란 수건을 걸어요. 우리 출판사에 건대에서 두 번 퇴학을 맞고 세 번째 졸업을 한 데모 주동자가 있어요. 지금은 캐나다 이민을 갔죠. 그리고 송기원 선생과 언론사에서 강제로 내쫓긴 기자들이 수시로 드나들었으니 정보기관이 그냥 두고 볼 수 없었겠죠. 그리고 조금 뒷얘기지만 이해찬 전 총리가 우리 편집부 일을 했어요. 그러니까 그런 의식이 남다른 사람들과 어울리며 함께 울분을 토해내면서 『인간시장』을 쓸 수가 있었죠.

이: 경제적인 것이나 그런 걸 떠나서 베스트셀러 작가로 유명해지신 뒤에 직접 체감하신 건 언제였나요?

김: 제가 놀란 게, 공항에 가잖아요, 완전히 VIP 대우를 받는 거예요. 또, 식당에 가면은 덤을 잘 주고. 택시를 타면 돈을 안 받으려 그래요. "『인간시장』을 써 줘서 정말 고맙다"고. 또 그 시절만 해도 외국 가기 어려울 때잖아요. 그런데 취재차 여러 곳에 갈 수 있었어요. 제가 86년에 중공에도 갔어요. 물론 서약서를 쓰고 갔죠. 일체 갔다 왔다는 말을 하지 않겠다는. 그리고 사하라 사막, 리비아 여행도 했죠. 그 시절 유럽이나 인도 여행하기 정말 쉽지 않던 때였죠.

이: 최인호 작가 이전까지는 TV가 많이 보급되지 않아서, 작가의 얼굴을 사진으로만 봤지, 일반 대중들이 인지하기 어려운 시절이죠. 그런데 선생님은 저도 어렸을 때 기억에 TV에서 늘 뵈었기 때문에, 인지가 되더라고요. 그 영향도 있었겠죠?

김: 그 영향이 크죠. 그냥 얼굴을 보면 몰라요. 그런데 텔레비전에서 얼굴

을 익히니까 쉽게 알아보죠. 사실 제가 텔레비전을 자주 나가게 된 건, 효도하고 싶었기 때문이었어요. 신문이나 잡지에 아무리 사진이 나와도, 고향(논산) 사람들이 잘 몰라요. 그런데 텔레비전에만 나오면 동네 사람들이 우리 집으로 와서 얘기하는 거예요. "아들 나왔어." 하면 우리 부모님은 정말 세상 살맛이 난다고 했어요. 그 때 '아 이게 효도구나.' 생각했죠. 그러다보니 텔레비전에 많이 나갔고, 그래서 저는 이름과 동시에 얼굴이 널리 알려졌죠.

이: 제가 생각하기로는 선생님께서 그 이전 세대 작가하고 크게 차이가 나는 것이 그런 부분이 아닐까 했어요. 미디어 시대가 본격적으로 도래하면서 미디어와 가장 잘 어울렸던 첫 번째 소설가가 김홍신 선생님이 아닌가 합니다.

김: 정확한 지적을 하신 거예요. 저는 최인호 형을 잘 알잖아요. 형하고 의형제를 맺어서 자주 밥 먹으러 다녔어요. 그런데 사람들이 인호 형은 몰라보고 저한테만 사인을 해 달라 그래요. 그럼 제가 민망하니까 "여기 최인호 선생님입니다." 말씀을 드리죠. 그럼 사인 받으러 온 사람이 그제야, "와, 저 팬입니다." 그래요. 제가 오히려 인호 형을 소개했던 거죠. 전 지금도 곳곳의 음식점에 가면 제 사인이나 사진 걸린 데가 많아요. 저를 알아보고 "사인해 달라, 사진 찍어 달라." 하면 안 해 줄 수가 없거든요. 그 집에 다시 가면 정말 대우가 좋습니다. 많이 신경 써 준다는 걸 느낍니다. 우리 애들은 그전에 저랑 밥 먹으러 가는 걸 싫어했어요. 사람들이 하도 사인해 달라거나 사진 찍자 하니까 불편했던 거죠.

이: 가족 입장에서는 불편한 일도 많았겠네요.

김: 아들 녀석은 지금도 협박 전화 얘기를 해요. 협박 전화가 참으로 오랫동안 셀 수 없이 많이 왔어요. 애들을 유괴해서 죽인다고 하니 애 엄마가 놀라서 애들 데리고 도망간 적도 있었죠. 아이가 밥 먹다가 협박 전

화를 받아요, 그럼 받아서는 "네, 네, 네." 건성으로 대답하고 밥 먹으면서 "잘 못 알아들었는데요." 하고는 전화기 옆에 내려놓고 먹다가 "네, 네, 네." 또 한 숟갈 먹고 "네, 네." 그런 식으로 대응했던 걸 기억하고 있죠.

세월이 흘러 애 엄마가 죽은 지 이제 13년 반이 됐는데, 지금도 참 가슴이 아픈 게, 나 때문에 심장병이 더 도진 거예요. 본래 몸이 약한 사람이었는데, 마흔아홉에 떠났거든요. 지금 사는 이 집도 생전의 아내가 몸이 허약해 숨을 잘 못 쉬니까 나무와 꽃, 풀이 있는, 마당 있는 집을 구했던 거지요. 못 떠나고 지금까지 33년째 살고 있어요. 지금 생각하면 공기 좋은 곳으로 이사를 갔어야 해요. 공기 좋은데 가서 요양했어야 하는데 그걸 못했거든요. 먹고 사는 문제 하며, 애들 교육이며 제 활동 영역이 서울이다 보니 떠날 수가 없었다는 핑계인데, 지나고 나니까 참 미안해요. 더 미안한 건 온갖 협박에 시달리게 한 거죠.

이: 작품 때문에 협박했던 건가요?

김: 특히『인간시장』가지고 협박을 많이 당했어요. 또, 제가 비판적인 글을 강하게 쓰니까. "너를 잡아다 어떻게 할 거야." 애 엄마가 이런 소리는 견뎠어요. 그런데 "너희 애들을 유괴할 거다." 그건 못 견뎠어요. 저보고 세상과 좀 그만 싸울 수 없냐고 얘기하더라고요. 애들을 데리고 어디론가 피신을 했다 오기도 하고 그랬죠. 그때, 애 엄마가 저더러 "제발 글 좀 강하게 쓰지 말고 우리도 좀 편히 삽시다." 그랬죠. 그런 소식과 소문을 듣다못해 우리 어머니가 서울에 올라와서는 저한테 그랬어요. "너 왜 그러느냐, 이제 좀 편하게 살자." 그때 제가 뭐라고 한 줄 아세요. 우리 어머니가 성당에 다니시니까, "어머니, 성당 다닐 때 신부님한테 배운 것, 예수님께 배운 게 뭡니까. 바른말 하고 옳게 살고 정의롭게 살라고 어머니가 저를 그렇게 가르쳤는데, 이제 하지 말라는 게 말이 됩니까." 이렇게 설득을 했죠. 아, 그런데 우리 어머니가요, 저는 지금도 그게 고마워요. 말리러 왔던 어머니가 탁 고개를 돌려

며느리한테 "내가 저렇게 가르쳤다. 미안하다. 그러니 그냥 살아라." 얘기하고 가셨어요. 이런 저런 얘깃거리가 참으로 많습니다. 어떤 분이 그러더라고요. 제 인생이 곧 대하소설이고 대하드라마 같다고.

이 : 선생님께서 오늘『인간시장』에 얽힌 재미있고 의미있는 여러 에피소드와 경험을 말씀해주셨습니다. 독자들이나 연구자들에게도 중요한 자료가 될 내용이 많아 저희들도 즐거운 시간이었습니다. 우리나라 베스트셀러 소설의 작가와 작품을 이해하는 좋은 기회도 될 것 같습니다. 장시간 동안 인터뷰에 응해주셔서 감사합니다.

홀로서기

겨울이 꽃핀다

그대가 곁에 있어도
나는 그대가 그립다

접시꽃 당신

내 혼에 불을 놓아

사랑하다가 죽어버려라

사랑굿

서른, 잔치는 끝났다

유성호 · 문학평론가, 한양대 교수

베스트셀러와 문학의 대중성 시집을 중심으로

1 베스트셀러는 무엇인가

원래 '베스트셀러'란, 1897년 미국 월간 문예지『북맨(Bookman)』이 전국적으로 잘 팔리는 서적들을 조사하여 발표하면서 사용하기 시작한 용어다. 당시에는 '베스트 셀링 북스(best selling books)'라고 했던 것이 '베스트셀러'라고 축약되어 불리면서 1920년대에는 국제적 공용어로 정착하였다. 사실 베스트셀러란 직역해 보면 '가장 잘 파는 사람'이라는 뜻인데, 지금은 의미가 바뀌어 '잘 팔리는 책'의 뜻으로 사용되고 있다. 베스트셀러 연구의 개척자로 불리는 해케트(A. P. Hackett)는 "나는 오래된『Publishers Weekly』에서 이 말이 처음 사용된 것을 발견했다."라면서 실제 기사를 하나 소개하고 있는데, 이 기사는 뉴욕의 어느 책 판매인에 관한 것이었다. 그 판매인은 스테이튼 아일랜드에 있는 자기 집으로 돌아가면서 나룻배 항구에 있는 가판 상인에게 가장 '잘 팔리는 책'이 무엇이냐고 물었고, 그 후로 '베스트셀러'는 보편적 명칭이 되어 책뿐만 아니라 모든 종류의 잘 팔리는 상품을 언급할 때 쓰이게 되었다는 것이다.

베스트셀러라는 기호는 대중적 욕망과 자본의 부가가치 욕망이 결합되어 그 효과가 나타난다. 따라서 우리는 베스트셀러가 한 사회의 중요한 지식 지수(指數)를 드러내는 것이자 한 사회의 대중적 욕망을 소비하는 일종의 상품적 표지(標識)임을 잘 알고 있다. 그러므로 서점이나 출판사에서 공인하는 베스트셀러는 그 용어 자체만으로도 확대 재생산의 파급 효과를 가지는 기호로 작용하게 된다. 물론 베스트셀러가 나오는 배경은 출판사들이 좋은 책(best book)보다는 잘 팔리는 책 위주로 출판을 하는 관행을 가지고 있기 때문이다. 그런가 하면 베스트셀러는 극심한 사회 변동 속에서 시대적 영향을 많이 받게 되는데, 우리나라에서도 사회 변동이 심할 때 특히 책의 판로가 영향을 받았다. 1997년 한 해를 휩쓸었던 김정현 장편소설『아버지』를 낸 출판사 편집장은 1998년에 "『아버지』가 올해 나왔다면 180만 부는 어림도 없었을 것"이라고 말한 바 있다. 이 작품은 명예퇴직 바람이 한창이었던 1996년 후반기에 고개 숙인 아버지들의 서글픔을 구구절절이 그려내 많은 사람들의 감동을 자아냈다. 그러나 1997년 IMF 사태가 불어 닥치면서 명퇴조차 '그나마 다행'으로 분위기가 급변했다. 명퇴의 아픔조차 한가한 얘기가 된 것이었다. 실제로『아버지』는 그 후로 거의 팔리지 않았다. '베스트셀러'가 '패스트셀러'가 된 것이다. 문제는 이러한 것을 아무리 뛰어난 출판업자라도 예측하기 어렵고, 설령 예측한다 해도 그것을 작품 속에 어떤 식으로 반영할 것인가를 미리 정하는 것은 더욱 불가능하다는 점에 있다.

당연한 말이지만, 베스트셀러가 모두 '베스트 북'일 수는 없다. 광고와 상업주의에 의해 만들어진 베스트셀러는 많이 팔렸다는 양적 의미일 뿐 독자에게 인정받은 질적 의미는 아니기 때문이다. 하지만 베스트셀러를 모두 패스트셀러라고 할 수 있는 것도 아니다. 장기간 꾸준히 사랑을 받으며 팔린 스테디셀러가 있기 때문이다. '스테디셀러'란 말 그대로 꾸준히 지속적으로 사랑받은 책을 말한다. 예를 들어 지금도 필독서로 손꼽히는 박경리의『토지』는 해방 이후 오늘날까지 한국현대문학사를 통틀어서 뛰어난 작품으로 손꼽히고 있고,『난장이가 쏘아올린 작은 공』은 100년 동안 제일 잘 쓰인 책으로 논자들 사이에서 선정된 바 있다. 결국 베스트셀러는 인간의 삶과 사회 구조를 전체성의 차원에서 사유하는 높은 이상을 염두에 둘 때 적실한 개념적 틀이 될 수 없다. 대중적 욕망에 호소하여 획득해낸 베스트셀러의 지위는, 그 자체가 시대적 흐름에 민감한 당대성을 바탕으로 만들어진 것이기 때문이다.

2 베스트셀러와 대중사회

문학 부문에서는 베스트셀러를 일컬어 '대중문학'이라는 명명을 내려온 전통이 있다. 우리 시대가 폭넓고 가변적인 대중사회이므로, 이러한 대중사회를 관통하면서 사람들에게 공감과 감동을 주는 문학을 '대중문학'이라 해도 크게 틀리지는 않을 것이다. 그런데 우리 학계에서 대중문학이라는 명칭에 포괄되는 작가, 작품, 현상에 대한 평가는 그리 호의적이지 않다. 그 까닭은 우선 대중문학이 가지고 있는 상업성이나 통속성 같은 외관에서 연유하는 것이다. 대부분의 연구자들은 일관된 침묵으로 대중문학을 외면하고 있는데, 이는 아직도 대중문학이 학술적 조명을 받기에는 적합하지 못하다는 불신과 냉소가 연구자들의 심층심리에 깊이 드리워져 있기 때문이다. 이처럼 대중문학에 대한 학계의 연구 성과와 대중의 호응도는 싸늘하게 반비례한다. 독자에게 호감을 주는 작품들이 비평가들에게는 외면당하고 있는 것이 보편적 진실인 셈이다.

그러나 이렇듯 척박한 풍토에도 불구하고, 대중문학에 대한 연구는 결코 경시할 수 없는 열정과 논리를 축적해 가고 있다. 특정 작품에 대한 소재주의적 논의로부터 시작하여 그것은 이제 대중문학이라고 명명되는 문학적 현상들에 대해 논리적이고 미학적인 시각을 마련하는 방향으로 점차 나아가고 있다. 이러한 연구의 진전에 따라 대중문학 연구는 일정한 개념적 공유와 개방적 관점의 정립을 요청받고 있다. 다시 말하면 대중문학이라는 명칭을 상정할 때, 거기서 대중이 뜻하는 범주, 그때 일컬어지는 대중성의 함의, 그리고 궁극적으로 대중문학이 가지는 범주와 그에 대한 연구 시각에 관한 것 등에 대한 논리적 해명을 요청받고 있는 것이다. 하나하나 생각해 보자.

먼저 '대중'의 개념을 생각할 때, 우리가 염두에 두어야 할 것은 그것이 근본적으로 역사적 개념이라는 사실이다. 이는 해묵은 상식에 속하는 일이지만, 재차 강조되어야 한다. 다시 말해서 그것은 고정불변의 개념이 아니라 시대와 환경 또는 사람들의 의식에 따라 탄력과 가변성을 부여받는 역동적 개념이라는 것이다. 그래서 문화예술의 향유에 대한 평등권을 신장시켰던 근대 초기의 대중과 자본주의의 전지구적 승리에 따른 소비사회의 대중을 똑같은 의미로 파악할 수 없다는 사실은 더없이 강조되어야 한다. 그 변화는 생각보다 크고 깊은 것이다.

당연히 현대사회에서 대중은 정치, 경제, 문화의 생산자인 동시에 소비자라는 이중적 의미를 띤다. 그 가운데 근자로 올수록 대중은 사회의 주체적 구성원으로서보다는 문화 소비자로서의 역할과 기능이 더 강조되는 특성을 띤다. 조금 더 좁혀 말하자면, 대중은 현대 자본주의 사회를 구성하는 소비 주체이자, 도시적 삶의 방식을 실제적으로 구성하는 불특정 다수를 뜻하는 것이다. 또한 대중은 일률적 기율에 의해서 움직이지 않고, 마치 자율적 단자들처럼 행동하기도 하고, 어떤 시류나 강력한 중심이 형성되었을 때는 거기에 편입되는 속도가

빠른 모순된 성격을 동시에 지닌다. 또 광고와 같은 자본주의의 언어에 의해 형성되는 지배 이데올로기의 재생산에 매몰되어, 그로부터 벗어나는 데는 심한 구조적 취약성을 가지고 있기도 하다. 그렇기 때문에 현대사회의 대중은 계층(또는 계급)으로 환원되는 경제적 개념을 넘어서고, 교육 수준이 떨어지는 무지층이라는 속류적 정의 또한 넘어선다. 하나의 이데올로기나 가치 기준으로 재단할 수 없는 불확정성의 존재, 일상에 침투하는 욕망의 포로가 되도록 철저하게 시스템적으로 관리되는 수동적 존재, 일상성에 갇혀 있으면서도 그 일상성에서 탈출하려는 욕구 역시 가지고 있는 능동적 존재, 이 모든 것이 현대사회의 대중이 지닌 중층성의 내질(內質)이다. 그래서 궁극적으로 대중은 현대 자본주의 사회의 생산, 유통, 소비의 주체를 이루면서 근대적 개인으로서의 일상과 욕망에 충실한 불특정 다수를 지칭한다고 할 수 있다. 그렇다면 베스트셀러로 우리에게 각인된 역사적 산물로서의 대중문학은 어떤 것일까?

먼저 역사적 범주를 살핀다. 대중문학을 논의하기에 앞서 먼저 전제되어야 할 것은 대중문학이 근대적 시민사회의 형성 및 근대적 대중매체의 팽창과 동시에 출현한 언어적 실체라는 사실이다. 그만큼 대중문학은 근대적 매체와 연관되어 있는, 다시 말해 철저히 근대의 산물이다. 고려가요나 사설시조에 나타나는 민중성, 판소리계 소설이나 영웅소설에 나타난 통속성 등은 그 자체로 평등 지향이라는 잣대로 평가되어야 하지만, 그것들을 대중문학으로 포섭할 수 없는 까닭이 여기에 있다. 따라서 근대 이후 대중문학이 한결같이 '신문'이라는 근대적 매체와 관련이 있다는 사실은 계속 강조되어야 한다. 결국 대중문학은 신분제가 점점 해체되고 예술이 상업적인 이해관계에 편입되기 시작하는 탈(脫)중세의 산물, 곧 근대문학의 한 양상이라는 점이 전제되어야 한다는 것이다. 그것은 또한 기존 사회 관습의 영향을 덜 받는 도시의 산물이라는 점이 강조되어야 한다. 그런 시각에서 우리는 농경사회에서 가장 폭넓은 향수층을 거느렸던 민요를 대중문학으로 포괄하지 않는다. 탈계급적 성격과 경제적 부(富)의 하향평준화에 따른 소비를 위한 상품으로 존재하는 예술로서의 문학, 익명의 거대한 수용자들 사이에서 대량복제를 통해 생산, 분배, 소비되는 문학을 우리는 대중문학이라 칭하는 것이다.

다음 인식론적 범주를 살핀다. 그것은 대중문학이 일상성의 강조를 통한 탈이념, 탈계급을 지향한다는 데 기초를 두고 있다. 더불어 그것은 소통의 다양화 및 민주화 그리고 미적 평준화 등을 목표로 한다. 이 또한 철저하게 근대적인 양상이다. 전일적인 중심적 가치가 한 사회를 관리, 지배했던 중세와는 달리 다양하고 가변적인 정서나 인식의 문제를 대중문학이 다룰 수밖에 없는 까닭도 여기에 있다. 이때 문제가 되는 것이 '감상성' 또는 '통속성'인데, 이들은 올바른 정서를 왜곡한다는 부정적 시각과 함께 지배 이데올로기가 강제하는 엄숙주의로부터 일탈의 상상력을 제공한다는 생산적 시각까지 다양한 스펙트럼을 거느린다. 결국 대중문학은 천덕꾸러기나 필요악 정도로 치부될 수도 있고, 아니면 감상성이 가지는 치유 효과나 카타르시스적 기능이 중시될 수도 있다. 곧, 감상성과 통속성은 억압적일 수도 있고 저항적일 수도 있는 것인데, 이는 작품마다 양상이 다를 것이다.

마지막으로 양식론적 범주를 살핀다. 이글턴(T. Eagleton)이 강조하듯, 문학은 생산 원료인 기존 이데올로기, 형식, 신화 등을 생산 수단인 문학적 기법에 의해 변형시켜 역사에 참여한다. 대중문학의 기법이나 양식은 삼각관계, 출세담, 영웅담, 폭력, 외설, 패러디, 향수와 공포, 자기연민의 센티멘털리즘 등으로 나타나는데, 이러한 양식적 특성은 그 효용론적 극대화를 노린 작가의 의도적 전략일 경우가 많다. 결국 대중문학의 기착지는 즐거움의 극대화이고, 그것을 위해 다양한 양식적 모색을 특수하게 활용한다고 할 수 있다. 이러한 세 가지 범주를 교직할 때, 우리는 대중문학의 범주, 가령 그에 포괄되는 작가, 작품,

현상 등을 추출할 수 있을 것이다. 모든 이론은 적용범위를 넓히려다 보면 내부의 논리에 균열이 가기 쉽고, 논리정합성에 치중하다 보면 적용범위가 축소되는 것을 감수할 수밖에 없다는 면에서 본다면, 이 정도가 우리가 합의할 수 있는 대중문학의 최대공약수의 범주가 된다.

대중문학을 바라보는 시각은 크게 세 가지로 요약할 수 있다. 부정적으로 비판하는 자세, 긍정적으로 그 의의를 밝히려는 자세, 객관성을 가지고 내적 논리를 밝히려는 자세 등이 그것이다. 대중문학은 사회 규범의 요구 및 강제와 긍정적으로 화해하는 사회통합 기능을 주로 수행한다는 의견이 첫 번째 시각이고, 대중문학의 언저리에 대중들의 줄기찬 염원과 동경, 유토피아 의식이 끊임없이 숨쉬고 있는 것을 긍정하는 견해가 두 번째 시각이다. 세 번째 시각은 객관적인 시각에서 문학사를 정리하는 작업에 주로 적용되어 왔다.

우리가 보기에 첫 번째 시각의 유용성은 당연히 문학성을 진지함과 연결시키려는 고전적 위엄에서 나온다. 그것은 대개 대중문학 유해론(有害論)의 시각을 띠며, 대중문학을 함량미달의 문화적 산물로 평가하는 예정된 결론을 향해 나아간다. 따라서 이 같은 시각이 대중문학 전체의 평가에 적용되지 않고 대중문학 내에서 작품의 구조를 분화하고 평가하는 유용한 잣대 중의 하나로 원용된다면 그것은 매우 타당하다. 이러한 시각을 참조하여 두 번째 시각을 근간으로 적용하는 것이 대중문학을 바라보는 더욱 생산적인 시각이 될 것이다. 물론 세 번째 시각의 과학성은 불요불급의 전제가 되어야 할 것이다. 그럼에도 대중문학은 다른 어떤 대상과도 견줄 수 없는 딜레마를 안고 있다. 그것은 이중의 변방의식이라고 명명할 수 있는 것인데, 하나는 여타의 대중예술 장르로부터도 경원당하고 있다는 사실이고, 또 하나는 인문학의 위기라는 담론으로부터도 푸대접을 받고 있다는 사실이다. 영화를 비롯한 자본주의 영상미학의 총아들에 의해 현저하게 위세가 꺾인 대중문학은 이제 대중문화론으로의 담론 확

장을 요구받고 있는 실정이고, 대중문학은 인간의 욕망을 조율하는 기능을 가진 디오니소스적 언어행위이니만큼 인문학의 위기를 타개하는 본류 역할을 감당할 수도 없다는 것이다. 그러나 이제 우리는, 잘 팔린 책에 대해 뒤늦게 '등급외판정'을 내리는 식의 평가절하식 태도는 버려야 한다. 대중문학이 원의(原義) 그대로 퇴영적, 소극적인 것은 틀림없겠지만, 통속성을 윤리적으로 폄하하면서 바라보면 그 안에서는 아무 것도 얻을 것이 없기 때문이다. 이 대중사회에서 문학성과 대중성은 더 이상 대립 범주가 아니기 때문이다. 대중문학이 여전히 문학을 통해 삶에 참여하는 방식과 그 성과를 우리가 물어야 하는 까닭이 여기에 있다.

사실 대중문학의 수용 코드에서 중요한 것은 끊임없는 자극의 퇴적이지 깊은 인문적 통찰은 아니다. 따라서 감상성을 통해 누선(淚線)을 자극하는 최루성 작품이나 영웅을 통한 대리체험이 대중문학의 중요한 요소가 될 수밖에 없는 것이다. 다시 말해 독자는 주인공의 낭만적인 운명이나 지은이의 교양적 잠언의 세계에 참여하며 자기를 동일시하게 되는데, 이와 같은 사회심리학적 접근 또한 대중문학을 바라보는 더없이 중요한 측면이 된다. 따라서 대중문학에서 철학이나 형이상학이 취하는 적극적이고 복합적인 세계 해석을 기대할 수는 없는 것이다. 결론적으로 우리는 대중문학이라는 문화적 실체를 긍정하고, 그 안에서 인간과 교섭 · 소통하는 적극적 의미를 찾는 열린 자세를 필요로 한다고 할 수 있다.

3 '대중문학'과 서정시

이처럼 대중문학은 본격문학 혹은 순수문학의 항구적 타자로서, 그동안 본격적인 미학적 논의의 대상이 못 되었다. 이러한 점을 반성하면서 우리는 바야흐로 대중들이 예술과 미학의 창조자이자 수용자인 첨단의 시대를 살아가는 이들답게 대중문학에 대해 열린 마음을 가져야 할 것이다. 이러한 관점을 가지고 우리는 우리가 경험한 서정시에서의 대중적 성격을 분석하려 한다. 대개 문학시장에서의 베스트셀러라는 것은 항용 장편소설이나 에세이 혹은 교양물이기 마련이다. 그러나 아주 예외적으로 시집의 경우에도 폭발적인 베스트셀러가 나오기도 하고 대중적 전파력을 가진 경우도 많다.

우리가 서정시를 쓰고 읽는 것은, 그 자체로 커다란 우주적 진실이나 역사적 흐름에 순간적인 동참을 하는 일일 뿐만 아니라, 개인적 차원에서 보더라도 그것이 자신의 관념과 생각에 새로운 탄력과 윤기를 부여하는 신생의 작업이다. 그 동참과 신생의 감각은, 일정한 지속성을 가지고 삶을 규율한다기보다는, 우리 삶의 나날이 가지는 무의미성과 순환성에 일종의 인지적, 정서적 충격을 가함으로써 자신을 반성적으로 바라보고 생각하고 치유해갈 수 있는 창조적 에너지를 부여하는 데 그 의의가 있다. 이것이 서정시의 가장 보편적이고, 또 가장 절실한 존재 이유일 것이다. 그런데 베스트셀러 시집들의 경우는 대부분, 이러한 정서적, 인지적 충격 중에서 사랑이나 그리움, 이별, 긍정, 희망, 깨달음, 명상의 언어들이 그 내용의 주를 이룬다. 이는 주로 소설에서 성(性)이나 폭력, 추리, 멜로, 영웅담 등이 대중성의 핵심이 되는 것과 사뭇 대비되는 것이다. 이러한 서정시의 덕목 안에는 세계를 단순화하는 정서가 우세하며, 설사 시인의 정서가 갈등과 모순의 상황에 처해 있더라도 그것을 인식하거나 극복하려는 시인의 의지나 정서는 비교적 단일하고도 명료한 지향을 내비치는 경우가 대부분이다. 따라서 이러한 시편들은 대중들에게 복합성보다는 단순성, 갈등보다는 화해, 부정적 의식보다는 긍정적 의식을 부여한다.

우리는 이러한 베스트셀러 시의 주제적 양상을, 사랑(그리움)과 삶에 대한 긍정(희망) 그리고 명상이나 깨달음을 통한 교양주의로 에둘러 말할 수 있다. 이는 앞서 말한 단순성, 화해, 긍정 지향의 성격을 아우른다. 그중에서 가장 즐겨 채택되는 주제는 '사랑'이다. 그것은 애절한 사랑, 맹목에 가까운 그리움, 희생적 헌신 등으로 나타나는 모노크롬의 세계이다. 그다음으로 많이 나타나는 주제는 삶에 대한 따스한 긍정 또는 희망이다. 비록 현재는 고통스럽고 누추하다 하더라도 그것을 극복하고 새로운 세계가 열릴 것이라는 부추김과 위안의 미학이 가장 지배적인 주제로 드러난다. 마지막으로 줄곧 나타나는 주제는 명상을 통한 깨달음의 세계이다. 이는 독자들의 교양 욕구를 충족시키면서 화해의 세계관을 형성하는데, 대중들에게 의사교육적(pseudo-educational) 효과를 행하는 부분이다. 이러한 주제들은 세계의 복합성과 갈등의 드라마보다는, 명료하고 투명한 정서적 지향을 통해 독자들에게 동일화경험을 부여하는 공통점이 있다. 독자들은 이러한 시들을 통해 위무받고 치유받으며 폭넓은 보편적 공감을 형성하는 것이다.

『홀로서기』(1987) 한 권으로 시집 베스트셀러 시대의 문을 연 서정윤은 그 누구보다도 아픈 사랑을 일관되게 노래한 시인이다. 그는 「홀로서기」라는 한 작품을 통해 한 시대의 상처받은 영혼들에 대한 공감과 위무의 폭을 넓히며 매우 커다란 대중적 친화력을 형성한 시인이다. 특히 「홀로서기」에서 그가 노래한 "기다림은/만남을 목적으로 하지 않아도/좋다/가슴이 아프면/아픈 채로,/바람이 불면/고개를 높이 쳐들면서, 날리는/아득한 미소.//어디엔가 있을/나의 한쪽을 위해/헤매이던 숱한 방황의 날들./태어나면서 이미/누군가가 정해졌다면,/

이제는 그를/만나고 싶다."라는 구절은 이러한 아픔과 갈망 그리고 그리움의 세계를 가장 명료하게 보여준 바 있다. 이러한 아픔을 딛고 다음과 같은 희생적 사랑으로 나아가는 점에서 서정윤의 대중성은 한층 제고된다.

> 사랑한다는 것으로
> 새의 날개를 꺾어
> 너의 곁에 두려 하지 말고
> 가슴에 작은 보금자리를 만들어
> 종일 지친 날개를
> 쉬고 다시 날아갈
> 힘을 줄 수 있어야 하리라

– 「사랑한다는 것으로」 (서정윤, 『홀로서기』, 청하, 1987.)

이 시편은 아픔을 딛고 헌신으로 나아가는 사랑의 과정을 그리고 있는데, 말하자면 있는 그대로 사랑하기를 그 사고의 중심에 두고 있는 작품이다. 미련과 집착보다는 보살핌과 자유로움의 공존을 통해 균형과 긴장을 이루는 것이 그가 말하는 '사랑한다는 것'이다. 얼마나 매력적이며, 우리의 이성이 끝까지 밀어붙일 수 있는 이상적인 사랑인가. 사랑하는 대상을 묶어두는 것이 아니라 새처럼 자유롭게 놓아주는 것이 참된 사랑이라고 노래하는 것이 이 시의 핵심 주제이다. 이처럼 서정윤의 시는 비록 상실감을 모태로 하지만, 보다 나은 인간성에 대한 낭만적 긍정이 그 핵심적 성격으로 자리하고 있기 때문에, 폐허 속에서도 희망을 잃지 않는 소망의 시가 되고 있는 것이다. 상처받은 젊은 영혼이 가지는 그리움과 대상에 대한 헌신적 태도를 쉬운 언어에 실어 노래함으로써, 대중적 성격을 가장 전형적으로 획득한 세계라고 할 수 있을 것이다.

도종환은 서정윤과 같은 시기에 '망부가'의 시인으로 높은 호소력을 보인 시인이다. 물론 도종환은『고두미 마을에서』(창작과비평사, 1985)처럼 민중적 상상력에 바탕을 두면서 소외된 세계를 줄곧 노래해 온 서정시인이다. 그러다가 아내를 떠나보내면서 "어떤 한 사내가 앞서 간 제 아낙에게 한 혼잣말"(「책 뒤에」,『접시꽃 당신』, 실천문학사, 1986.)격으로 쓴『접시꽃 당신』1 · 2권이 모두 높은 감응력을 띠면서 대중들에게 사랑을 받았던 것이다. 이러한 그의 시세계는 그 사실성과 더불어 체험적 직접성이 무엇보다 강렬하여, 독자들의 대리체험의 자장을 넓히는 극적 효과를 창출하였다.

그대여 흘러흘러 부디 잘 가라
소리 없이 그러나 오래오래 흐르는 강물을 따라
그댈 보내며
이제는 그대가 내 곁에서가 아니라
그대 자리에 있을 때 더욱 아름답다는 걸 안다
어둠 속에서 키 큰 나무들이 그림자를 물에 누이고
나도 내 그림자를 물에 담가 흔들며
가늠할 수 없는 하늘 너머 불타며 사라지는
별들의 긴 눈물
잠깐씩 강물 위에 떴다가 사라지는 동안
밤도 가장 깊은 시간을 넘어서고
밤하늘보다 더 짙게 가라앉는 고요가 내게 내린다
이승에서 갖는 그대와 나의 이 거리 좁혀질 수 없어
그대가 살아 움직이고 미소짓는 것이 아름다워 보이는

그대의 자리로 그대를 보내며
나 혼자 뼈아프게 깊어가는 이 고요한 강물 곁에서
적막하게 불러보는 그대
잘 가라

–「그대 잘 가라」(도종환, 『내가 사랑하는 당신은 – 접시꽃당신 2』, 실천문학사, 1988.)

이별의 불가항력성을 인정하면서도, 그것을 기억 속에 각인하려는 상상적 행위가 이 시의 모티프이다. "한 선량한 지아비가 아내의 죽음을 지켜보며 끝내 눈물을 보이지 않고 의젓함을 잃지 않으려는 안간힘"(김사인)으로 씌어진『접시꽃당신 1 · 2』의 작품들에는 하나같이 가혹한 자기절제가 따르고 있다. 이같이 자기엄격성을 유지하는 일은 시인으로서 난제가 아닐 수 없는데, 도종환은 비극적 엄숙함을 한결같이 견지하며 흔히 말하는 무거움으로서의 사랑의 몫을 외곬으로 감당한다. 빛과 소리와 행위가 정지된 상태에서 우주적 질서와의 묵시적 동화를 주된 방법으로 삼고 있는 것이 특징인 이 작품은 망자(亡者)에 대한 마지막 결별을 통해 더 넓은 세상에 대한 사랑으로 나아가려는 시인의 열망을 이면에 깔고 있기도 하다. 이처럼 도종환의 시는 인간성에 대한 낙관을 근본적으로 가지고 있으면서 불리는 비극적 사랑노래라고 할 수 있다. 다만 망부(亡婦)라는 사실적 구체성이 그의 시를 더욱 애절하게 만들고 있는 것은, 독서행위 역시 어쩔 수 없는 인간 소통의 한 방식이기 때문일 것이다. 도종환 시는 죽은 아내에 대한 간절하고도 헌신적인 애정이라는 가장 고전적인 아름다움이 대중들의 누선(淚線)을 자극한 예로 기록될 것이다.

김초혜는 일련의 사랑 시편인「사랑굿」연작을 통해 대중들을 사로잡았다. 여기서 '사랑'과 '굿'을 연결한 복합어인 '사랑굿'의 의미는 매우 각별하다고 할 수 있다. 그것은 '굿'의 이중적 기능 곧 제의적 기능과 치유적 기능을 동시에 아우르면서, 많은 이들에게 교양적 인식과 심정적 치유의 기능을 동시에 수행하고 있기 때문이다. 모두 163편으로 이루어진 이 연작시편은 하나의 존재론적 드라마, 곧 만남에서 이별에 이르는 일련의 시간적 질서를 형성하면서 마치 하나의 작품 같은 유기성을 띠고 있다. 그러나 동일인물의 정서적 변모라기보다는 만남과 이별의 정서가 여러 정황에서 순환하고 반복되는 일종의 순환적 구조를 취하고 있다.

그대 내게 오지 않음은
만남이 싫어 아니라
떠남을
두려워함인 것을 압니다

나의 눈물이 당신인 것을
알면서도 모르는 체
감추어 두는
숨은 뜻은
버릴래야 버릴 수 없고
얻을래야 얻을 수 없는
화염(火焰) 때문임을 압니다

곁에 있는
아픔도 아픔이지만
보내는 아픔이
더 크기에

그립고 사는
사랑의 혹법(酷法)을 압니다

두 마음이 맞비치어
모든 것 되어도
갖고 싶어 갖지 않는
사랑의 보(褓)를 묶을 줄 압니다

-「사랑굿 1」(김초혜, 『사랑굿』, 한국문학사, 1988.)

사랑을 운명적인 만남과 이별의 끝없는 과정으로 설정하는 상상력은 가장 고전적이고 전형적인 것이다. 만날 때에 떠날 것을 염려하는 것은, 만해 한용운 이래 반복되어온 사랑의 모순율인데, 그것의 간단없는 교차를 운명적으로 수용하는 것을 시인은 "사랑의 혹법(酷法)"이라고 노래한다. 이 시는 그러한 '만남/떠남' '물(눈물)/불(화염)' '보냄/그리움'의 대립을 "사랑의 보(褓)"로 감싸안는 넓고 대승적인 국량을 보여주고 있다. 보내는 아픔 속에서도 두 사람의 운명적 사랑과 한 사람이 한 사람에게 가지는 헌신적 애정이 시편의 전개 속에 무르녹아 있는 김초혜의 시세계는, 이러한 사랑의 시학을 통해 한 시대의 황량하고 이기적인 풍토에 새로운 사유의 길을 터주었다고 할 수 있다.
정호승 시세계의 형질을 이루는 것은 '슬픔'이라는 정서이다. 그의 슬픔은 한결같이 격정적인 비장함이나 감정 과잉의 감상주의를 동반하지 않고 오히려 차분하고 관조적인 성찰적 성격을 띠기 마련이어서, 우리는 그것을 당대적 발언으로보다는 인간 보편의 실존적 정서의 표현으로 기억한다. 따라서 그 슬픔은 극복해야 할 어떤 결핍의 상태가 아니라 인간의 보편적인 존재 조건 혹은 존재

원리이기도 하다. 초기 시에서 그가 "사랑할 수 없는 것을 사랑하기 위하여/용서받을 수 없는 것을 용서하기 위하여/눈사람을 기다리며 노랠 부르네/세상 모든 기다림의 노랠 부르네"(「맹인 부부 가수」, 『슬픔이 기쁨에게』, 창작과비평사, 1978.)라고 노래할 때, 그 세계는 삶의 따스함이다.

바다를 떠나 너의 손을 잡는다
사람의 손에게 이렇게
따뜻함을 느껴본 것이 그 얼마 만인가
거친 폭포를 뛰어넘어
강물을 거슬러 올라가는 고통이 없었다면
나는 단지 한 마리 물고기에 불과했을 것이다
누구나 먼 곳에 있는 사람을 사랑하기는 쉽지 않다
누구나 가난한 사람을 사랑하기는 쉽지 않다
그동안 바다는 너의 기다림 때문에 항상 깊었다.
이제 나는 너에게 가장 가까이 다가가 산란을 하고
죽음이 기다리는 강으로 간다
울지 마라
인생을 눈물로 가득 채우지 마라
사랑하기 때문에 죽음은 아름답다
오늘 내가 꾼 꿈은 네가 꾼 꿈의 그림자일 뿐
나를 사랑하고 죽으러 가는 한낮
숨은 별들이 고개를 내밀고 총총히 우리를 내려다본다
이제 곧 마른 강바닥에 나의 은빛 시체가 떠오르리라
배고픈 별빛들이 오랜만에 나를 포식하고

웃음을 터뜨리며 밤을 밝히리라

–「연어」(정호승,『사랑하다가 죽어버려라』, 창작과비평사, 1997.)

연어의 생리를 빌어 사랑의 의미와 가치를 노래한 이 작품은 아름답고 슬프다. 슬픔 자체를 심미화하지 않고 슬픔 속에서 희망의 원리를 내다보는 정호승의 작법과 안목이 이 작품에서도 그대로 관철되고 있는데, 주목할 것은 사람의 자취 없는 강의 상류에 알을 낳으러 기어오르는 연어의 마지막이 사랑의 행위라고 은유되고 있다는 점이다. "오랜만에 나를 포식하고/웃음을 터뜨리며 밤을 밝히"는 별빛은 그대로 정호승 초기 시의 빛나는 별인데, 그것은 거기서 거룩한 희생제의를 치르는 연어의 사랑에 대한 증인이 되고 있다. '희생을 통한 사랑의 완성', 바로 이것이 '슬픔' 속에서 '희망'의 원리를 일구려던 정호승의 시학이 마침내 다다른 자리이다. 결국 정호승의 시는 "사랑한다는 것이 아름다운 것"이라는 진부하고 새삼스런 자각에 이르는 과정의 산물이다. 오직 그는 '슬픔'을 인간 존재의 실존적 조건으로 승인하고, 그 운명을 사랑으로 위안하고 견디며 그 안에서 긍정적 희망을 일구어 내는 시편을 일관되게 쓰고 있다. 이러한 시인의 힘겨운 희망의 경작이 독자들에게 위안의 기능을 하게 되는 것은 매우 자연스럽다. 따라서 정호승의 시는 따스한 긍정과 희망과 위안의 세계이다.

수녀(修女) 시인 이해인의 등장은 사람들이 보통 무의식에 가지고 있는 도덕적 정결성에 대한 욕구와 순수무구의 세계에 대한 열망을 동일화하면서 많은 대중들의 환영을 받은 각별한 예이다. 에세이스트 법정(法頂)의『무소유』나 피천득의『수필』같은 책들과 함께, 이해인의 언어는 1970~80년대의 변혁기에서 예외적으로 피어난 순결의 언어였다. 문학 언어조차도 현실참여를 회피할 수 없었던 만큼, 이미 언어의 타락이나 오염이 보편화되어 있을 당시, 이해인의 언어는 이러한 때 묻지 않은 인간의 근원적 그리움을 실물로 보여준 성과였다. 대개 문학소녀라고 불릴 수 있는 층에서 발원하여 그 언어는 폭 넓은 대중적 감응력으로 확산되었다. 첫 시집『민들레의 영토』(가톨릭출판사, 1976)와 이어 펴낸『내 魂에 불을 놓아』(1979),『오늘은 내가 반달로 떠도』(분도출판사, 1983)와 산문집『두레박』같은 책이 널리 대중들에게 읽혔는데, 그 대중성의 근원에는 간결하고 쉬운 시어와 보편적이고 절실한 시적 주제, 그리고 종교적 염결성과 간절한 희원의 어조가 자리하고 있다.

지울수록 살아나는
당신 모습은

내가 신고 가는
평생의 짐입니다

나는 밤낮으로 여울지는
끝없는 강물

흐르지 않고는
목숨일 수 없음에

오늘도 부서지며
넘치는 강입니다

–「강」(이해인,『내 魂에 불을 놓아』, 분도출판사, 1979.)

'수녀'라는 직책, '여성'이라는 조건, 쉬운 언어라는 대중적 의장 등이 이해인 시에 대한 공감과 친화력을 높인 실질적인 덕목이라면, 이 작품은 그러한 요소를 두루 충족시키고 있다. 이 시에서 타자로 등장하는 '당신'은 그의 신앙적 대상인 절대자이자, 애틋한 연인이자, 그가 섬기는 모든 사람들이기도 하다. 그래서 이 거룩하고도 아름다운 생의 긍정의 표현인 "평생의 짐"은 비록 무거워 보여도 그 자체로 신의 축복이요, 인간의 실존적 조건임을 환기함으로써, 지친 현대인에게 안식을 주고 있는 것이다. 원래 절대자에의 귀의는 사람들에게 현실 망각이라는 부정적 효과를 불러오기도 하지만, 위무와 재충전이라는 서정시의 정서적 기능을 긍정의 편에서 발휘하기도 한다. 이해인의 시는 이러한 정서적 효과를 가장 간결한 시적 의장 속에서 수행하고 있는 전형적인 예일 것이다.

명상을 통해 대중들의 기억 속에 강하게 부각된 시인으로 우리가 류시화를 드는 것은 조금도 새삼스럽지 않다. 그는 라즈니쉬류의 명상서적들을 번역하면서 축적한 인지도를 바탕으로, 명상과 구도의 언어를 묶은 시집들을 연달아 펴내면서 대중들을 간결하고도 편안한 긍정의 지혜로 안내한 시인이다. '안재찬'이라는 본명으로 신춘문예에 당선한 본격시인인 그가 문단을 등지고 외롭고도 집중력 강한 독자적인 시세계를 선보인 것은 당시로서는 의외의 일에 속하는 것이었지만, 일관성 있게 심화된 그의 행보는 이제 그만의 강한 흡인력으로 독자들을 자신의 언어 앞에 묶어세우며 정서적 공감대를 넓혀 가고 있다.

바다의 깊이를 재기 위해
바다로 내려간
소금인형처럼
당신의 깊이를 재기 위해
당신의 피 속으로
뛰어든

나는
소금인형처럼
흔적도 없이
녹아 버렸네

–「소금인형」(류시화,『그대가 곁에 있어도 나는 그대가 그립다』, 푸른숲, 1991.)

세련된 관념으로서의 사랑이라고 명명할 수 있는 류시화의 시는 가벼움과 무거움 사이를 곡예하듯 아슬아슬한 균형을 유지하며 통과하고 있다. 류시화는 삶의 보편적 구조로서의 사랑을 명상적이고 구도적인 분위기에 실어서 노래한다. 또 내용과 형식의 절충을 통해 단조로움과 평이함 속에서도 강한 감동을 산출하고 있다. "내 안에 있는 이여/내 안에서 나를 흔드는 이여/물처럼 하늘처럼 내 깊은 곳으로 흘러/은밀한 내 꿈과 만나는 이여/그대가 곁에 있어도/나는 그대가 그립다"(「그대가 곁에 있어도 나는 그대가 그립다」)는 그의 섬세한 언어는 이러한 세계의 한 절정을 보이기에 족한데, 합일의 순간에서 오히려 소멸에 이르게 되는 극적인 사랑이 이 같은 감동을 실재화하고 있는 것이다. 우리가 주위에서 사랑이라는 시니피앙의 풍요 속에 진정한 의미에서의 '사랑'에 대한 강한 빈곤감을 느낄 때, 이 같은 희생으로서의 사랑에 대한 강한 향수도 이 작품의 대중적 흡인력을 설명할 수 있는 하나의 요인이 될 것이다.

박노해는 1983년『시와 경제』2집에「시다의 꿈」등 6편의 시를 발표하며 시단에 나와, 1970~80년대 노동 현장의 구체적인 현장성과 더불어 그 체험에서 비롯되는 원한과 분노, 희망과 사랑의 정서를 줄곧 재현해낸 시인이다. 첫 시집『노동의 새벽』(풀빛, 1984)은 바로 노동계급의 의식적 자기표현이 담긴 최초의 시집이 되었고, 박노해 또한 그 시집으로 인하여 최초의 노동자 시인이라는 문학사적 지위를 부여받았다. 두 번째 시집『참된 시작』(창작과비평사, 1994)에서 그는 치열한 내적 반성과 변증을 거쳐 새로운 '시작'의 화두를 일구는 형상을 보여주었다. 그는 시집 1, 2부에 담긴 옥중시에 이르러 "후회는 없었다 가면 갈수록 부끄러움뿐"(「그해 겨울나무」)이라는 자아성찰의 시선을 오랜 각고 끝에 선보이게 되는데, 시인의 현실인식은 "땅은 그대로 모순투성이 땅/뿌리는 강인한 목숨으로 변함없는 뿌리일 뿐/여전한 것은 춥고 서러운 사람들"로 이어지고 마지막에 "모두들 말이 없었지만 이 긴 침묵이/새로운 탄생의 첫발임을/굳게 믿고 있었다/그해 겨울,/나의 패배는 참된 시작이었다"라는 역설적 반전의 표백을 통하여 새삼스런 지양의 계기를 마련한다. 그런데 그의 제3시집『겨울이 꽃핀다』(해냄, 1999)에서는 구도자적 어법과 보편적 교양주의가 짙게 채색된 대중적 성격을 견지한다. '겨울'이라는 엄혹한 외적 요인에도 불구하고 꽃이 핀다는 것, 그것도 주어를 겨울 스스로가 되게 곧 '겨울이 꽃핀다'고 함으로써 노동의 '새벽'이라든가, 참된 '시작'이라든가, 사람만이 '희망'이라든가 하는 계몽적 대위법(對位法)을 확대하고 있는 것이다.

꽃은
단 한 번 핀다는데
꽃시절이 험해서
채 피지 못한 꽃들은
무엇으로 살아야 하는가

꽃잎 떨군 자리에
아프게 익어 다시 피는
목화는

한 생애 두 번 꽃이 핀다네

봄날 피는 꽃만이 꽃이랴
눈부신 꽃만이 꽃이랴

꽃시절 다 바치고 다시 한 번
앙상히 말라가는 온몸으로
남은 생을 다 바쳐 피워가는 꽃
패배를 패배시킨 투혼의 꽃
슬프도록 환한 목화꽃이여

이 목숨의 꽃 바쳐
세상이 따뜻하다면
그대 마음도 하얀 솜꽃처럼
깨끗하고 포근하다면
나 기꺼이 밭둑에 쓰러지겠네
앙상한 뼈마디로 메말라가며
순결한 솜꽃 피워 바치겠네

춥고 가난한 날의
그대 따스하라

–「목화는 두 번 꽃이 핀다」(박노해, 『겨울이 꽃핀다』, 해냄, 1999.)

그의 이러한 변모야말로 변화하는 1990년대의 한국 사회의 모순율을 극적으로 통합하고 귀일시키는 견자의 포즈라고 할 수 있다. 이러한 변모를 '외적 혁명'에서 '내적 혁명'으로의 변화라고 그는 설명한다. 그의 시집 제목들을 떠올려 보라. '새벽→시작→희망→꽃핌(개화)'이라는 제목들이 한결같이 유토피아를 꿈꾸는 일관된 생성지향의 언어들이 아닌가. 이 같은 일관된 영웅주의적 계몽성과 극적 변신, 보편으로의 회귀 등이 그의 언어에 대중들이 몰리는 진짜 이유가 된다. 결론적으로 박노해는 우리의 진보가 가지고 있는 체질적 허약성을 한 개인의 깨달음으로 탈바꿈하면서 대중들에게 접근한 영웅적 교양주의의 한 사례가 될 것이다. 1990년대 들어 가장 첨예하게 대두한 담론은, '우리'의 문제에서 '나'의 문제로, '이성'을 통한 현실변혁에서 '감각'을 통한 일상 제시로 문학의 중심이 옮겨진 것이었다. 다시 말하여 집체적인 운동의 문학에서 가장 내밀한 사적 영역으로 문학의 주요 관심이 급속히 이월한 것이다. 이러한 흐름에 가장 재빠르게 편승한 담론적 구조가 이른바 후일담적 이야기였는데, 그러한 흐름은 소설에서 주도되었다. 물론 이러한 소설적 경향은 지난 시대의 구조적 변혁에 헌신했던 이들을 왜소화하고 오히려 감상적으로 취급한다는 점에서, 많은 비판에 직면하였다.

그런가 하면 최영미는 이러한 시대적 분위기를 타고 이른바 '최영미 현상'을 일으킨 바 있다. 말하자면 그녀의 시집은 혁명 이후의 시대적 분위기를 도발적이고 정직한 어조에 실어 노래한 한 시대의 만가(輓歌)이자 새로운 시대를 예감하는 포스트모던의 송가(頌歌)이기도 하였다. 『서른, 잔치는 끝났다』(1994)는 이러한 현상을 가장 직접적으로 반영하고 있는 문제작이다.

물론 나는 알고 있다
내가 운동보다도 운동가를
술보다도 술 마시는 분위기를 더 좋아했다는 걸
그리고 외로울 땐 동지여!로 시작하는 투쟁가가 아니라
낮은 목소리로 사랑노래를 즐겼다는 걸
그러나 대체 무슨 상관이란 말인가

잔치는 끝났다
술 떨어지고, 사람들은 하나 둘 지갑을 챙기고 마침내 그도 갔지만
마지막 셈을 마치고 제각기 신발을 찾아 신고 떠났지만
어렴풋이 나는 알고 있다
여기 홀로 누군가 마지막까지 남아
주인 대신 상을 치우고
그 모든 걸 기억해내며 뜨거운 눈물 흘리리란 걸
그가 부르다 만 노래를 마저 고쳐 부르리란 걸
어쩌면 나는 알고 있다
누군가 그 대신 상을 차리고, 새벽이 오기 전에
다시 사람들을 불러 모으리란 걸
환하게 불 밝히고 무대를 다시 꾸미리라

그러나 대체 무슨 상관이란 말인가

-「서른, 잔치는 끝났다」(최영미, 『서른, 잔치는 끝났다』, 창작과비평사, 1994.)

한 시대의 변혁에 자신을 아낌없이 투신했던 이들에 대한 자학과 냉소 그리고 끝없는 자기집착 등이 시집 전체를 감싸안고 있는 최영미의 세계는 "한 젊은 영혼이 자신이 받았던 상처를 투명하고도 감각적인 언어로 토해 놓은 일종의 고백시집"(강진호)이 아닐 수 없다. 그 안에 담겨 있는 과감한 성적 표현, 지난 시대와의 단호한 결별의지("그러나 대체 무슨 상관이란 말인가"), 단단한 비유체계, 그리고 무엇보다도 자학에 가까운 솔직성이 이 시집에 불어닥친 열풍의 진원지라는 것이 대체적인 분석의 결과이다. 그런데 위 작품에 담겨 있는 '끝나버린 잔치'와 '지쳐 있는 영혼'들의 묘사는 정치(精緻)하고 전면적인 반성의 결과라기보다는 자기의 체험 안에서 역동하는 냉소와 허무를 각인하면서, 세대론적 단층을 형성하는 기능을 하였다. 그래서 최영미의 시는 그 후로 지속적인 애호와 관심의 대상이 되지 못하고 90년대 초반이라는 한시적인 효용성을 띤 세계가 되고 말았다. 아무튼 최영미의 언어는 지친 영혼들에게 역설적 위무를 주었다는 긍정적 평가와 지난 시대를 추문화하면서 자신의 언어에 권력을 부여하려는 얄팍한 후일담이라는 부정적 시각이 엇갈렸다.

4 베스트셀러 시집들의 역할과 과제

유희와 오락의 소프트웨어로서의 대중문화의 영향력은 날로 커지고 있다. 따라서 이러한 시대의 문화적 산물인 문학작품들 역시 삶의 재충전이라는 측면에서 매우 긍정적 기능을 하기도 한다. 그래서 베스트셀러 목록에 오른 작품들은 우리의 내면에 잠재하는 응어리를 풀어준다는 점에서 소중한 것이고, 그것이 또 다른 응어리를 만들 수 있다는 점에서는 위험한 것이기도 하다. 어차피 삶을 전체성의 차원에서 사유하는 문학의 높은 이상은 대중문학에서는 불가능하다. 오히려 그것은 파편성, 우연성, 일상성, 교양주의, 운명 같은 추상적 의미들에 관심을 할애한다. 따라서 대중문학이 목표로 해야 할 것은 바로 성장에 대한 물신숭배야말로 우리의 저항 대상이며, 실존적 개인이야말로 근대적 의미의 궁극적 단위가 된다는 사실의 구체화에 있을 뿐이다. 그것이 데카르트가 설파한 근대적 의미의 코기토(cogito) 철학의 정점과 대중문학이 만나는 지점이기도 하다. 그러나 대중문학이 조장하는 이른바 '사물화(事物化)'는 지속적으로 비판되어야 한다. 루카치가 말하는 '사물화'란 인간 특유의 활동, 인간 특유의 노동이 객체적인, 인간으로부터 독립되어 인간에 낯선 자기법칙성을 통해 인간을 지배한다는 생각을 담고 있다. 막스 베버가 합리화의 요체를 탈신비화, 탈주술화로 보고 자본주의 체제의 가능성을 찾은 반면, 루카치는 거꾸로 합리화 과정이야말로 인간 이성이 스스로 마비되는 과정이라고 보았다. 자본주의 합리화 과정에 대한 이 같은 비판은 뒤에 호르크하이머의 '도구적 이성', 마르쿠제의 '1차원적 인간' 등에서 다양하게 변주되어 나타난다. 따라서 모든 세계를 '사물화'하는 대중문학의 안이함에 대해서는 꾸준한 비판이 이루어져야 할 것이다. 그것이 대중문학의 맹목적 옹호론이라는 또 하나의 편향을 극복하는 일이 될 것이다. 전자문화를 기반으로 하는 의사소통 체계가 지배적인 의사소통 방식으로 자리를 잡고 있는 이 시대에, 우리는 매슈 아놀드처럼 교양의 중심에 문학을 두고 다시 그 문학의 핵심에 고전을 두는 교양주의의 시선을 지속할 수만은 없을 것이다. 왜냐하면 우리 주위에는 이미 탈(脫)정전의 움직임들이 여러 성과를 거두면서 그 모습을 실체화하고 있기 때문이다. 그러나 "홍수가 나면 먹을 물이 귀하다."라는 말이 있지 않은가. 최근 범람하는 감각 지향의 문학들에서 사람들이 '먹을 물'을 구하는 것은 쉽지 않다. 이미지의 친숙성(intimacy)을 끝없이 재생산하면서 그것을 광범위한 구매로 이어지게 하는 광고 효과를 통해 대중 속으로 파고드는 문학을 대하면서, 우리는 그럼에도 불구하고 '잘 팔린 상품'이 아니라 '잘 쓰인 작품'을 고르는 안목을 꾸준히 견지해야 할 것이다.

- 기사로 보는 베스트셀러 · 함태영
- 베스트셀러와 시대 연표

3 / 당대의 눈으로 보는 베스트셀러

기사로 보는 베스트셀러

일러두기

1. 아래 글들은 1930년대부터 1990년대까지 당대 독서경향이나 베스트셀러와 관련된 신문과 잡지의 글들은 전재(全載)한 것이다.
2. 띄어쓰기와 맞춤법 · 표기법은 가능한 한 현대식으로 바꾸었다.
3. 일본어나 이해가 어려운 곳, 인명은 각주를 통해 쉽게 풀이했는데, 1945년 이전 자료를 주 대상으로 하였다.
4. 모든 주는 편자가 한 것이다.
5. 한자는 모두 한글로 바꿨으며, 필요에 따라 괄호로 병기했다.

「동아일보」 1931년 1월 26일

1 독서경향 최고는 소설

흥미 있는 독후(讀後)의 소감
동기 최고는 친구 권유

제1차 여학생계

독서와 경향 – 어떤 사람이, 어떤 책으로, 얼마나 읽는고? 우리는 이 같은 문제의 해답거리로 이 같은 난을 두어 시대인(時代人)의 참고에 숫자적 실상을 제공하려고 한다. 회사원들은 무엇을 읽는가? 여학생들은 어떤 것을 읽을까? 점원(店員)들은? 직공들은? …… 이것은 단순한 흥미 문제가 아니다. 시대의 색채를 이 중에서 엿볼 수 있으며, 시대의 요구를 이 중에서 들을 수 있다. 춘향전, 심청전을 읽던 시대와 읽던 사람과, 『노라』를 읽고 『부활』을 읽던 시대와 사람 사이에서 우리는 엄청나게 다른 빛을 보고 다른 소리를 듣는다. 이제 이 독서경향에 나타난 사실에 즉(卽)하여 세상은 무엇을 보고 무엇을 들을지, 이는 기자의 알 바가 아니다. 기자는 오직 사실 그대로의 재료를 충실하게 제공—소개할 뿐이니, 주관적 비평과 결론은 독자에게 일임한다.

⊙ 최근 일주일 동안 읽고 보신 도서에 대하여 아래의 각 항을 기입하여 주십시오. 무기 명이니 꼭 사실대로 바랍니다. (단, 교과서용 참고도서는 제외함)

1. 저자 및 서명
2. 읽게 된 동기
3. 읽은 후의 소감

○ 학원(學園)에 있는 우리의 자매들은 요즘 어떠한 책들을 보는지? 혹은 가정에서 혹은 기숙사에서 기나긴 겨울밤을 무슨 책으로 동무를 하는지? '독서경향'의 첫 조사는 우선 여기서부터 시작하려고 하였습니다. 그래서 별표와 같은 독서표를 시내에 있는 몇 군데 중등 정도의 상급생에게 돌렸습니다.

○ 상급생으로 제한한 이유는 여러 가지가 있습니다마는, 가장 착안(着眼)한 점은 이것입니다. 상급생이라 하면 한 두 달 뒤에는 학창을 떠나는 분들입니다. 상급 학교로 옮아가는 분도 있을 터이지마는 대개는 실생활(사회적으로나 가정적으로나)로 들어가리라는 예상 밑에서 바야흐로 학원(學園)과 사회의 접촉선을 걸어가는 그네의 심경을 알아보자는 것이었습니다.

○ 불행하게도 재료가 몹시 빈약합니다. 학교 수로 세 군데, 학생 수로 44명에 불과하니 숫자만으로는 보잘 것 없이 되었습니다. 허나 일파만파, 부분으로써 전폭을 짐작함이 과히 그르지 않다 할진대, 이 적은 통계로도 그 '무엇'으로 잇기에 과히 부족하지 않을 줄 믿습니다. 서두에도 언명한 바와 같이 이것은 순전히 재료의 제공-소개에 그치려 한 것이니, 주관을 섞은 비평과 결론은 일체로 피하려합니다.

○ 이것은 원래 '무교명(無校名), 무기명'이므로 교별(校別)로 따질 필요가 없으나 숫자의 근거를 밝히기 위하여 우선 교별로 분류한 다음 그것을 모아 내용을 살펴볼까 합니다.

A교	15명
소설 종류	9명
사상 방면	5명
잡지 기타	1명

B교	13명
소설 종류	11명
사상 방면	2명
잡지 기타	없음

C교	16명
소설 종류	8명
사상 방면	무
잡지 기타	3명
독서하지 않음	5명

위의 세 학교 44명을 전부 모아가지고 다시 상세히 분류를 하면 아래와 같습니다.

소설 종류	28명(약 72%)
원저자 : 조선인	3명
원저자 : 일본인	12명
원저자 : 외국인	13명

사상 방면	7명(약 18%)
원저자 : 일본인	4명
원저자 : 외국인	3명

잡지 기타	4명(약 10%)
조선잡지 :	4명

(백분율은 총수 44명에서 독서하지 않는 사람 5명을 제외하고 산출)

저자 및 서명

이제 위의 숫자와 분류를 토대로 하고, 우선 '저자와 서명'을 가지고 내용을 캐볼까 합니다. 첫째, 소설 종류가 전체의 '72%'라는 압도적 다수인 것과 그리고 소설류나 사상서류를 통하여 조선 사람이 지은 조선책보다도 일본 사람이나 기타 외국 사람의 저작이 거의 전부를 차지하였다는 것은 가장 주목할 점인 것입니다.

◇ **소설 종류** – 이 소설 종류에는 두세 가지의 전기(傳記)에 속할 것도 있었습니다마는 대개는 보통 소설입니다. 저자도 다방면이요 서명도 가지가지라 일일이 들기가 어렵습니다마는 대체로 말하면, 조선 것은 춘원의 작품이 전부(전부라야 3명뿐이지마는, 어쨌든 이 통계로는 전부)를 차지하였으며, 그중에도『무정』이 다수입니다.

讀書週間 第四週

朝鮮古典解題(四)

鄭芝同東愈의 「晝永編」

延專教授 鄭寅普

讀書傾向

最高는小說

第一次 女學生界

次週 讀書傾向 中等程度의 男學生界

代讀

朝鮮語文研究

忙中閑人

著者及書名

讀書風景

讀後의所感

1) 菊池寬(1888~1948). 일본의 소설가, 극작가, 저널리스트.

2) 鶴見祐輔(1885~1973). 일본의 관료, 정치가, 소설가.

3) 알렉산드라 콜론타이(1872~1952). 러시아의 정치가, 여성해방운동 이론가 · 혁명가.

4) 헨리크 입센(1828~1906). 노르웨이의 극작가.

5) 夏目漱石(1867~1916). 일본의 소설가, 평론가, 영문학자.

6) 알렉상드르 뒤마(1802~1870). 프랑스의 극작가, 소설가.

7) 레프 톨스토이(1828~1910). 러시아의 소설가, 사상가.

8) 빅토르 위고(1802~1885). 프랑스의 소설가, 극작가.

일본 것은 사람으로는 키쿠치 칸[1]이 제1위요, 작품으로는 츠루미 유스케[2]의 『어머니』가 최고봉이니 현실적 · 도회적 · 사실적 '에로틱'한 키쿠치의 여러 가지 작품이 고루고루 읽혀지는 한편으로, 소설가도 아닌 츠루미의 『어머니』가 고점(高點)을 차지한 것은 미상불 재미있는 대조입니다.

서양 것은 콜론타이[3] 여사의 『붉은 사랑』과 입센[4]의 『인형의 집』이 사람으로나 작품으로나 대등하게 다수를 점하였으니, 『인형의 집』에서 뛰어나온 발길이 콜론타이의 문하(門下)를 거치게 됨이, 이 또한 자연이 아닐까 모르겠습니다.

나츠메 소세키[5]의 『나는 고양이다』, 뒤마[6]의 『몬테크리스토 백작』, 톨스토이[7]의 『부활』, 위고[8]의 『레미제라블』 등은 독서 고문(顧問)에 추천하였던 관계라고 볼는지 모르나 투르게네프[9]의 『아버지와 아들』, 도스토예프스키[10]의 『죄와 벌』, 셰익스피어[11] 저작집 등이 있음을 보아 독서의 경향이 저급이 아님이 보이며, 로자 룩셈부르크[12]의 전기와 『무엇이 그 여자를 그렇게 하였나?』 등도 모두 시대의 색채에 물든 흔적이 아닐까 싶습니다.

◇ **사상서류** – 사회사상적 색채가 있는 것을 주로 하였음은 물론입니다마는, 엄격하게 따져 사상서류라고 할 수 없는 것도 한두 가지 포함되어 있음을 말해 둡니다. 워낙 수효가 적어서 저자나 서목(書目)[13]을 가려 따질거리가 없으므로 주요한 것 몇 가지만 쓰기로 합니다.

『인간고(苦)와 인간의 가치』(호아시 리이치로)[14]란 철학서를 비롯하여 부하린[15]의 『유물사관』, 콜론타이의 『부인과 가정제도』 등이 특출한 것이며, 이밖에도 『사회는 어떻게 되나?』, 『청년에게 소(訴)하노라』 등이 있습니다.

9) 이반 투르게네프(1818~1883). 러시아의 소설가.
10) 표도르 도스토옙스키(1821~1881). 러시아의 소설가.
11) 윌리엄 셰익스피어(1564~1616). 영국의 극작가.
12) 로자 룩셈부르크(1871~1919). 독일에서 활동한 폴란드 출신의 사회주의 이론가, 혁명가.
13) 제목.
14) 帆足理一郎(1881~1963). 일본의 철학자. 듀이 등의 영미철학의 소개 · 보급에 힘썼다.
15) 니콜라이 부하린(1888~1938). 러시아의 정치가.

읽게 된 동기

다음 '읽게 된 동기'는 분류하기가 곤란하리만큼 가지각색이며, 따라서 이렇다 할 만한 것이 별로 없을 뿐만 아니라, 예정행수가 넘쳐서 유감이지만, 대표될 만한 몇 가지만 개별적으로 열거할까 합니다.

- 동무의 권유
- 오빠의 지시로
- 저자의 사진을 보고(이것은 사옹집(沙翁集)[16]에 대한 것입니다)
- 서명(書名)에 끌려서
- 세상을 알려고(이것은 사상 방면에)
- 저자의 명성을 듣고
- 잡지 광고를 보고
- 그저 읽고 싶어서(다수)
- 우연한 기회에

그런데 선생의 지시로 읽었다는 것은 하나도 없습니다. 학교 선생님들은 교과용 참고서 이외에는 독서를 권하지 않는 모양같이도 보입니다.

독후의 소감

'독후의 소감'도 흥미 있고 주목할 만한 것이 매우 많습니다. 이것도 당초에는 유사한 점으로 분류를 하여 숫자적 비례를 보려고 하였습니다마는 그보다도 중요한 것을 추려 원문 그대로를 발표하는 것이 더한층 의미가 있을까 합니다.

- **오자키 코요[17]의 『금색야차(金色夜叉)』**
  …… 하여간 메이지[18] 시대에 있어서도 금전만 있으면 사람을 살 수도 있고 또 타락시킬 수도 있었다는 것을 느꼈습니다.
- **입센의 『인형의 집』**

이 세계에 '노라'와 같은 여성이 있다하면 참으로 여성운동은 성공하리라고 믿습니다.

- **콜론타이의 『삼대련(三代戀)』**

  최근에 와서 도덕적 관념이 얼마나 급격하게 변하는 것을 볼 수 있는 동시에 조선 여자의 도덕에 대한 표준도 이러하여야 할 것입니다.

- **춘원의 『재생』**

  여자란 것은 참으로 그럴까? 하고 생각하였다.

- **호아시(帆足)씨의 『인간고와 인간의 가치』**

  의인의 생활일수록 고통이 많다는 것을 느꼈다.

- **키쿠치 칸의 『진주부인』**

  모든 남성들을 요감스럽게[19] 희롱하는 것이 무엇보다도 여성의 굳센 힘인 줄 알았다.

- **츠루미 유스케의 『어머니』**

  나는 이 책을 보고 그 어머니의 교육 방침에 탄복하였다. 그리고 여자교육에는 어머니의 책임이 더 중대하다는 것을 일층 깨달았다.

- **위고의 『레미제라블』**

  세상 모든 것이 죄다 무정(無情)해진 듯하였다.

- **톨스토이의 『부활』**

  자기의 지위와 명예와 재산 모두를 버리고 빈천(貧賤)을 구별치 않는 주인공의 태도에 탄복하였습니다.

- **키쿠타 카즈오[20]의 『사회는 어찌되나?』**

  …… 모순된 사회-가득한 느낌을 이 좁은 종이에다 어떻게 말씀하오리까.

- **도스토예프스키의 『죄와 벌』**

  참으로 말할 수 없이 비참한 그 주위와 환경에 따라 그와 같이 되었음을 불쌍하게 느낄 따름입니다.

16) 셰익스피어 문집.
17) 尾崎紅葉(1868~1903). 일본의 소설가.
18) 明治. 일본의 연호. 1868~1910.
19) 흔들거나 흔들리게 함.
20) 菊田一雄(1905~1970). 본명 김태욱. 함경남도 출신. 소비자 운동가. 무산자운동에 참가하여 관동소비조합연맹 리더가 됨. 1945년 일본협동조합동맹 창립에 참가했으며, 요코하마생협의 기초를 닦았다. 일본으로 귀화하여 일본에서 생을 마쳤다.

1-2

「동아일보」 1931년 2월 2일

독서경향 최고는 사상

독후소감은 형형색색
동기는 선생 지시 최다

제2차 남학생계

⊙ 최근 일주일 동안 읽고 보신 도서에 대하여 아래의 각 항을 기입하여 주십시오. 무기명이니 꼭 사실대로 바랍니다. (단, 교과서용 참고도서는 제외함)

1. 저자 및 서명

2. 읽게 된 동기

3. 읽은 후의 소감

○ 지난주에는 여학생계의 독서경향을 소개하였습니다마는, 이번 주에는 제2차로 남학생계의 경향을 소개합니다.

○ 이것은 경성시내에 있는 고등보통 정도의 다섯 학교에 대하여, 상급생 111명의 최근에 읽은 책과 읽게 된 동기, 독후감 등을 조사한 것입니다.

A교	50명
소설 종류	19명
사상 방면	17명
신문 잡지	8명
기타	6명

B교	10명
소설 종류	1명
사상 방면	6명
신문 잡지	2명
기타	1명

C교	15명
소설 종류	4명
사상 방면	6명
신문 잡지	2명
기타	2명
독서하지 않음	1명

D교	13명
소설 종류	3명
사상 방면	1명
신문 잡지	5명
기타	4명

E교	23명
소설 종류	5명
사상 방면	6명
신문 잡지	8명
기타	3명
독서하지 않음	1명

이것을 전부 모아가지고 분류하면,

소설 종류	32명(31% 남짓)
원저자 : 조선인	2명
원저자 : 일본인	11명
원저자 : 외국인	19명

신문 잡지	25명(약 23%)
조선문 :	16명
일본문 :	11명
중국잡지 :	1명

사상 방면	36명(35% 남짓)
원저자 : 조선인	없음
원저자 : 일본인	23명
원저자 : 외국인	13명

기타	16명(14% 남짓)
원저자 : 조선인	3명
원저자 : 일본인	8명
원저자 : 외국인	5명

저자 및 서명

◇ 소설 종류 – 조선 것은 춘원의 작품인『재생』과『삼봉이네 집』두 가지가 있을 뿐. 일본 것은 대부분이 전집류입니다.『나츠메 소세키 전집』,『쿠니키다 돗포[21] 전집』,『현대 장편소설 전집』등을 읽는 모양인데, 이것도 각인각색으로 한 사람 이상의 독자를 가진 전집이 없습니다. 저자로는 츠루미 유스케가 순위가 높지만, 역시『어머니』와『최후의 무도』두 가지밖에 읽혀진 것이 없습니다.
서양 것으로는, 레마르크[22]의『서부전선에 이상 없다』가 1위를 점하고,『53호실』,『자살구락부』,『암굴왕』등 탐정괴기소설이 다음이오, 그 다음은 역시 전집류.

21) 国木田独歩(1871~1908). 일본의 소설가, 시인, 저널리스트.
22) 에리히 레마르크(1898~1970). 독일의 소설가.

◇ 사상서류 – 일본 것으로는 츠치다 쿄손[23]씨의 『문명은 어디로 가나?』가 제일 많고, 사노 마나부[24]의 『투쟁에 의하여 해방에』가 다음이며, 오오스기 사카에[25]의 『정의를 구하는 마음으로』도 있고, 카와카미 하지메[26]씨의 『자본론 입문』도 있습니다. 기타 『천황과 프롤레타리아』, 『노동자만 읽고 신사는 읽지마라』, 『조선전위당 당면문제』, 『일본무산청년운동』 등 가지각색이 있습니다.

서양 것으로는, 맑스의 『공산당 선언』을 비롯하여 『근세 노동계급의 대두』, 『맑스주의에의 길에』, 『유물사관』, 기타 『간디철학』 등이 있습니다.

◇ 기타 – 『음악입문』, 『에스페란토 강의』, 『애(愛)의 시집』 등이 있고, 조선 것으로는 육당의 『백두산』, 서상천[27]씨의 『현대체력증진법』 등이 있습니다.

읽게 된 동기

- 선생의 지시
- 친우의 권고
- 저자의 명성을 듣고
- 신문광고를 보고
- 우연히 책을 얻게 되어
- 독서 습관으로
- 호기심을 가지고
- 필요가 있어서
- 취미로

23) 土田杏村(1891~1934). 일본의 철학자.
24) 佐野学(1892~1953). 일본의 사회주의 운동가.
25) 大杉栄(1885~1923). 일본의 사상가, 사회운동가, 저널리스트.
26) 河上肇(1879~1946). 일본의 경제학자.
27) 1902~미상. 체육지도자.

등, 가지각색의 동기로 독서를 하는 모양입니다. 이 중에 선생의 지시가 10여 명 되는데, 그것은 전부가 츠치다 교손 저『문명은 어디로 가나?』이며, 취미로 본다는 것은 신문, 잡지류가 대부분이고, 소설류는 대개 저자의 이름을 듣고 보는 모양이며, 사상서류는 친구의 권고로, 농업강의, 체력증진법 등은 필요가 있는 사람이 많이 보는 모양입니다.

독후의 소감

독후의 소감은 역시 전과 같이 그 대표될 만한 것을 몇 개 원문 그대로 소개합니다. 그런데 특별한 관계를 가지고 그 장래 여하가 우리 민족에게 영향이 지대한 중국에 대한 서적의 연구가 별로 없는 것은 적지 않게 섭섭한 일입니다.

- **『신농업강의록』**
  읽은 것마다 실지로 하여보고 싶었다.
- **『사회색욕론(社會色慾論)』**
  과연 조혼은 말 못할 피해.
- **『신(神)의 구(救)』**
  인생 제 문제를 성서로만 표준하여 해결한다는 것, 좀 이상하였다.
- **『문명은 어디로 가나?』**
  문명은 극도로 발달한다는 감상.
- **『가정경제』**
  본서에 나타난 정신을 우리 민족이 다 가졌으면 혹 생활보존도 될 듯한 생각이 난다.
- **『자본론 입문』**
  책이 대단히 어렵습디다.
- **『전쟁과 평화』**
  재미는 있었소.
- **『현대체력증진법』**
  우리 조선 사람도 운동하여 외국인과 같은 신체를 만들고 싶다.
- **『부활』**
  감격의 눈물을 흘렸습니다.
- **『서부전선 이상 없다』**
  참담한 전쟁은 하지 않았으면 하는 생각이 난다.

1-3

「동아일보」 1931년 3월 2일

독서경향 최고는 소설

제2위는 역사전기류
동기는 위안이 최다수

제3차 인쇄직공

⊙ **최근 일주일 동안 읽고 보신 도서에 대하여 아래의 각 항을 기입하여 주십시오. 무기 명이니 꼭 사실대로 바랍니다.**

1. 저자 및 서명

2. 읽게 된 동기

3. 읽은 후의 소감

○ 남녀학생의 독서경향은 이미 소개한 바와 같이, 여학생계에는 소설 종류, 남학생계에는 사상서류가 많이 읽혀지는 듯 하거니와, 이번에는 좀 딴 방면으로 눈을 돌려 인쇄직공의 독서경향은 어떠한가를 알아보려 하였습니다. 인쇄란 문자를 모르고는 종사할 수 없는 직업인즉 인쇄직공은 직공계에 있어서의 식자층으로 볼 수 있을 것이며, 그들의 독서경향은 현하 직공계 일반의 의식수준을 엿보는데 한 재료가 되리라 한 까닭입니다. 이것이 혹이 방면에 유의하는 이에게 작은 시사나마 되면 다행입니다.

○ 경성시내에 있는 인쇄소 중에서 굴지하는 세 인쇄소의 직공 95명에 대하여, 최근에 읽은 서적과 읽게 된 동기, 독후감 등을 조사

한 결과 다음과 같습니다.

A 인쇄소	32명
사상 방면	5명
소설 종류	6명
역사 전기	21명

B 인쇄소	44명
사상 방면	14명
소설 종류	18명
역시 전기	3명
신문 잡지	5명
기타	4명

C 인쇄소	19명
사상 방면	5명
소설 종류	12명
역사 전기	1명
신문 잡지	1명

학생계의 독서경향을 소개한 때에는 사상방면, 소설종류, 신문잡지와 기타로만 분류하였지만, 이번에는 역사전기류가 많이 보이므로 특히 따로 모아보았습니다. 그 결과 이상과 같이 상당한 숫자를 얻었습니다.

○ 다음에 전부를 한데 모아가지고 다시 원저자 국적별로 분류해 보면,

사상 방면	24명(25% 남짓)
원작자 : 조선인	9명
원작자 : 일본인	8명
원작자 : 외국인	7명

소설 종류	36명(38% 조금 안됨)
원작자 : 조선인	23명
원작자 : 일본인	1명
원작자 : 외국인	12명

역사 전기 25명	(26% 남짓)
원작자 : 조선인	25명

신문 잡지 5명	(6% 남짓)
조선문	6명

기타	4명(4% 남짓)
원작자 : 조선인	3명
원작자 : 일본인	없음
원작자 : 외국인	1명

저자 및 서명

◇ 사상 방면 – 조선 것으로는, 『조선운동의 당면 제 문제』와 조민형[28]씨의 『조선농촌구제책』이 있고, 이 밖에 사회주의에 관한 팜플렛 2~3종이 있습니다. 이광수씨의 『민족개조론』과 『신생활론』도 이 부류에 넣었습니다.

28) 생몰년 미상. 농촌운동가.

일본 것으로는, 사카이 토시히코[29)]씨의 『사회주의 대의(大意)』, 야마카와 히토시[30)]씨의 『자본주의 계략(カラクリ)』 등이 제일 많이 보입니다.
서양 것으로는, 맑스의 『철학의 빈곤』, 『임금노동과 자본』, 부하린의 『유물사관』 등이 있고, 이 밖에 사상가의 전기도 있습니다.

◇ 소설 종류 – 조선 것으로는 과반수가 춘원의 제(諸) 작이요, 이 밖에 『구운몽』, 『옥루몽』 등 고대소설과 현진건씨의 『이상촌』, 박영희씨의 『소설평론집』 등이 있습니다. 시와 희곡도 이 부류에 넣으면, 시에 주요한씨의 『아름다운 새벽』이 있습니다.
일본 것으로는, 아리시마 타케오[31)]씨의 『카인의 후예(カインの末裔)』가 있을 뿐입니다.
서양 것으로는, 『무쇠탈』, 『부활』 등, 조선문으로 번역된 것도 있고, 일본문을 통하여는 세계문학전집 중에 든 러시아 작가들의 작품이 있고, 이 밖에 콜론타이의 『적연(赤戀)』도 보입니다. 희곡에 『하믈레트』와 『영국희곡집』 등이 있습니다.
중국 것으로는 『수호지』, 『삼국지』가 있을 뿐입니다.

◇ 역사 전기 – 전부가 조선 것입니다. 을지문덕, 세종대왕, 성삼문, 이순신, 김옥균 등 조선 위인의 실기와 『임진군란기』, 『병인양요』 등 군기류(軍記類)와 『조선해어화사』, 『조선여속고』, 『조선지위인』, 『해동명가필보』 등 사화집(史話集)입니다. 다만 하나 『비사맥전』이 보이는 것만이 예외입니다.

◇ 신문 잡지 – 전부 조선문이오, 『동광』, 『대중공론』, 『신흥』, 『해방』, 『별건곤』 등입니다.

29) 堺利彦(1871~1933). 일본의 사회주의자, 사상가, 소설가.
30) 山川均(1880~1958). 일본의 재야 경제학자, 사회주의자 · 사회운동가.
31) 有島武郎(1878~1923). 일본의 소설가.

◇ 기타 – 김동혁씨의『최근 식물학』, 양계초[32]씨의『음빙실문집』, 후쿠다 토쿠조[33]씨의『경제학원리』등입니다.

읽게 된 동기

- 위안
- 알기 위하여
- 우연
- 신문 광고를 보고
- 제목에 호기심이 나서
- 민족주의로
- 필요 없소

등 여러 가지입니다. 위안 때문에의 독서가 제일 많음은 근로계급과 독서와의 관계를 보여주는 것으로 매우 흥미를 끄는 일입니다. 그러나 이 중에 '오뇌를 잊기 위하여'라는 것이 있음을 보면 피로를 의(醫)하기[34] 위하여서만이 아닌 이도 있는 듯합니다. 그리고 위에 열거한 중에 '필요 없소'는 사상 방면의 독서 동기에 많은데, 이것은 그 동기를 말할 필요가 없다는 의미로 해석할 것인가 합니다. 이 밖에 '초목의 생식을 알고자' 식물학을 읽은 이가 있었습니다.

독후의 소감

읽게 된 동기가 각각이매 독후의 소감도 각각입니다. 그러나 이번에도 전례와 같

32) 梁啓超(1873~1929, Liang qi-chao). 중국의 사상가.
33) 福田德三(1874~1930). 일본의 경제학자.
34) 치료하기.

이 대표될 만한 것, 주의할 만한 것 몇 개만 뽑아서 원문대로 소개하겠습니다.

- **『이순신실기』**
  인도 '간디'와 같은 웅적(雄的) 애국감.
- **『붉은 사랑(赤い戀)』**
  부동감(不同感), 관념적이다.
- **『임금노동과 자본』**
  우리들의 상품화, 임금노예의 까닭.
- **『을지문덕』**
  현대 청년의 모범적 인물.
- **『명성황후와 대원군』**
  망국의 시초감(始初感).
- **『이상촌』**
  이상촌을 본 후로 한번이라도 그곳에 가서 살고자 하는 마음이 난다.
- **『조선해어화사』**
  신비감.
- **『양녕대군실기』**
  계급타도주의.
- **『성삼문』**
  노인의 성씨에게 하는 말과 같을진대, 그렇게 애써 재산을 모을 마음 없다고 생각한다.
- **『재생』**
  대체 여자란 그 요물은 악독하기가 그지없다고 생각하는 바이다.
- **『사회적 사상과 개인적 사상』**
  이제야 비로소 철저히 각오하였다.
- **『노동자의 명일』**
  감정적이오 불철저를 느꼈을 뿐.

2

서적시장 조사기, 한도·이문·박문·영창 등에 나타난

요새 경성에는 서적시장에도 꽤 활기를 띠고 있는 현상이다.

나날이 번창하여 가는 서울장안에는 안국동을 중심으로 삼고 관훈동을 뚫고 종로거리로 나가는 좁은 거리와 창덕궁 돈화문 앞으로 내려오는 좁은 거리 등으로는 무수한 서점들이 어깨를 나란히 하고 날로 늘어가고 번창하여 감을 보게 된다. 약 5~6년 전보다도 훨씬 서점들이 많아진 것을 바라볼 수 있는 현상이다.

더욱이 근자에 와서는 종로 '야시'에 모이는 고본매상배[35]들의 족출[36]함도 확실히 근년에 와서 보는 사실이다.

서울의 거리거리에 넘치는 이 수많은 서적들 중에는 물론 저-현해탄을 건너오는 서적의 수가 절대다수한 수를 점령하고 있겠지마는, 조선 안에서 더욱이 조선 사람의 손으로 되어서 나오는 서적도 전보다 훨씬 많아져 가는 현상이다.

이는 물론 학구(學究) 방면에 오로지 헌신하는 학자들, 전문가들이 날로 늘어가고 많아가는 데도 그 원인이 있겠지마는, 한편으로는 조선의 고전을 찾아보려는 학구적 양심을 가진 학도들이며 한글의 문헌에서 우리의 '넋'과 '얼', 모든 특색이며, 자랑이며, 모든 문화적 유산을 알아보자는 학생들 내지 일반 민중의 심리현상의 발현이라고 하겠다.

그러면 경성 안에서 가장 큰 서점들인 한성도서주식회사, 이문당, 박문서관, 영창서관 등에 나타난 서적 판매 성적으로 최근 서적 시장의 전모를 알아보기로 하면,

35) 古本賣商輩. 고서나 헌책을 거래하는 사람들.

36) 簇出. 잇달아 나옴.

한성도서주식회사의 조사에 의하여『조선동화대집』(심의린 저)은 출판 이래 벌써 5,000부를 돌파하여 재판에서 3판을 준비 중이고, 이윤재씨의 저서인『문예독본』상하권 2책은 모두 4천부씩을 넘겨 판매되어 머지않아 재판을 출판할 예정이라 하며, 이은상씨의『조선사화집』도 출판된 이래 3천부를 돌파하는 호기록(好記錄)을 짓는 중이며.

그 외의 문학서적류로 사화(史話), 역사소설류가 가장 많이 팔리는데, 그 중에서도 춘원 이광수씨의 작품으로는『마의태자』,『이순신』등의 사화물이 단연 수위를 점령하고 있어 모두 4천부를 넘기고 있으며, 그 다음으로는 이은상씨의『노산시조집』이 좋은 성적을 내어 2,500부를 돌파하여 모두 재판이 절판되고 3판 인쇄에 착수 중이라고 하며, 그 다음에는 춘원의 순문예작품인『무정』,『개척자』,『재생』등이 출판된 지 오래된 관계도 있겠지만 4천부 가까이 판매되고, 근자에 출판된『흙』소설 역시 호평이어서 3판을 인쇄 중이라고 하니, 아마 4천부는 무난히 돌파할 모양이다. 그 외에도 김동인씨의『여인』이나 이태준씨의『달밤』등의 문예작품 등도 모두 2, 3천부가 매진되는 중으로 재판 인쇄에 들어갔다고 한다.

그 밖에도 심훈씨의 작품『영원의 미소』등 4, 5종의 문예작품을 출판키 위하야 인쇄에 부쳤다고 한다. 이 서점에 나타나는 것으로만 보더라도 전 조선 각 지방에서 들어오는 주문이 수삼년 전보다도 훨씬 증가되는 현상이라고 하며, 특히 조선 사화와 문예작품에 대한 일반대중의 인식이 확연히 높아져 감으로 요새 출판되는 서적은 아무리 안 팔린다 하더라도 4, 5천부쯤은 팔 승산이 보인다 한다. 몇 해 전만 하여도 아무리 소리를 치고 잘 팔린다 하더라도 4천부를 넘기기는 심히 어려운 일인고로 서적출판이라고 하는 사업은 심히 어려운 사업이었으며, 어떠한 필요성에 의한 희생적 각오 밑에서 다소간의 손해를 보아가면서 늘 출판하던 것이 근자에 와서 절대로 손해 볼 염려는 없고 아무리 하더라도 4천부는 돌파한다고 한다.

어찌 되었든 근자의 조선 사람들은 독서열이 퍽이나 늘어 가고 있는 것만은 사실이다.

장차 닥쳐오려는 독서의 씨-즌을 앞두고 한성도서회사에서만도 신간서적 4, 5종과 재판, 3판서적 3, 4종을 합하여 8, 9종의 서적이 가두의 서사[37]를 장식할 것이니 학구의 사도에게는 이 또한 반가운 소식의 하나가 아니리오.

이문당, 이 서점은 한성도서회사와 같이 오래 전부터 널리 각 조선 각 지방에 상당히 선전되어 알려진 대서점이다.

이 서점에서 팔리는 것을 조사하여 보면, 대정 11년(1922)경에 있어서는, 청조사 주재의 춘성 노자영씨의 많은 작품이 조선의 젊은 남녀들에게 많이 읽혀져서, 그의 수많은 작품(新小說) 중에서 『사랑의 불꽃』과 같은 신소설은 1일 평균쳐서 팔리기를 30부 내지 40부씩이나 팔리는 현상을 나타내어서, 그야말로 서적시장에서는 판매수의 최고 기록을 짓고 있더니, 그 후 대정 14년도(1925)를 잡아들면서부터는, 세계대전 이후 세계사조의 격변과 외래사조의 격랑으로 반도사상계에도 일대 쎈세이션과 파문을 일으키고 있었던 관계로, 이 해에 와서는 급작이 춘성의 제 작품은 급격의 몰락을 당하는 반면에 춘원의 『단종애사』, 『이순신』, 『마의태자』 등의 역사소설류 등이 잘 팔리게 되었고, 오늘날까지 내려오는 동안 그 중 많은 판매부수를 차지하였으며, 또 한편으로는 새로운 사조에 영향받아 『카프작가 7인집』이니 『카프시인집』 등의 새로운 문예서적류가 그 다음에 가는 호성적을 나타내는 현상이라고 한다.

이 서점은 특히 지방독서가를 상대하여 나가는 이만치, 대부분은 지방에서 주문이 많다고 한다. 더욱이 북선(北鮮) 사람들의 독서가가 그 중 많이 주문하는 모양인데, 그들의 사상의 동향을 그 서적판매에서 역력히 엿볼 수 있다고 한다.

이문당은 출판사업에 있어서는 다른 서점과 달라, 특히 전 조선 각 보통학교를

37) 書肆. 책방, 서점.

상대하야 참고서적류의 출판에 진력하여 활동하기 때문에 일반 저서들의 출판 부분에는 전연 힘이 못 미치는 모양이다, 소학생들을 상대로 연년이 증가되는 아동과 학교 수로 보아 더욱더욱 그 사업이 발전될 것을 알 수 있다.

박문서관, 이 서점은 종로의 큰 거리에 자리잡고 앉아 하루에도 수많은 손님을 겪어내고 있다. 종로에서는 유수한 서점일 것이다.

이 서점의 조사통계에 나타난 바를 보면, 사전류가 그중 많이 팔리는데, 『선화사전[38]』이 4, 5천부를 돌파하여 고대소설이나 신소설 등을 제하고는 판매성적으로 수위를 점령하고 있다. 그러나 역시 고대소설류가 가장 많이 나가는데, (이것이 대부분은 지방 주문인 것을 보면 조선의 농부녀[39]나 일반 가정에서는 아직도 이런 류의 책들을 많이들 읽는 모양이다. 그러나 그 책가[40]로 보아 출판비용을 제하면 서적 중에서는 이 고대소설류가 그중 이[41]가 박하다고 한다) 『유충렬전』, 『춘향전』, 『심청전』 등이 그 중에서 3만 내지 4만 부를 돌파하고 있으며, 그다음에 잘 팔리기로는 『추월색』이나 『송죽』이나 『미인의 도』, 『능라도』나 『춘몽』과 같은 소위, '신소설' 류가 다음가게 부수가 많이 나가는데, 이런 것들은 대개 2만 부를 넘기고 있다.

그다음에는 또한 춘원 이광수씨의 작품이 가장 많이 나가는데, 『무정』 같은 소설은 3, 4천부를 돌파하였으며, 그 외의 『개척자』, 『재생』 등도 모두 다음가는 호성적을 내고 있다. 그 외에도 특히 역사소설류인 『마의태자』, 『단종애사』, 『이순신』 등도 꽤 나가는 편이라 한다.

또 『일선신옥편』이니, 『한일선신옥편』이니 하는 옥편이 퍽 많이 나가는데, 아마 부수가 이때까지 많이 나간 것으로 말하면, 이것이 고대소설류보다도 더 훨씬 앞섰으나, 원체 아무런 사전 하나 변변히 못 가진 우리들에게 있어서 이 옥편이

38) 鮮和辭典. 한일사전.
39) 農婦女. 농촌의 부녀자들.
40) 책의 가격.
41) 利. 이익.

란 여간 필요한 서적이 아님을 알겠다. 그것은 더욱이 농촌에 있어서 그러하다. 그리고 아동독물[42]로는 요새 퍽 쓸쓸하고 한적한 기분이 떠돌고 있다. 몇 해 전까지는『어린이』니『신소년』이니,『별나라』이니 하며 여러 가지 좋은 아동독물이 많이 나오더니, 요새 와서는 이 방면의 서적이라고는『아이생활』이외에는 이런 종류의 책들을 찾아볼 수조차 없는 현상이다. 그런 관계로 소년들은 서점에 들어오면, 으레 현해탄을 건너 온 그림책들을 뒤지는 현상으로, 이 방면에 대한 일반의 관심이 너무 적은 듯하다.

그런 관계로 해서 소년독물이나 유년독물류는 모두, 남의 손으로 된 것이 잘 팔리는 현상이라고 하며, 그 외에도『킹(キング)』,『주부지우(主婦之友)』,『강담구락부(講談倶樂部)』등의 월간잡지가 잘 팔린다고 한다.

이 서점에서는 영리의 목적을 떠나서, 조선 사람에게 필요하다는 인식 밑에서 한글자전인 3천여 쪽의『한선대사전』을 조선어학회 여러 선생의 지도 아래 방금 인쇄준비에 나아가고 있으며, 또 한 가지는 조선사람 가정에서 필요한『동서의학보감』이란 한의학서를 가장 알기 쉽게 보급시킬 만한 방식으로 편집하여 조선 일반 가정에 널리 알리겠다는 데서 출판계획에 나아가고 있어, 이 두 새로운 서적이 불원간 서점 일각에서 빛날 날이 머지않았으니, 이 또한 반가운 소식의 하나이다.

영창서관, 이 서점도 박문서관과 어깨를 나란히 하고 있는 대서시[43]로 이상의 각 서점에서 알아본 점에 대개 일치하는 것으로 이만 약하기로 한다.

어찌 되었든 5, 6년 전보다는 훨씬 각 서점들이 활기를 띠고 출판사업계로 적극적 활동을 개시할 날이 다다를 줄로 믿는다.

그것은 현재에 출판된 서적들이 모두 4천, 5천부를 능가하여 전에 없는 호성적을 나타내고 있음으로써 보아 그러하다.

42) 讀物. 읽을거리.

43) 大書市. 큰 서점.

3

『삼천리』 1937년 1월

백만 독자 가진 대예술가들

문호 이광수씨 『무정』 등 전 작품을 말하다

문호 춘원은『무정』,『개척자』이래 10여의 장편, 수십의 단편, 수백의 시가를 쓰셨다. 그의 이 모든 예술작품은 많은 사람의 정신적 양식이 되어 있다.
이제 씨가 자기의 작품에 대하여 털어놓고 한 사람의 독자로 더불어 이렇게 말씀하다.

처녀작『무정』과『개척자』

문: 『무정』쓸 때의 사생활은 어땠어요.

답: 동경 와세다대학에 다니던 일 학생이었지요. 학비라고 매달 20원씩 중앙학교에서 보내 주었는데, 내용은 김성수씨가 댔는지 잘 모르겠으나, 늘 그 때 학감이던 안재홍씨 이름으로 오더구만—. 그 뒤 중앙학교에 대하여 나는 이 학비의 은공을 갚아드리지 못한 것이 지금까지 마음에 걸려요. 앞으로도 무슨 기회에든지 잊지 말고 기어이 보답하려 생각하고 있어요.

문: 그때 소설을 써서 그 고료를 가지고 학비에 보탬이 되었어요?

답: 5원씩이었으니까 매일신보사에서 매달 주는 고료가요, 하루에 20전 폭도 못되지요. 그러다가 처음 시험한 이 신문소설이 인기가 났든지, 『무정』을 끝내자 곧 계속해서 무얼 하나 더 쓰라고 하기에 다시 붓을 잡아 『개척자』를 쓰기 시작하였더니, 그 때에는 일약 20원을 주더구만. 4배 폭등이지요. 매월에…… 하하.

문: 『청춘』에도 「윤광호」 등 단편을 많이 발표하셨지요. 육당도 고료를 보내주었어요.

답: 2, 3천부 박이는 잡지에서 어떻게 고료까지 줘요.

문: 『무정』은 박영채를 너무 불쌍하게 만들었고, 『개척자』로 '성순'이를 너무 불쌍하게 죽였지요. 그때 동경여학생계에서 항의가 없었어요?

답: 항의는 여학생패에서도 가끔 날아왔지만, 제일 지독한 것은 유림과 경학원[44] 도학자들이었습니다. 지금도 잊혀지지 않는 것은 뒷날 이왕직장관까지 지내던 한창수 남작 등 중추원 '양반'들까지 20여 명이 연명하여 『개척자』(더구나 신생활론 때문도 있었겠지만)를 싣게 말라고 총독, 경무총감에게 와 매일신보사장에게 진정서를 보냈더래요. 그 문제로는 나를 끝까지 옹호하여주던 카토(加藤)사장이 뒷날 나에게 그 진정서를 보이기에 구경하였는데, '이광수란 놈은 애비에미 없이 자라난 하향 상놈의 자식으로서'하고 나를 마구 공격했더구만. 성순의 신연애관, 자유결혼관 등 신도덕률이 그 때 '선량한 조선 고래의 도덕'을 파괴한다 해서요.

문: 그래. 어떻게 되었어요?

44) 조선시대 국립대학격인 성균관을 일제가 1911년 식민정책의 일환으로 개칭한 기관.

답: 한창 내 공격이 심할 적에 하루는 모씨가 찾아와서 한창수 남작이 당신을 만나고 싶어하니 같이 가자하는구려. 그때 일언지하에 거절했지요. '나를 보고 싶거든 찾아와 보라고, 내가 권문세가라고 머리숙여 찾아갈 줄 알었드냐'고 그랬더니 다시는 두 번 말이 없더군요.

문: 찬성도 많았지요?

답: 신진청년들에게는 격려의 편지가 많이 왔어요. 더구나 서울 관립고등보통학교 학생들이 20여 명이나 쭉—연명하여서 편지했는데 '어디까지든지 굳게 싸워 나가달라'고요.

문: 『무정』이나 『개척자』에서는 무엇을 표현하려 애썼어요?

답: 그때 여명기의 신진지식계급 남녀들의 고민을 그려보려 했지요. 새로운 연애문제, 새로운 결혼문제 등을 통해서요.

『선도자』와 『흙』

문: 『선도자』는 도산선생을 모델로 했다기보다도, 차라리 그 어른의 일대기를 예술의 형식을 빌려 기록한 것이라고 세평이 있는데요.

답: 그렇습니다. 도산선생이 청년시대에 걷고 계시던 자태를 충실하게 적으려 한 것이지요. 그러나 그것은 중도에 중지되고 말았어요. 단행본으로 출판하려 하재도 잘 허락하여 주지 않아요.

문: 『선도자』뿐 아니라 미완성작이 많았지요.

문: 『천안기』도 쓰다말고 『금십자가』도 쓰다가 사정으로 중지했지요.

문: 『흙』은 모델이 있어요?

답: 그 책 권비(卷扉)에 쓴 모양으로 내 친구에 채라는 동무가 있는데, 그 사람이 지낸 이야기를 줄거리로 삼았지요. 그 동무는 농촌을 개조하여 보겠다는 뜻을 품고 서울을 떠나 조그마한 한 마을로 갔구려—. 가서 학교도 세우고 소비조합도 만들고 병원도 만들고 그러다가 잡혔어요. 그래서 7년 징역을 치르고 신의주형무소로부터 나왔지요. 지금도 살아있습니다. 바로 그 때 그 사람 변호를 맡은 이가 김병로씨였지요. 김병로씨도 판결이유서를 보고 공소하여도 별 수 없으리라고 하여 우리가 상의하고 그냥 초심에서 복역해 버렸지요.

문: 거기 나오는 여자들도 더구나 이화학당 하이칼라패들도 정말 그렇게 질질 따라다니며 연애하고 간음하고 그랬어요.

답: 더러는 작위[45)]도 있었겠지요.

문: 『흙』에서 표현하려 애쓴 그 암시는?

답: 나는 인과를 믿어요. 사람의 행실이란, 반드시 피를 심으면 피를 거두고 벼를 심으면 벼를 거두고마는 인과관계를 보이려했지요. 세상 사람이 제 가슴 속에는 악하고도 험상궂은 생각을 가지고 있으면서 결과만 그 반대로 좋은 것을 얻으려고 거짓을 부리는 것이 원체 잘못이지요. 저는 피를 심어 놓고서 벼를 거두려든다면 그는 언제든 꼭 슬픔과 환멸에 빠져버릴 밖에 없지요. 『흙』에서도 여주인공이 평시에 거기 나오는 귀족의 미모에 반하여 처음에는 그저 호남아로구나! 하는 가벼운 생각을 가짐에 불과하였으나, 그 악의 씨가 점점 자라나서 나중에는 그만 남편 있는 여자의 몸으로서 그와 불의의 관계를 맺는 일에까지 떨어지고 말아요. 그러면서도 내가 그리는 여주인공은 대

45) 지어냄.

개 악의 원인으로 해서 슬픔의 파국을 당하면서라도 결코 자포자기하여 아주 타락하고 마는 여성들은 아니었지요. 어디까지나 반성하고 다시 옳은 길에 돌아가 살겠다고 참회하며 노력하는 그런 여자들이지요. 비록 성욕에 못 이겨, 비록 돈이나 명예에 못 이겨 일시는 몸을 망치지만, 다시 예전날로 돌아가려고 회한하는 그런 여성으로—

문: 이 '인과관'을 집어넣은 소설은 그 밖에는 어떠어떠한 것이 있어요?

답: 『재생』의 순영이도, 『그 여자의 일생』의 금봉이도 그 밖에도 여러 편이 있지요.

문: 대체 지금까지 쓴 소설을 대별한다면, 이 인과관적 소설과 또 어떤 범주의 소설이 있어요?

답: 차츰 이야기 하겠습니다마는, '조선민족의 장점단점'을 표현하려 한 것이 있지요.

문: 그 예로는?

답: 『단종애사』와 『이순신』이지요.

『단종애사』와 『이순신』

문: 어째서요?

답: '우리 민족의 단점'을 나타낸 점으로는 이순신을 들지요. 이순신에 대하여는 이런 이야기가 있어요. 연희전문 원두우[46] 박사가 「배(船)

46) 언더우드(Horace Grant UnderWood, 元杜尤, 1859~1916). 미국의 장로교 선교사. 연희전문(지금의 연세대학교) 설립자.

의 연구」라 하는 영문저술을 한 것이 있는데, 그 권두에다가 이광수가 지은 『이순신』에서 참고한 것이 많노라 하였고, 또 임진란사기로는 이 소설같이 완전한 것이 지금까지의 다른 저술에 없다 했었고, 또 이 소설을 그대로 영역하여 영, 미 각국에 내놓으려 하나, 너무도 조선민족의 단점을 그려낸 것이기 때문에 행여 구미식자[47]에게 악인상을 줄까 두려워하여 그만두었노라 하고 말했어요. 내 뜻을 알아주는 이 오직 이 원박사뿐이에요. 아직은.

문: 말하자면 '민족적 성격'의 묘사가 잘 되었다는 뜻입니까?

답: 이해를 초월하여 영훼(榮毁)를 초월하여서 일단을 타고 생각한 일을 위하여는 제 목숨을 내바친다는 '의'의 정신—이것이 이순신에 있었지요. 그러나 야심과 시기에 찬 조정간신의 성격이 보다 더 다수한 조선인의 성격적 전형이었다고 나는 보아요. 『단종애사』에 이르러서도 사육신 같은 분들이 그야 혹은 군신의 정으로 혹은 국록을 타먹는 이해관계로 움직였다고 보는 이도 있을는지 모르나, 나는 거기에 그런 정이나 이에 움직인 것이 아니고 나야말로 '옳다고', 이리하는 일이 '하늘에 떳떳한 길'이라고 믿었으니까 이해나 정의를 초월하여서 그 간난을 받으면서 심지어 생명을 버리면서까지 의를 위하여 싸운 것이라고 보아요. 이 빛나는 민족적 성격을 그리노라 했지요. 내 붓이 졸(拙)하여 이 뜻을 세상 사람들에게 충분히 알려드리지 못하였다면 그는 부끄러운 일이지만—

문: 대체로 쓰신 소설에 '운명' 그것을 믿으세요? 운명으로부터 오는 비극을 그리려하지 않았어요? 운명관(혹은 우연)을 어떻게 취급하셨

47) 서양의 지식인들.

어요? 『단종애사』나 『이순신』이나 『재생』이나 『그 여자의 일생』이나 모두 슬프나 슬픈 작품들이지요. 모두 제재가 비극적이지요. 이것들을 일괄하여 '운명의 비극'이라고 부를 것이 못 됩니까?

답: 남들은 내 소설을 혹야 통속소설이니라 하고 평가합디다마는—대체로 통속소설이라함은 쉽게 썼다거나 비속하게 이야기됐다는 뜻이 아니라, 내가 알기에는 그 사건에 '우연'을 자꾸 취급함에 있어요. 사건을 만들어 가는데 도무지 뜻하지 않은 우연히 일어나는 여러 사건과 인물을 자꾸 집어넣지요. 그러면 그 소설은 얼마든지 재미있게 꾸며나갈 수가 있지요. 가령 여주인공이 정조의 위기에 당하여 있을 적에 생전 얼굴도 성도 모르는 어떤 사내가 나타나서 구해 주었다—또는 돈이 없어 자살하려고 어떤 청년이 강변에 섰는데 우연히 보니 금광맥이 있어 부자 됐니라—하는 등등. 소설가로 앉아 만일 이 '우연'만 시인하고 그를 자꾸 활용한다면 그 소설은 얼마든지 제가 공상하는 대로 재미있는 것이 되지요. 이 '우연'이란 즉 운명이지요. 그러나 나는 이러한 우연을 믿지 않습니다. 절대로 믿지 않습니다.

문: 그렇다면 지금까지 그려온 '비극'이란?

답: 말하자면 '인과관적 비극'이지요. 착하지 않는 행실과 마음을 가졌기에 슬프고 비참한 결과를 거두고 만다는 그러한 비극들이지요. 생각건대 옛날 그리스 비극은 전혀 운명적 비극이었지요. 어떤 신을 노엽게 하였기 때문에 그 사람은 일생을 두고 아무리 좋게 되려해도 간 곳마다 만나는 사람마다 벌과 재앙을 갖다주어 망하고 만다는 그런 비극들이지요. 그러다가 셰익스피어에 와서 그는 성격비극을 그렸지요. 그 사람의 성격이 야심 때문에 망친다든지, 남을 믿지 않는 그런 성격을 가진 때문에 망친다든지 「리차—드왕」 같은 왕의 야심을

그린 작, 하믈렛트 같이 의심을 자꾸 품는 성격들에서 일어나는 비극 등등 다 그렇지 않습니까. 그러다가 근대에 와서 입센이 나서면서 '사회비극'이란 말이 있게 되었지요. 사회제도가 나쁘니 모든 비극이 생긴다 등등. 그러나 같은 사회적 조건 아래서도 어떤 사람은 악하게 되고 어떤 사람은 선하게 되니까—그러니까 내가 보기에는 마음이 착하면 그것이 '필연적'으로—결코 우연이 아니외다—행복을 거두고, 그렇지 않으면 필연적으로 불행을 거둔다는 그런 비극—즉 인과적 비극이라고 스스로 판단하고 있어요.

『허생전』과 『이차돈의 사』, 『유정』

문: 『허생전』은 어디까지 사실이고 어디까지 지은 것이어요?

답: 박연암의 열하일기 속에 있는데 그저 간단하게 줄거리가 쓰여있지요. 제주도 이야기 등 그러고는 그 외의 이야기는 모두 만들었지요. 이 『허생전』은 이번이 처음이 아니라 그 전에 『소년』이든가 『청춘』, 『붉은 저고리』에든가에 시로써 써보았지요.

문: 『이차돈의 사』는?

답: 그것도 대부분 만들었지오. 그러나 조선사상에 최초의 순교자로 불교에 이차돈이란 어른이 있었지요. 분명히 순교한 날짜도 음력 8월 7일이든가요—분명히 생존했던 분이나 오늘까지 전해오는 사료가 있을 듯 하건만 없어요. 『삼국유사』에 6~7행 쓰여 있을 뿐이지요.

문: 『유정』은 처녀작 『무정』의 속편 격입니까?

답: 아녜요. 그런 뜻은 없어요. 나는 『유정』에서는 인정의 아름다움을 그

리느라 하였어요. 그 일을 했다고 보수를 받는 것도 아닌데, 다만 아름다운 정에 끌려 몸도 바치고 생명도 바치고 재물도 바치는—외람한 말이지만 만일 내 작품 중에 후세에 가히 끼쳐질 만한 것이 있다면 이『유정』과『가실』이라고, 그 역 외람한 말이나 외국어로 번역될 것이 있다면 그 역『유정』이라고 생각해요. 더구나『유정』속에 시베리아의 자연묘사를 한데 이르러서는 나는 상당히 힘을 들였소이다.

『그 여자의 일생』과『애욕의 피안』

문: 오늘로서『애욕의 피안』(12월 20일)이 끝이 났습디다 그려.

답: 그랬어요. 나는 이『애욕의 피안』에 깨끗한 순교자와 같은 처녀 한분을 그려봤지요. 그는 결혼도 아니했고, 성에 대한 일이나 이성의 입조차 한번 맞춰보지 못하고 그대로 순결하게 죽은 그런 처녀를 그려봤지요.

문: 『개척자』의 성순이 같이?

답: 그보다도 더 깨끗하게.

문: 『그 여자의 일생』도 모여사가 모델이란 말이 있더군요.

답: 어느 부분은 모델이라고 할 수도 있지요. 사실을 소설보다 기(奇)하다[48] 하는 말은 참으로 옳은 말로, 왕왕히 소설보다 더 슬프고 기한 실지의 사실이 많으니까요.

문: 금봉이를 수도니[49]를 만든 데 대해서 서울 여학생들이 원망하는 편지를 보내지 않았어요?

답: 원망할 까닭이 조금도 없겠지요. 그렇게 금봉이는 성욕과 금욕으로 자꾸자꾸 타락하고 가다가 다시 크게 참회하고 인생의 옳은 길에 들려고 무한히 애쓰지 않았어요? 아까 말한 모양으로 그래도 금봉의 마음에 허영과 악이 차 있으면서도, 어릴 때 이갑[50] 같은 지사들의 이야기 듣던 그 소녀시대의 감화가 어느 한 모퉁이에 남아 있어서 그것이 힘이 되었지요. '인과의 법칙'은 예서도 바른 길로 표현이 된 셈이지요.

문: 이번에 쓰는 신작 『그의 자서전』은?

답: 말하자면 『그 여자의 일생』을 그리던 모양으로 『그 남자의 일생』을 그리려 했지요. 그래서 제목을 『그의 자서전』이라고 했어요.

문: 『애욕의 피안』을 쓰던 붓으로 그렇게 내리 계속하여 써도 기분과 제재가 그렇게 갑자기 전환이 돼요?

답: 글쎄. 내 생각에는 신년호 지상에서부터나 쓸 작정을 하였더니 신문사에서 하루도 끊이지 말고 자꾸 꼭 잇대어 쓰라고, 벌써 예고까지 덜컥 내놓았기에 하는 수 없이 이렇게 병중에서도 하루 쉬지 못하고 써갑니다.

48) 기이하다.
49) 修道尼. 여승, 비구니.
50) 1877~1917. 독립운동가.

4

『조광』 1938년 12월

출판업으로 대성한 제가(諸家)의 포부

출판문화의 전당 박문서관의 업적

출판업으로 누만금(累萬金)을 모았다는 풍설이 항간에 젖어 있는 박문서관은 어떠한 경로를 밟아 어떠한 서적의 출판으로 그렇게 치부를 하였나 일반이 궁금해하는 수수께끼를 풀어보려 기자는 사(社)[51]를 나서 종로로 내달았다. 종로도 가장 번화한 2정목(丁目)의 즐비하게 늘어선 상가 속에 홍진(紅塵)에 빛을 잃은 백색 벽돌의 소담한 2층 양옥 그것이 박문서관임은 기자 이미 아는 바라. 다다라 썩 들어서니 언제나 같이 신구소설류가 천정에 닿도록 전좌우(前左右)의 삼면 벽에 가득히 들어 꽂혔다. 주인을 찾아 명함을 드리고 내의(來意)를 말하니 이 반백의 중노인은 보던 사무를 걷어치우고 의자를 권한다.

"네. 고맙습니다."

하고 기자는 권하는 대로 의자에 몸을 싣고 잠깐 숨을 태인 후

"이 서점을 시작한지가 몇 해나 되었습니까?"

하고 묻기 시작했다.

"네. 그게 정미년(1907년) 4월이니까 바로 33년 전입니다. 허! 옛날이지요."

그리고 씨는 그때의 그 시절을 회상이나 하는 듯이 고개를 반쯤 돌리고 묵묵히 무슨 상념에 잠긴다.

51) 현재 이 글을 쓰는 기자가 소속된 잡지사. 조선일보사를 말함.

諸家의抱負

出版業으로大成

出版文化의殿堂
博文書館의業績

"처음에는 봉래정(蓬萊町)[52]에 있었지요?"

"아니올시다. 남대문통(南大門通)[53]에 있다가 봉래정으로 갔었지요. 그랬다 종로로 왔습니다."

"종로로 온지는 몇 해나 됩니까?"

"대정 14년(1925년)이었습니다."

"그러면 처음에 선생께서 이 서점을 경영하시게 된 그 동기는 어디 있었습니까?"

"동기요? 동기는 그때 우리 조선에도 신문화가 유입되기 시작하는데, 역시 책전 같은 것도 필요할 것 같기에 시작해봤던 것입니다."

"그러면 처음에 자본금은 얼마나 가지고 시작을 하셨습니까?"

"단 2백 원을 가지고 시작했습니다."

하고 씨는 지금 생각하면 어처구니가 없다는 듯이 웃으신다. 이 2백 원이란 너무도 상상밖의 적은 액수라 기자는 자못 놀라며,

"뭐, 2백 원이요. 그러면 큰 성공이십니다그려."

하고 저도 모르게 눈을 크게 떴다.

"천만에 이게 무슨 성공이요. 처음보다는 그저 좀 발전된 셈이지요."

52) 현재의 서울특별시 중구 봉래동 및 만리동.

53) 현재의 서울특별시 남대문로.

"그러면 서점을 시작하고 처음으로 출판한 서적은 무엇이었습니까?"

"지금은 뭐 이야기할 자유들이 없는 서적이었습니다."

"네. 그러면 그 다음으론?"

"네. 그 후 말씀이요? 그 후에는 춘향전, 심청전, 옥루몽, 유충렬전 그저 이런 것들이었습니다."

그리고 그러한 종류의 구소설들이 아직도 있다는 듯이 손을 들어 저쪽 서가를 가리킨다.

"그래 그런 것들이 잘 팔렸습니까?"

"잘 팔리구 말구요. 지금도 잘 팔리지요. 예나 이제나 같습니다. 춘향전, 심청전, 유충렬전 이 셋은 농촌의 교과서이지요."

"그러면 그런 것의 출판으로 돈을 착실히 모으셨겠군요?"

"네. 손해는 없었지요. 그러나 거 어디 몇푼 남습니까."

"그럼 출판에 있어서 실패해 보신 일은 없습니까?"

"왜 없어요. 순수 문예서적을 출판했다 손해보았지요. 염상섭씨라면 문단에 이름도 높으시고 해서 팔리리라고 추측했었는데, 결과는 그렇지 않았습니다."

"춘원선생 것도 출판하셨지요?"

"네. 했지요. 한 10여 종 했습니다."

"그래 그것도 실패였습니까?"

"아니올시다. 춘원은 잘 팔립니다. 다 중간(重刊)[54]이 됐지요. 염상섭씨 것은 참 이상하게 안 팔립니다."

하고 그의 명성을 보아서는 너무 의외라는 듯이 다시 한 번 말을 거듭하며 고개를 흔든다.

"그러면 일반적으론 아직도 구소설류가 잘 나가는 형편이구려?"

54) 여러 번 찍음. 여기에서는 재판 이상 찍었다는 뜻이다.

"그렇습니다. 원체 일반의 수준이 그런 문예소설을 이해를 못하니까요."

하고 자못 통탄할 일이라는 듯이 입을 한번 다신다.

"그러면 앞으로 문예 방면의 서적은 출판할 의향이 없으십니까?"

"왜 없어요. 하겠습니다. 지금까지 어디 우리집에서 책 같은 것을 하나나 출판해보았습니까. 앞으로는 문예소설류에 주력하겠습니다."

"참 좋으신 의향입니다. 댁에서 장편소설전집을 간행한다는 풍설이 있는데 그게 사실입니까?"

"네. 그건 방금 착수해서 진행하는 중입니다. 춘원의『사랑』이라는 것은 벌써 나왔습니다."

"모두 몇 권이나 되십니까?"

"모두 10권입니다. 춘원을 위시해서 염상섭, 김기진씨, 박월탄씨 이런 분들입니다."

"네. 문세영씨의『조선어사전』도 댁에서 출판하셨지요?"

"네. 했습니다. 그이가 그것을 편찬해놓고 간행비가 없어서 출판을 못한다는 소리를 듣고 집에서 했지요. 책 같은 책을 처음으로 한번 출판해봤습니다."

"참, 조선어사전의 간행은 우리 학계에 큰 공헌이 있으리라고 믿습니다. 앞으로도 이런 방면의 출판에 주력해주셨으면 감사하겠습니다."

"네. 생각하고 있습니다. 그러나 조선어사전 같은 것은 희생적 출판입니다."

하고, 이번 처음으로 양심적 출판을 해보신 것이 아주 마음에 만족한 듯한 그러한 태도로 벙글벙글 웃으면서 말을 계속하신다.

"잡지는 무엇이 많이 팔립니까?"

"조광, 삼천리가 많이 나갑니다."

"내지(內地)[55] 것은 취급하지 않습니까?"

"네. 합니다."

55) 일본.

"그럼 그것은 어떤 것이 많이 나갑니까?"

"『킹(キング)』이 많이 나가지요. 『후지(富士)』도 많이 찾습니다."

"그러면 『조광』 같은 것과 『킹』 같은 것이 어느 것이 많이 나가요?"

"네. 『조광』이 많이 나갑니다. 『킹』은 내어놓지 않고 두었다 찾으면 줍니다. 그런데 『조광』이나 『삼천리』는 그렇지 않지만 다른 잡지들이야 쪽수가 있어야지요. 하기야 수지가 안 맞으니까 그렇겠지만."

"그렇지요. 어디 수지가 맞습니까?"

"그런데 거기선 어떻습니까. 잘 되지요?"

하고 조선일보 출판부의 소식이 궁금한 듯 말을 부친다.

"네. 조선일보 출판부는 잘됩니다. 『조선문학전집』 같은 것은 벌써 3판까지 나왔습니다."

하고 기자는 솔직히 대답을 했다.

씨는 딱딱한 의자에 앉았기가 좀 괴로운 듯 약간 몸을 뒤로 젖히며 허리를 편다.

"지금 연세가 얼마입니까?"

"쉰다섯입니다."

"선생께서 일반 출판계에 대한 무슨 요망이 없으십니까?"

"별로 없습니다."

"문인들에게 대해선 무슨 하고 싶은 말씀이 없으십니까?"

"없습니다."

"실례올시다마는 출판업으로 현재 모으신 돈이 얼마나 됩니까?"

하고 기자는 항간의 풍설을 연상하며 물었다.

그러나 씨는,

"뭐 얼마 모았나요."

하고 그 액수에 입은 안 떼신다. 사양으로 안 떼시는지 밝히기가 싫어 안 떼시는지 그저 웃음으로 대답을 받고 만다.

"이렇게 출판업으로 성공을 하시기까지의 고심담(苦心談)을 좀 들려주셨으면……?"

"뭐 고심한 것도 없습니다."

"1개월 매상고는 얼마나 됩니까?"

"1개월 매상고요? 글쎄 그렇게는 자세히……연 매상고가 한 18만 원가량 됩니다."

"굉장하시군요. 아이참, 바쁘신데 실례 많이 했습니다."

"천만에요."

하니 소리를 들으면서 밖으로 나오는 홍진에 쌓인 종로길 위는 언제나같이 전차 소리에 귀가 아프다.

척독류(尺牘類)[56]에서 산성(産聲)을 발한 영창서관의 금일

지금은 연 6만여 원의 매상

어느 것도 형이고 아우인지는 알 수 없으되, 한 동생 같이 영창서관은 박문서관과 몇 집 건너 나란히 앉았다. 들어서니 주인 강의영씨는 무슨 회계인지 가방을 들고 온 한분의 손님과 대좌하여 한참 산알[57]을 뙤며 주고 거스르고 하기에 분주하다.

기자는 잠깐 눈을 벽으로 돌려 어떠한 책들이 꽂혀 있나 살피며 회계가 끝나기를 기다려 인사를 청하고 내의를 말했다. 씨는 의외라 다시 한번 쳐다보고 일어서 경의를 표한 다음,

"저 같은 것을 찾아주십니까?"

하고 인사말로 대한다.

"출판업이 재미 좋으십니까?"

56) 편지 쓰는 법에 관한 책들.

57) 주판알.

"네. 그저 그렇습니다."

"그런데 출판업을 시작하신지가 얼마나 오랩니까?"

하고 기자는 의자를 당겨 정면으로 씨와 가까이 앉았다.

"글쎄올시다."

하고 아무것도 없는 천정을 쳐다보며 궁리를 하더니,

"한 20년 했습니다."

하는데 옆에 섰던 역시 관계자인 듯한 한 사람이,

"왜요. 23년째입지요."

하고 다만 몇 해라도 좀 더 긴 역사를 가지고 있는 것이 사실인데, 알면서는 줄여 말할 필요가 없다는 듯이 주인의 대답에 정정(訂定)을 가하여 수첩으로 가던 기자의 붓대를 멈추게 한다.

"그러면 한 20여 년 되었군요?"

"네. 그게 참 대정 5년(1916년)이니까 그렇게 됩니다. 처음에 저 위에(3정목[58]을 가리킴) 있다 이리로 내려왔지요."

하고 씨는 그것이 벌써 20여 년인가 자못 세월이 빠름을 다시 한 번 새삼스럽게 느끼지 않을 수 없다는 듯이, 그리고 그 시절의 추억에 잠겨보는 듯 잠깐 눈을 감아본다.

"그래 이리로 이사한지는 몇 해나 됩니까?"

"한 8~9년 됩니다."

"이리로 내려오신 원인은?"

"네. 차차 발전이 되니까 자연히 이리로 내려오게 되었지요."

하고 웃으신다.

"그러면 선생께서 서점을 시작하시게 된 동기는 어디 있었습니까?"

"뭐 별 동기 있나요. 저는 어려서 학교에 다닐 때부터 이런 영업이 하고 싶었습

58) 현재의 서울특별시 종로구 종로 3가.

니다. 그래서 학교를 그만두자 곧 시작했던 것입니다."

그리고 미소를 짓는다.

"그럼 취미사업으로 시작하셨군요?"

"그렇지요."

"그럼 그때 처음으로 출판한 서적은 뭣이든가요?"

"척독 같은 것이었지요."

"그래 그것이 잘 팔렸습니까?"

"잘 팔렸습니다."

"그리곤 어떠한 종류의 것을 계속해 출판했습니까?"

"유행창가집 같은 것도 발행했지요."

"그것도 잘 나갔어요?"

"잘 나가고말고요."

"춘향전이나 심청전 같은 것은 안 했습니까?"

"네. 그런데 그때는 책을 교환을 했습니다. 가령, 갑이라는 출판사에서 갑이라는 서적을 출판하면 을이라는 출판사에서 출판한 을이라는 서적과 교환을 하고, 같은 서적은 발행하지를 않았습니다. 그랬던 것이 차차 경쟁을 하게 되면서 판권이 없는 것이라 너도 나도 발행을 하게 되었지요."

하고 씨는 과거의 출판사업에 있어 그것이 가장 인상 깊은 듯이 말하신다.

"그러면 그때 잘 팔리던 책이 무엇이 있습니까?"

"역시 그저 척독류와 춘향전, 심청전 이런 것들이었지요."

"실례올시다만, 그래 그 시절에 얼마나 모으셨습니까?"

"뭐 모을 게 있나요. 원체 값이 적은 것이 돼서 몇푼씩 남습니까? 이(利)를 좀 봤다는 게 그저 이것저것 여럿을 파는 가운데서……."

하다가 사환아이가 잘 받지 못하는 것 같은지 손수 일어서 수화기를 받아든다. 무슨 서적 주문이 들어온 양. 무슨 책이 어떻고 어떻고 한참 분주하시다. 돌아

오기를 기다려,

"앞으로는 어떠한 서적의 출판에 주력하시겠습니까?"

하고 다시 말을 계속했다.

"네. 그저 뭐 닥치는 대로 하겠습니다."

"문예서적을 출판할 의향은 없으십니까?"

"그저 무엇이나 닥치는 대로 해볼까 합니다."

"그런데 출판하는 책에 있어 그 내용보다도 제목으로 팔리지 않습니까?"

"출판을 해보면 그렇지도 않습니다. 제목이 좋으면 발행 당시에는 좀 팔립니다. 그러나 두고 지나보면 그렇지도 않아요."

"그러면 내용이 결국은 좌우하는 모양이군요?"

"글쎄올시다. 그런데 보십시오. 이러이러한 책을 출판하면 잘 팔리리라는 자신을 갖고 해도 안 팔릴 때가 있고, 그와 반대로 이런 건 시원치 않은데 하고 자제를 하다가 한 것도 그것이 의외로 잘 팔릴 때가 있지요."

하고 씨는 그 알 수 없는 독자의 심리에 퀘스천마크를 기다랗게 한번 표정으로 그리며 그 알 수 없는 원인에 같이 의아해달라는 듯이 기자를 바라본다. 그러나 기자 그렇지 않은지라 독자의 심리를 해부하기에 간난[59]을 느낀다. 화제를 돌려,

"그래 그렇게 돼서 실패하여 본 적이 있습니까?"

"네. 그러니까 의외에 실패도 하고 의외에 이익도 보게 되지요. 허."

하고 씨는 실패는 보아도 한낱 재미스러운 현상이라는 듯이 빙긋이 웃는다.

"잡지는 어떤 것이 많이 나갑니까?"

"잡지요? 잡지는 『조광』이 제일 많이 나갑니다."

"네. 『조광』이 많이 나가요?"

기자 『조광』이 제일 많이 팔린다는데 아니 반가울 수 없어 다시 한 번 재쳐물으니,

"이 위에 박문서관, 또 건너(덕흥서림을 가리키는 모양)도 있고 해서 갈리게 그

59) 艱難. 어려움.

렇지 혼자만 팔면 상당히 팔릴 것입니다." 한다.
"네. 참 그렇겠군요. 출판계에 대한 무슨 요망은 없으십니까?"
"없습니다."
"조선문인에 대한 요망은 없으세요."
"뭐 있을 게 있습니까. 또 있대야 뭐……."
"실례올시다만, 한 달 매상은 얼마나 됩니까?"
"네. 연 수입이 한 6만여 원 되지요."
"네. 그러세요. 이거 분주한데 실례했습니다. 선생의 사진을 하나 좀 주셨으면?"
하고 요구하여 사진 한 장을 받아들고 나왔다.

적수[60])로 성공한 덕흥서림의 현형[61])

덕흥서림을 찾기는 다섯 번이나 하였으나 돈을 모으시는 분이라 좀체 주인은 만날 수가 없다. 출타를 하여 만나지 못하는 때는 그래도 좀 낫다. 번연히 만나서 잠깐이니 촌극(寸隙)[62])을 내어달라고 해도 못내이겠노라 오직 영업에 충실하실 의향만을 보이므로 할 수 없이 기자는 뒤통수를 털며 돌아오기를 수차, 이번까지 못만나면 그의 자제라도 붙들고 물으리라는 마음을 새려먹고 사(社)를 또 나서기는 10월 11일, 그러나 자제분은 책임상 입을 열지 않는다.
"이제 한 시간 후이면 가친[63])이 들어오실테니 그때에 다시 한번 와주십시오."
하고 묻기를 계속할까보아 자리를 멀리한다. 하는 수 없이 거리를 나와 또 하릴없이 배회하다 오정(午正) 소리를 들으며 기자는 다시 이 종로 2정목의 순 조선식 2층 붉은 목제집을 향하고 달렸다.

60) 赤手. 빈 손.
61) 現形. 현재의 모습.
62) 짧은 시간.
63) 家親. 남에게 자기 아버지를 높여 부르는 말.

요행 주인은 들어와 계시다. 씨도 여러 번 기자를 걸음걷게 만든 것이 미안한 듯,
"아이, 이것 참 이렇게 여러 번이나……."
하고 기자를 맞아 방 안으로 인도한다. 자부동[64]을 권하고 담배를 내어놓고…….
"재미 좋으십니까?"
여러 번 다닌지라 기자 이미 친숙한 감이 있어 이렇게 인사를 한 다음 묻기를 시작하였다.
"서점을 시작한지가 얼마나 오래됩니까?"
"대정 원년(1912년) 10월입니다."
"동기는 어떻게 돼서 시작하셨습니까?"
"동기, 동기요? 네. 그게 말이 좀 길어지겠습니다."
하고 한참 무엇을 생각하는 듯하더니,
"이렇게 되어서 시작을 했습니다. 제가 수원서 올라오기는 바로 명치 43년(1910년)입니다. 수중에는 동전 한푼 든 것 없이 혼솔이 떨쳐올라왔지요. 그러니 어디 의탁할 곳이 있습니까. 게다가 내 식구뿐이 아니라 백씨[65]의 식구까지 돌보지 않으면 안 될 신세였습니다. 참 생각하면 세상에 빈한빈한 해야 나처럼 빈한을 겪은 사람이 또 있을까. 없으리라고 생각합니다."
하고, 씨는 20의 아직 철도 채 나지 않은 어린 몸이, 손에는 오직 앞길의 운명을 판단하여 줄 손금밖에 쥔 것이 없이, 가족의 운명까지 짊어지고 사고무친의 이 서울로 밥을 빌러 올라오던 그 시절의 그 간난 정도가 어떠하였던 것인가 하는 그 빈한을 기자에게 인식시키려 자못 그 표현에 궁해한다.
"아! 참 그렇게 적수로 서울을 오셔서 이렇게 성공을 하셨구려."
기자, 진심으로 그 놀라운 성공에 다시 한번 씨의 관상을 훑어보았다.

64) 座布団. 방석의 일본어.
65) 伯氏. 맏형.

"그런데 이거 보세요. 그때 '의진사(義進社)'라는 서관[66]이 있었습니다."

하고 씨는 뒷말이 그냥 밀려나옴을 참을 수 없는 듯 말을 계속한다.

"그래 그 의진사의 서기(書記)로 들어갔지요. 월급은 4원을 받았습니다. 그러니 그것으로 열 식구가 생활을 하겠어요. 불도 못 지피고 덮지도 못하고 얼음장 같은 맨 구들에서 몇 해 겨울을 났습니다."

"그래 그때에 백씨도 같이 계셨습니까?"

"네. 같이 있었지요. 한해는 하는 수 없이 제집으로 보내고 참 기가 막힙디다. 굶어가다가도 그래도 어찌어찌 밥이라고 해서 먹다두면 그게 방 안에서 전부 얼어 얼음이 됩니다. 그러나 배가 고프니 이거라도 먹어야지요. 애들이 그래도 살겠다고 그 얼음덩이를 깎아먹은 생각을 하면……."

하시는데 바라보니, 씨의 눈시울은 벌겋게 물이 든다. 기자 분명히 이때의 씨의 눈알이 눈물에 도는 것을 보았다. 그러나 기자, 위로할 말에 궁하여 잠깐 침묵을 지키는 동안,

"이렇게 방 안에서 몇 해를 지나니, 각기가 생겨서 다리뿐이 아니라 전신이 잔뜩 부어서 촌보도 움직이지 못하고 그 냉돌에 누웠지요. 참 죽는 줄 알았습니다. 그랬더니 지금은 그 의사가 죽었습니다마는 '유기음(流氣飮)'이라는 한약을 먹고 차차 부기가 낫기 시작해서 살아났지요. 그게 바로 24~25세 시절입니다."

하고 자못 감개가 깊은 듯 한숨을 길게 내쉰다.

"참 고초 많이 겪으셨습니다. 그래 서점은 언제 시작하셨습니까?"

"그래 의진사에 들어가서 얼마되지 않았는데 지금도 있지요. 본정[67]에 카메야라고, 거기를 누가 천거를 하더군요. 월급을 10원을 줄 것이니 오란다구. 그러나 이미 의진사에 허락을 하고 들어와서 한 달도 못돼 돈을 좀 많이 준다고 다른 데로 가겠습니까. 사람은 신용이 있어야 하느니라 하고 그 10원짜리 월급을 거

66) 書館. 서점.

67) 本町. 현재의 서울특별시 중구 충무로.

절하고 4원짜리를 그냥 붙들고 있었지요. 이게 아마 서적상을 하게 만든 동기인가 봅니다. 그렇지 않고 카메야로 갔던들 나는 지금 어떠한 다른 장사를 하게 되었을 것입니다. 그러니까 서적업은 내 운명인가 보아요. 그런데 그때 그렇게 간난을 겪으면서도 하루 1전씩의 저금을 하였습니다. 그래 1주년이 되니까 한 3원 되더군요. 몇 해 후에 돈 5원을 갖고 의진사를 나와 견지동에다 덕흥서림이라는 책사[68]를 베풀어 놓았습니다. 그게 바로 대정 원년(1912년)이지요."

"네. 그래 그때 처음으로 출판한 서적이 무엇이었습니까?"

"출판이라니요. 5원에서 3원은 집세 주고 2원은 판자를 사다 책시렁을 매놓으니 돈이 있나요. 그래도 신용이 있어 외상으로 남의 책들을 가져다놓고 팔았습니다. 그런데 대정 5년(1916년)이지요. 그때 시정 기념으로 서울에 공진회[69]가 열렸지요. 그래 시골서 온 손님이 여관마다 들이찼습니다. 이 기회를 이용해서 여관으로 돌아다니며 책을 꽤 많이 팔았습니다."

"그래 그때 이(利)를 착실히 보셨군요?"

"네. 이라야 뭐……그런데 바로 그해 대정 5년이지요. 각 학교 참고서의 지정판매를 총독부로부터 맡았지요."

하고 씨는 오늘까지의 지난 경력을 묻기도 전에 한참 쏟아놓고 다시 담배를 한 개 파이프에 꽂는다.

"그래 서적 출판은 언제부터 시작하셨습니까?"

하고 기자는 이야기가 자꾸 옆길로 뻗어나가려는 것을 다시 몰아넣었다.

"네. 그 후부터 시작하였지요."

"어떤 종류의 것을 출판했어요?"

"네. 종류야 뭐."

하고 씨는 그것을 밝혀 말하기가 자못 부끄러운 듯 한참 머뭇머뭇하더니,

68) 서점, 책방.

69) 조선총독부가 식민통치 5년간의 발전상을 보인다는 명목으로 1915년 경복궁에서 개최한 일종의 박람회.

"척독, 그저 이런 유지요."

한다. 하기에 기자는 이분이 척독이나 이런 구소설류의 그러한 것을 출판을 좀 부끄러워하는 빛이 있으니 이제 누만금을 저축한 이때에 출판업자의 한 사람으로 응당히 양심적 출판에 의향을 가진 것처럼 보여,

"앞으로는 어떠한 서적의 출판에 유의를 하고 있습니까?"

"네. 장편전집을 하나 내볼까 하고 생각하고 있습니다."

"네. 참 좋은 의견이십니다. 이렇게 우수한 서점에서 문예서적의 출판을 하셔야지 어디 되겠습니까?"

"그렇지요. 앞으로 생각하고 있습니다."

"네. 많이 출판해주세요. 그래서 조선의 출판계를 한번 빛내주세요. 그런데 지금까지 출판한 것이 몇 종이나 됩니까?"

"한 수백 종 됩니다."

"잡지도 취급하시지요."

"네. 합니다."

"조선 잡지로는 어떤 것이 많이 팔립니까?"

"귀사 출판부에서 발행하는『조광』,『여성』이 많이 팔립니다."

하고 씨는 기자를 대해서의 과장이 아니라 그것은 이의 없이 단연 수위라는 뜻으로 끝말을 힘있게 맺으며 기자를 바라보고 웃는다.

"이 종로로 이사온 지는 얼마나 오래됩니까?"

"대정 12년(1923년)에 왔습니다. 한 만여 원 들여서 지었지요."

"지금도 가족이 많으십니까?"

"제 자식이 4남매에 손자가 7남매입니다."

"1개월 수입이 얼마나 됩니까?"

기자는 인사하고 사진 한 장을 얻어든 다음 문을 나섰다. 오후 한 시를 치는 시계 소리가 어느 전방으로부터선지 '땡!' 하고 단조롭게 한 번 들린다.

5

「동아일보」 1978년 8월 11일

세월 따라 명멸한 독서계의 별, 베스트셀러 30년

세월따라 명멸한 베스트셀러. 베스트셀러가 반드시 좋은 책이냐 하는데는 이론이 있을 수 있고, 판매시한을 어떻게 잡을 것인가도 어려운 일이다. 이상적인 베스트셀러는 내일에도 빛을 잃지 않고 꾸준히 나가는 책이 되겠지만, 짧은 동안에 많은 독자들의 사랑을 받아 '낙양의 지가'를 올렸다는 책들을 포함한다 해도, 통계의 미흡으로 해방 후 지금까지 독서계에 반짝였던 베스트셀러를 찾기가 쉬운 일은 아니다.

◉ 종이 기근도 겹쳐

'핵케트'란 사람은 '어떤 책의 판매기록으로 당시 사회사의 일면을 알 수 있다'고 말하고 있는데, 역시 해방 이후 베스트셀러의 흐름을 보면 그 시대 독자들의 요구가 어떤 것이었는지 대충 짐작이 간다.

해방 직후는 우리글로 된 책에 대한 독자들의 요구가 대단한 것이어서 내용의 좋고 나쁨을 가릴 겨를이 없이 팔리는 때였다.

그러나 일제의 조선어 말살정책으로 단행본을 짤만한 국문활자를 갖춘 인쇄소가 극히 적었고, 갱지는 물론 값싼 선화지[70)]도 각종 단체에서 쏟아져 나온 정치사상 관계 선전물에 충당되는 바람에 동이 난 상태였다.

이 당시 인기를 끌었던 번역물로 『내가 넘은 38선』(후지와라 테이(藤原貞))과 소련 탈출을 그린 『나는 자유를 선택했다』, 그리고 『백범일지』(동명사) 등 세 개

70) 仙花紙. 닥나무를 원료로 하여 만든 두껍고 질긴 종이. 포장지나 봉투로 쓴다.

의 수기를 꼽을 수 있다.

◉ 여성팬 울린『흙』

이 책들은 역사의 전환기에서 삶의 체험을 들려줌으로써 당시 독자들의 취향을 겨눈 것이다.

해방 이후 혼란기 속에서도 젊은이들을 중심으로 한 독서층의 독서열의 증가는 출판의 환기를 불러일으켜, 이광수의『흙』(박문서관)은 몇 차례 판권이 옮기는 동안 그의 다른 소설들에 비해 가장 많이 팔렸고, 해방 전에 나온 박계주의『순애보』(매일신보)는 그 후 60판을 거듭한 장기 베스트셀러를 누리며 여성들의 가슴을 쥐어짰다.

이 무렵 방인근의 통속소설도 활발히 나가『여학생의 정조』,『마도의 향불』(영창서관)은 4판을 찍었고, 김내성의『청춘극장』(청운사)은 6·25동란 중에 출판돼 2년 동안 베스트셀러의 자리를 차지했었다.

정비석의『자유부인』(정음사)도 7판을 거듭한 신문소설로서 베스트셀러가 된 첫 사례인데, 50년대의 베스트셀러들은 전쟁의 폐허와 가치관의 혼란을 겪던 시기에 독자들에게 영합한 로맨틱한 소설이 대부분이었다.

◉ 소월 시 장기 히트

시집으로는 김소월의 것이 여러 출판사에서 다투어나와 얼마나 팔렸는지 알길이 없고, 조병화의『사랑이 가기 전에』(정음사)는 10판을 찍어 베스트셀러에 오른 첫 시집이 됐다.

동란 중에 특기할 만한 것은, 3개월 동안 피난지를 전전하던 피난 수기인 유진오의『고난의 90일』(수도문화사)과 모윤숙 등의『나는 이렇게 살았다』(을유문화사) 등 체험수기가 1·4후퇴를 맞기까지 두 달 동안에 베스트셀러에 오른 점이다.

60년대에 접어들어서는, 경제가 차차 안정돼 소시민계층이 형성되고, 독서 성향도 소설에서 교양 위주의 수필이나 수기 쪽으로 쏠리게 되며, 수필집 붐을 이룬 시기였다.
김형석의『영원과 사랑의 대화』(삼중당)와 이어령의『흙속에 저 바람 속에』(현암사)는 서로 경쟁을 벌이듯 10만 부 가까이 팔렸고, 이 두 사람의 다른 수필집들과 안병욱, 김동길 등의 수필집들은 최근까지에도 베스트셀러에 올라있다.

◉『마음의 샘터』 기록

63년 삼중당이 낸 최요한 편『마음의 샘터』는 출판사상 최고 기록이라는 30만 부가 팔렸다 해서 화제가 됐는데, 1만 부를 넘기자면 가정부까지 독자로 끌어들여야 한다던 당시로서는 놀라운 판매부수다.
이밖에 이윤복의 수기『저 하늘에도 슬픔이』(신태양사)와 양수정의 옥중수기『하늘을 보고 땅을 보고』(휘문출판사)가 인기를 끌었고, 박경리의『김약국의 딸들』(을유문화사)이 소설로 60년대에 기억되는 베스트셀러다.
일군의 젊은 작가들에 의해 막을 연 70년대는, 이른바 70년대 작가로 불리는 이들의 소설, 최인호의『별들의 고향』, 조해일의『겨울여자』(문학과지성사), 한수산의『부초』(민음사) 등이 잇달아 인기를 끌면서 문예물의 붐을 이루었다.

◉ 상업주의 논란도

비록 70년대 작가란 정의가 마땅치 않고 작품이 상업주의로 흐른다는 논란이 뒤따랐지만, 소설과 대중과의 거리를 좁히고 독서 인구를 늘리는데 기여했다는 점에서, 이들의 활동은 인정해줄 만하다.
70년대의 베스트셀러에는 국내소설과 비소설 그리고 번역물이 골고루 등장하고 있는데, 산업사회의 비인간화 문제와 소외인생의 삶을 다룬 윤흥길의『아홉 켤레의 구두로 남은 사내』나 조세희의『난장이가 쏘아올린 작은 공』 등이 독자들의 관심을 끌고 있는 현상도 주목할 만하다.

베스트셀러의 발행부수는 해방 후부터 6·25동란까지 약 5만 부선, 그 이후가 10만 부선으로 추산되고 있으며, 문학 작품의 경우 5만 부 정도에서 최근에는 10만 부로 뛰어올랐다.

◉ 주부층까지 넓혀

70년대의 경우 독자층이 학생 중심에서부터 차차 일반 사회인이나 주부층에까지 폭을 넓혀가고 있는 것도 출판을 위해 바람직한 현상이며, 한동안 단편집에 눌렸던 본격 장편들이 베스트셀러에 오르는 것이나, 작가의 인기보다 내용만 좋으면 베스트셀러로 만들어주는 독자들의 선택안 같은 것이 베스트셀러의 인식을 개선하는데 큰 도움을 주고 있다.

이중한(출판평론가)씨는 '연대별 베스트셀러의 경향은 50년대의 경우 전쟁의 비극과 허무감을 통속적인 애정소설로 달랬고, 60년대는 비교적 안정된 분위기에서 교양물 위주로, 70년대에는 개방된 성모럴을 다룬 것이나 사회문제, 교양물, 수필류들이 다양하게 선택되고 있다'고 풀이했다. (박병서 기자)

6

「동아일보」 1985년 8월 14일

소설 주인공 통해 본 '사회상'

문학 특히 소설에서의 주인공, 그들은 바로 그 시대의 인물상이다. 그 주인공들은 시대적 상황 및 그에 대응하는 삶의 방식을 구체적으로 말해줌으로써 그때 그때의 사회상을 반영하기도 한다. 이러한 뜻에서 소설 속의 주인공을 통해 본 해방 40년은 우리에게 스스로의 뒷모습을 비춰보는 거울의 역할을 하는 것이라고 할 수 있다.

해방에서 6·25 이전까지

해방 직후 소설에서는 한때 반 일제적인 작품들이 나오기도 했다. 김동인의 「반역자」(46년)에 등장하는 '오이배' 같은 인물은 춘원 이광수를 모델로 친일지성인의 행적을 그대로 묘사했다고 해서 화제가 되기도 했다. 그러나 당시 친일문제에 관해서 깨끗한 정리가 이뤄지기도 전에 남북으로 갈라진 현실이 가로막혀 있었기에, 친일문제보다는 서로 다른 이데올로기로 빚어진 갈등의 문제가 더욱 관심거리가 되었다.

해방이 곧 분단이라는 상황을 낳게 되면서, 북에서 내려온 실향민들이 자주 소설에서 나타나게 되었다. 계용묵의 「별을 헨다」(46년)와 김동리의 「혈거부족」(47년)은 도시 변두리에 정착하는 가난한 실향민의 애환을 소재로 한 작품들이다.

또 다른 한편으로, 소설에서 즐겨 나오는 주인공들로는, 일제시대부터 해방에 이르기까지 숱한 고난과 고초를 겪고도 그것을 조용히 감수하는 한국적 여인상을 들 수 있다. 황순원의『별과 같이 살다』(50년)의 '곰녀'라는 여주인공은 일제에 끌려가 결국 창녀로 전락하지만, 근원적으로 착한 심성을 지켜나가는 전형적 우리 여인네들의 얼굴이 아닐 수 없다. 최인욱의「개나리」(48년)의 주인공 '연이'도 남편을 징용에 뺏기고 해방 후 새 남편과 결합한 것 때문에 아이와 헤어지는 비극의 인물. 역사의 격동기에 희생당하는 여인들의 눈물이 배어있는 소설이 당시에 많이 나온 것은, 분단 조국의 암담한 현실을 원초적인 한국인의 심성으로 되돌려 풀어보자는 의도가 있었던 것으로 설명된다.

<u>50년대</u>

느닷없는 6·25의 발발로 전쟁은 우리 소설의 제1차적인 주제로 선명하게 부각된다.

전쟁의 포화 속을 벗어난 후방의 인간상을 그린 작품으로, 안수길의「제삼인간형」(52년)을 꼽을 수 있다. 이 소설의 주인공 '석'은 피난생활을 하는 교사이며, 전쟁의 와중에서 갈등하는 우유부단한 성격으로, 민족적 수난이 있을 때마다 항상 패배를 선택하는 소시민의식을 대변하는 인물.

황순원의『카인의 후예』(54년)에 등장하는 '박훈'과 '오정례'. 8·15 이후 북한의 살벌한 테러리즘을 바탕으로, 반동지주의 아들인 창백한 지식인의 갈등과 그를 맹목적으로 사랑하는 한 여인의 모습이야말로 현실을 통렬하게 고발하고 있다.

진지하게 전쟁 속의 인간의 삶을 추적하는 대부분의 작품과는 별도로, 50년대 중반에 들어서면서 대중적인 연애소설이 등장, 자유분방한 여주인공들의 얘기가 크게 부각되면서 사회의 논란을 불러일으킨다. 정비석의『자유부인』(54년)이 그 대표적인 경우로, 중년의 대학교수 부인 '오선영'의 춤바람과 외도가 적나라하게 그려진다. 6·25의 충격으로 빚어진 절망감의 도피처로서 일반의 폭발적 인기를 끈 『자유부인』은 1년 만에 8만여 부가 나가는 기록을 세우기도 했다. 또 『자유부인』을 놓고 벌어진 작가와 대학교수의 논쟁은 이 소설을 더욱 화제의 책으로 만들어버렸다.

이밖에 김내성의 『청춘극장』(53년)은 '백영민'과 '오유경' 사이의 이루어질 수 없는 사랑을 다루어 전시 남녀들의 애틋한 심정을 자극했다. 역시 김씨의 『실낙원의 별』은 대학교수와 여대생의 연애사건을 다룬 것이며, 손소희의 『태양의 계곡』은 한 여자가 여러 남자를 번갈아 상대하는 것으로 전쟁통에 빚어진 성의식의 해이를 주제로 한 소설.

50년대 후반에 들어가면서, 전쟁의 상처 속에서 자아를 상실한 허무적 인물이 주인공으로 나타난다. 손창섭의 「인간동물원초」(55년)와 「혈서」의 주인공들과 장용학의 「요한시집」에 나오는 주인공 '누혜'는 바로 이 같은 범주에 속한다. 당시 프랑스의 실존주의 철학의 영향을 받은 젊은이들의 현실에 대한 좌절 및 허무주의에의 탐닉은, 이 같은 소설에 의해 더욱 조장됐다는 비평가들의 지적도 있다.

이범선의 「오발탄」(59년) 주인공 '송철호'는 성실히 살아가려 노력하지만 끝내 비극에 휩쓸리는 인물로서, 불행한 시대적 상황의 어두움을 암시하는 인물. 김광식의 「213호 주택」(56년)은 일상적 생활의 단조로움에 질식하는 회사원을 등장시켜 소시민의 애환을 표현하고 있다.

60년대

60년대는 김승옥을 비롯한 젊은 작가들이 강한 인물 창조보다는 섬세한 감성의 문체를 구사, 개인의 삶과 그 존재 양식을 추적하면서 젊은이들의 주목을 받게 된다.

이와는 달리 최인훈의 『광장』(61년)에 등장하는 '이명준'은 분단문학을 거론할 때면 반드시 언급되는 주인공이다. 철학과 학생인 '이명준'은 월북한 아버지 때문에 여러 가지 억압을 겪게 되고, 이 때문에 남북을 오가며 중립적인 입장에서 현실을 비판하게 된다. 분단을 이데올로기적인 갈등으로 파악한 첫 작품인『광장』에서, 주인공은 남북 그 선택의 기로에서 방황하는 인간상이다. 그는 북쪽이 갖는 폐쇄성 및 도식주의와 남쪽의 방만한 개인주의에 모두 좌절하는 지식인의 고민을 뚜렷하게 표현하고 있다.

전광용의「꺼삐딴 리」(66년)의 주인공 '이인국'은 부도덕하고 변신을 잘하는 인간형으로, 풍자적으로 현실 사회의 부조리를 예리하게 비판했다.

70년대

우리 사회가 산업화시대에 들어서면서 소외된 인간들이 주인공으로 등장하기 시작한다.

황석영의『객지』(71년)는, 우리 문학에서 처음으로 노동자를 주인공으로 등장시켜 농업화에서 공업화시대로 넘어가는 사회적 현실의 문제를 점검하고 있다. 이 작품에서는 떠돌이 노동자들의 노동현실을 소재로 삼고 있다. 여기서 한걸음 진전한 것이 조세희의『난장이가 쏘아올린 작은 공』(78년)으로, 산업화된 사회에서 낙오된 공장근로자를 주인공으로 등장시켰다. 경제성장과 산업발전이라는 근대화의 미명아래 박탈당하는 근로자의 생존권과 인권을 '난장이 일가'를 통해 조명한 이 소설은, 당시 대학생은 물론 정치인들의 필독서로 여겨졌다.

그러나 산업화시대의 부산물로 제기되는 것은 노동문제만이 아니었다. 70년대 초반 최인호의『별들의 고향』(72년)이 발표된 이래, 우리 문학은 술집에 나가는 호스티스 여주인공의 사태가 난 듯 계속적으로 비슷한 종류의 소설이 인기를 끌기 시작했다. 도시화의 추세 속에서 순진한 여자들의 인간성 상실의 과정을 묘사한 이러한 작품들은, 조선작의「영자의 전성시대」와 조해일의『겨울여자』 등 여주인공 시리즈로 나아간다.
『별들의 고향』의 '경아', 「영자의 전성시대」의 '영자', 『겨울여자』의 '이화' 등 세 아가씨들은, 모두 타락한 생활에 빠져 들어가면서도 아름답고 순수한 여인으로 그려져 독자들의 질타와 찬사를 고루 받았다. 각기 개성이 뚜렷한 세 주인공들은 모두 영화화되어 더욱 화제가 됐다.
서커스단원을 주인공으로 내세운 한수산의 『부초』(76년)도, 경제발전으로 풍요 속에 사라져가는 추억의 대상을 통해 도시인의 향수를 일깨우면서 베스트셀러가 되었다.
근대화돼가는 우리 사회의 새로운 추세로 등장한 것은, 종교에 대한 열광적인 관심을 들 수 있을 것이다. 70년대 말에는 이러한 사회의 경향을 반영하듯 나란히 종교를 주제로 한 소설이 등장했다. '민요섭'이란 주인공이 등장한 이문열의 『사람의 아들』과 '지산'이라는 승려가 나오는 김성동의 『만다라』가 바로 그것이다. 여기 나타나는 주인공들은 모두 현재 종교사회에서 보면 '이단아'의 행동을 일삼지만, 궁극적으로 종교의 본질을 부인하지 않는 모습으로 그려지는 것이 공통점이다.

80년대

소설 문학이 분단의 현실과 역사 속의 민중을 재인식하고 거기에 많은 관심을 갖기 시작했다. 그러나 일부에서는 오늘을 사는 우리 자신의 내적 고민이나 문제가 적극적으로 규명되기보다는, 현실도피적인 영웅적 인물에 대한 이야기나 도시 뒷거리의 주인공이 크게 선풍을 일으키게 되었다.
밑바닥 인생의 표본들을 한데 모은 것 같은 『어둠의 자식들』의 주인공 '이동철'. 기록적인 1백만 부의 판매부수를 올린 김홍신의 『인간시장』 시리즈의 주인공 '장총찬'과 현재도 계속 베스트셀러의 자리를 지키는 김정빈의 『단』의 주인공

'우학도인'. 그들은 일반적인 기준에서 보면 결코 정상일 수 없는 사람들로서, 대중들의 공허한 마음을 통쾌하게 메우는 역할을 한 대신 '대중문학', '상업문학'의 시비를 불러일으키기도 했다.

어쨌든 80년대의 베스트셀러로 이러한 책들이 많이 팔리게 된 배경에는, 우리 사회의 각박한 정신을 무언가 희한하고 남다른 비일상적 세계로 채워보고자 한 사회 일반의 갈증이 담겨있음은 부인할 수 없는 사실이다. 답답한 사회의 분위기 속에서 돌파구를 찾아내려는 대중의 요구가 이러한 인물의 과장된 행동을 부채질한 것은 아닌지. (고미석 기자)

7

「매일경제」 1998년 10월 29일

베스트셀러는 시대정신의 자화상

책은 한 시대의 바로미터라고 한다. 그 시대 작가의 글 속에 그 시대의 정신이 투영되고 인간의 모습이 담기기 때문이다. 특히 베스트셀러는 그 시대 가장 많은 사람에게 읽혀진 책이라는 점에서 당시의 정서와 정신, 애환의 흐름을 대변한다고 할 수 있다. 올해로 건국 50주년, 지난 50여 년 동안 우리 사회에는 어떤 책들이 읽혔는지 한국 베스트셀러와 사회적인 흐름을 연대기별로 살펴본다.

지금은 신문을 비롯한 다양한 미디어를 통해 베스트셀러라는 말이 일상어가 됐지만, 실제로 베스트셀러의 역사는 길지 않다.

한국출판연구소 자료에 따르면, 국내에서 베스트셀러가 공식적으로 발표되기 시작한 것은 지난 62년부터. 당시 언론사들은 여러 자료를 취합해 가장 많이 팔리는 책을 발표하기 시작했다.

지금처럼 대형서점들이 베스트셀러를 공식 집계하기 시작한 것은 불과 10년 전인 88년부터다.

이후 경제발전과 급속한 산업화를 타고 출판업도 급성장했고 수많은 베스트셀러가 나오게 됐다.

60년대

4·19혁명 이후 대일(對日) 정책 변화에 따른 문호개방으로 일본붐이 일었고, 서

점가에서도 일본 번역서가 큰 인기를 얻었다. 하라다의『만가』, 고미가와의『인간의 조건』, 이시자카의『가정교사』가 독서계를 휩쓰는 가운데, 김광주의『정협지』를 비롯해 무협소설들이 당시 정치적인 격변기에 마음을 잡지 못하고 있던 사람들의 마음을 사로잡았다.

64년에는 재미작가 김은국의『순교자』가 출간돼 오랫동안 베스트셀러 자리를 차지했고, 65년 나온『시장과 전장』은 박경리를 인기 작가의 반열에 올려놓았다. 그녀는 뒤이어『표류도』,『김약국의 딸들』을 연달아 히트시켰다.

일본 소설이 여전히 주류를 이루는 가운데『빙점』,『양치는 언덕』등 미우라 아야코의 책들도 해적출판까지 되면서 큰 인기를 얻었다.

김승옥의 창작집『서울, 1964년 겨울』은 독자와 평론가의 갈채를 함께 받았던 작품으로 60년대 얻은 소중한 수확이다.

60년대 후반기에는 유주현의 실록대하소설『조선총독부』,『대원군』,『통곡』이 출판계를 점령했고, 68년에는 방영웅의『분례기』가 나와 인기 토속소설의 장을 열었다.

비소설쪽에서는 방황하는 지식인들에게 호소한 이어령의 에세이집들이 큰 인기를 얻으며, 에세이 베스트셀러 시대를 예고했다.

70년대

70년대는 산업화와 도시화의 10년이었다. 정치적으로는 유신헌법이 제정되고 긴급조치가 선포되는 등 권위주의가 만연하던 시기였다.

소득격차로 인한 계층간 위화감이 커져갔고, 국민들에게 배금주의가 스며든 시기도 바로 이 때다.

이러한 기류 속에 출판계에서는 픽션류가 강세를 보였다.

최인호의『별들의 고향』은 70년대 문학의 기수가 됐고, 당시 문학계를 유형짓던 '호스티스 문학'의 시발점이 됐다. 인기작가도 부자가 될 수 있다는 인식이 생겨났고, 베스트셀러에는 '상업주의'라는 꼬리표가 따라붙었다.

외국소설도 인기를 얻었는데, 생텍쥐페리의 『어린왕자』, 솔제니친의 『수용소 군도』, 시몬느 드 보부아르의 『위기의 여자』가 대표적이다.

이청준, 황석영도 『당신들의 천국』, 『객지』 등을 내며 인기작가가 됐다. 당시 인기 소설들은 대부분 소외된 계층들의 이야기를 다루는 작품들이 주류를 이루었다. 박완서는 당시 여류작가로는 독보적인 위치를 차지하며 『휘청거리는 오후』로 독자들의 공감을 얻었다.

78년과 79년은 온통 조세희의 『난장이가 쏘아올린 작은 공』으로 술렁거린 해였다. 광주항쟁의 후유증과 급변하는 정국의 소용돌이 속에 어둠이 깔려있던 당시 김성동의 『만다라』, 황석영의 『어둠의 자식들』이 폭발적인 인기를 얻었다.

에세이로는 법정스님의 『무소유』가 빅셀러의 대열에 올랐고, 윤동주의 『하늘과 바람과 별과 시』는 시집으로도 베스트셀러가 될 수 있음을 보여주었다

80년대

80년대 들어 상업주의가 퇴조하며 문학적으로는 향상되는 모습을 보였다. 소설로만 몰리던 독자층은 시집, 에세이, 인문사회과학 등으로 세분됐고, 베스트셀러 작가층도 두터워졌다.

소설에서는 이문열, 이외수가 독보적인 위치를 차지한 가운데, 70년대 말에 발표됐던 박경리, 황석영, 이청준 등 인기작가의 작품들이 계속해서 베스트셀러 상위권을 형성했다. 김홍신의 『인간시장』은 국내 첫 밀리언셀러(100만 부 판매)가 됐다.

이문열 '신드롬'이라 할 만큼 80년대 초반 그의 소설은 서점가를 휩쓸었다. 『사람의 아들』을 비롯해 『황제를 위하여』, 『레테의 연가』, 『추락하는 것은 날개가 있

다』등 그의 작품 제목은 한 번쯤 안 들어본 사람이 없을 정도였다.

80년대는 또한 시집의 시대라 할 만큼 많은 시집이 베스트셀러에 대거 올랐다. 서정윤의『홀로서기』, 에리히 케스트너의『마주보기』, 도종환의『접시꽃당신』은 88년 베스트셀러 1, 2, 3위에 오르는 기염을 토했다.

여성작가의 에세이가 강세를 보인 것도 이 시기다. 유안진의『우리를 영원케 하는 것은』은 여학생을 중심으로 폭발적인 반응을 일으켰고,『나의 라임오렌지 나무』등 동화적 소설이 인기를 모으기도 했다.

90년대

88올림픽을 기점으로 출판시장은 괄목할 만한 외형성장을 거듭했다. 90년 발행부수는 2억 권을 넘어서며 7년 만에 배로 늘어나는 성장을 보였다.

베스트셀러들도 시리즈로 발간됐다.『소설 동의보감』에서 시작된 고전을 소설화한 작품들이 쏟아져 나왔고,『무궁화꽃이 피었습니다』와 같은 북한과 관계된 책도 바람을 일으켰다.

번역소설로는 베르나르 베르베르의『개미』와 로빈 쿡의 의학스릴러물로 독자들이 몰렸다. 독일작가 파트리크 쥐스킨트는『좀머씨 이야기』,『향수』,『콘트라베이스』,『비둘기』등이 연달아 히트하며 서점가 한 코너를 차지했다.

무명시인들이 쓴 감성적인 제목의 책들이 인기를 얻으며, 시집의 통속화 · 대중화 경향을 보였다.

90년대 들면서 나타난 또 하나의 특징은, 유명인들의 자서전들이 봇물을 이루며 대그룹 회장과 연예인 등의 책이 베스트셀러군을 형성한 것.

이면우 교수의『W이론을 만들자』가 나오며 경영이론 서적이 독자들의 관심을 모으는 계기를 만들었고,『나의 문화유산 답사기』로 문화유산에 대한 관심이 고조되기도 했으며, 시오노 나나미의『로마인 이야기』도 수십만 부가 팔렸다.

시간이 갈수록 문학보다는 명상서적류가 인기를 모으며 베스트셀러 상위자리를 차지했다. '…하는 몇 가지 방법'류의 명상서적류가 인기를 모으며 베스트셀러 상위자리를 차지했다.

97년 말 IMF 사태가 터진 후로는 경제에 대한 관심이 고조되며 경영컨설팅 관련 서적이 베스트셀러 자리를 차지하고 있다.

연대별 베스트셀러 목록

● 60년대

- 가정교사(이시자카 요지로)
- 김약국의 딸들(박경리)
- 정협지(김광주)
- 금병매(김용제)
- 앤(L. 몽고메리)
- 저 하늘에도 슬픔이(이윤복)
- 빙점(미우라 아야코)
- 대원군(유주현)
- 데미안(헤르만 헤세)
- 분례기(방영웅)
- 설국(가와바타 야스나리)
- 성(프란츠 카프카)
- 숲에는 그대 향기(강신재)
- 사랑과 영원의 대화(김형석)
- 청춘을 불사르고(김일엽)
- 그리고 아무 말도 하지 않았다(전혜린)
- 이어령 에세이집(이어령)
- 경제원론(이만기)

● 70년대

- 젊은 느티나무(강신재)
- 러브스토리(에릭 시걸)
- 목녀(최의선)
- 어린왕자(생텍쥐페리)
- 갈매기의 꿈(리처드 바크)
- 광장(최인훈)
- 별들의 고향(최인호)
- 객지(황석영)
- 위기의 여자(시몬느 드 보부아르)
- 당신들의 천국(이청준)
- 부초(한수산)
- 겨울여자(조해일)
- 휘청거리는 오후(박완서)
- 난장이가 쏘아올린 작은 공(조세희)
- 머나먼 쏭바강(박영한)
- 하버드 대학의 공부벌레들(존 오스본)
- 어둠의 자식들(황석영)
- 만다라(김성동)
- 네 영혼이 고독하거든(안병욱)
- 미래의 충격(앨빈 토플러)
- 무소유(법정)
- 한(恨)(천경자)
- 소유나 삶이냐(에리히 프롬)
- 하늘과 바람과 별과 시(윤동주)

● 80년대

- 인간시장(김홍신)
- 꼬방동네 사람들(이동철)
- 젊은 날의 초상(이문열)
- 들개(이외수)
- 백년 동안의 고독(G. 마르케스)
- 깊고 푸른 밤(최인호)
- 소설 손자병법(정비석)
- 1984년(조지 오웰)
- 나의 라임오렌지 나무(J. M. 바스콘셀러스)
- 소설 영웅문(김 용)
- 단(김정빈)
- 사람의 아들(이문열)
- 크눌프(헤르만 헤세)
- 우리들의 일그러진 영웅(이문열)
- 추락하는 것은 날개가 있다(이문열)
- 그대 아직 꿈꾸고 있는가(박완서)
- 성자가 된 청소부(바바 하리다스)
- 물위를 걷는 여자(신달자)
- 제3의 물결(앨빈 토플러)
- 오늘은 내가 반달로 떠도(이해인)
- 우리를 영원케 하는 것은(유안진)
- 여자란 무엇인가(김용옥)
- 홀로서기(서정윤)
- 접시꽃 당신(도종환)
- 세계는 넓고 할 일은 많다(김우중)

● 90년대

- 소설 동의보감(이은성)
- 소설 토정비결(이재운)
- 나는 소망한다 내게 금지된 것을(양귀자)
- 서편제(이청준)
- 무궁화꽃이 피었습니다(김진명)
- 영원한 제국(이인화)
- 고등어(공지영)
- 천년의 사랑(양귀자)
- 좀머씨 이야기(파트리크 쥐스킨트)
- 아버지(김정현)
- 배꼽(오쇼 라즈니쉬)
- 여보게 저승갈 때 뭘 가지고 가지(석용산)
- 일본은 없다(전여옥)
- 서른 잔치는 끝났다(최영미)
- 나의 문화유산답사기(유홍준)
- 반갑다 논리야(위기철)
- 너는 눈부시지만 나는 눈물겹다(이정하)
- 마음을 열어주는 101가지 이야기(잭 켄필드 외)
- 무소유(법정)
- 람세스(크리스티앙 자크)
- 익숙한 것과의 결별(구본형)

대형서점 16곳 종합 전국판매량 발표

베스트셀러 집계 어떻게 하나

베스트셀러는 말 그대로 가장 많이 팔린 책이다. 일정 기간 동안 가장 많이 판매된 책을 말하는 것이다.

베스트셀러는 그 동안 대형서점들이 자체적으로 집계해 발표해 왔다. 보통 주 단위, 월 단위, 반년 단위, 1년 단위로 발표되고, 모든 장르를 포함한 종합순위와 소설, 비소설로 크게 구분해 발표해 왔다.

최근에는 독자들의 독서경향이 다양해지면서 시, 아동, 여성, 인문과학, 정치사회, 경제경영, 건강의학, 교양과학, 외국어, 컴퓨터, 예술, 취미실용 등으로 세분해 발표하고 있다.

그러나 일부 출판사에서 베스트셀러를 만들기 위해 직접 책을 사들인다는 조작 시비가 일고, 서점마다 발표하는 베스트셀러가 큰 차이를 보이는 등 문제점이 지적돼 왔다.

이에 따라 대한출판문화협회와 한국서점조합연합회는 올 1월부터 전국 베스트셀러를 발표해 공신력 회복에 신경을 쓰고 있다.

출판문화협회와 서점조합연합회에서는 교보문고 등 전국 대형서점 16곳의 판매 통계를 처리 · 종합, 소설, 비소설, 시, 인문과학, 사회과학 등 6개 분야에 베스트셀러 순위를 주간 단위로 10위까지 발표하고 있다.

여기에 참여한 16개 서점은 서울의 교보문고, 영풍문고, 종로서적, 을지서적, 서울문고, 신촌문고, 씨티문고, 진솔문고, 부산의 영광도서, 동보서적, 대구의 제일서적, 광주의 일신문고, 대전의 대훈문고, 수원의 경기서적, 고양의 화정문고, 전주의 홍지서림 등이다.

각 서점이 해오던 자체 베스트셀러 발표도 계속되고 있다.

한국출판연구소 자료에 따르면, 한국출판사상 처음으로 10만 부가 넘게 팔린 책은 1954년 출간된 정비석의 『자유부인』. 50만 권 이상 팔린 책은 최인호의 『별들의 고향』(74년)이다. 또한 밀리언셀러 시대를 처음으로 연 책은 김홍신의 『인간시장』(82년)인 것으로 조사됐다.

가장 많은 책이 팔린 필자는 이문열(1000만 부), 조정래(900만 부), 김진명(600만 부) 등의 순이다.

한편, 인터넷 베스트셀러도 등장했다. 종로서적이 사이버서점을 개점하면서 사이버 공간에서 판매되는 책의 베스트셀러 집계도 발표하고 있다.

지난 3월 첫 발표된 사이버 베스트셀러에서는 『마음을 열어주는 101가지 이야기』, 『20대에 하지 않으면 안 될 50가지』, 『부즈 앨런의 한국보고서』 등이 상위에 올랐다.

베스트셀러와 시대

1906 『혈의 누』(이인직)
『월남망국사』(소남자 著/현채 譯)
1908 『금수회의록』(안국선)

1900년대

1905 을사조약
1907 신문지법 · 보안법 제정
1909 출판법 제정

1912 『추월색』(최찬식)
『옥중화』(이해조)
『안의 성』(최찬식)
1913 『장한몽』(조중환)
1917 『무정』(이광수)
1918 『무궁화』(이상협)

1921 『명금』(송완식)
1923 『사랑의 불꽃』(노자영)
1924 『아름다운 새벽』(주요한)
1925 『진달래꽃』(김소월)
1926 『님의 침묵』(한용운)
1928 『임꺽정』(홍명희)
『단종애사』(이광수)

1910년대

1910 한일병탄
1910~1918 토지조사사업
1919 3·1운동

1920년대

1920 「조선일보」·「동아일보」 창간
1925 치안유지법 제정
KAPF 결성
1926 6·10 만세운동
1929 원산총파업
광주학생운동

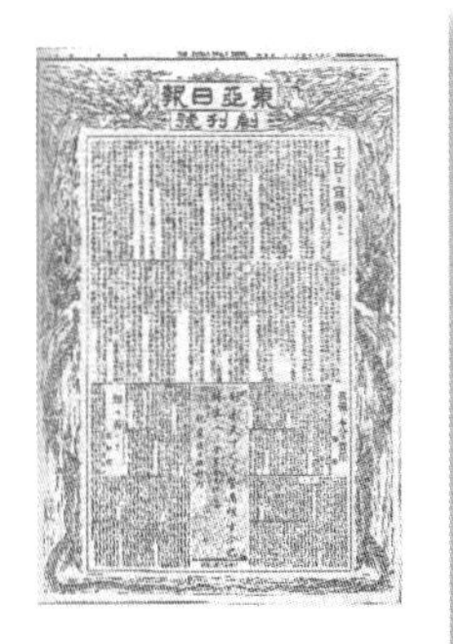

1932 『흙』(이광수)
『노산시조집』(이은상)
1933 『고향』(이기영)
1935 『상록수』(심훈)
1937 『찔레꽃』(김말봉)
1938 『사랑』(이광수)
1939 『순애보』(박계주)
『마인』(김내성)

1930년대

1931 만주사변
1937 중일전쟁 발발
1938 국가총동원법 시행

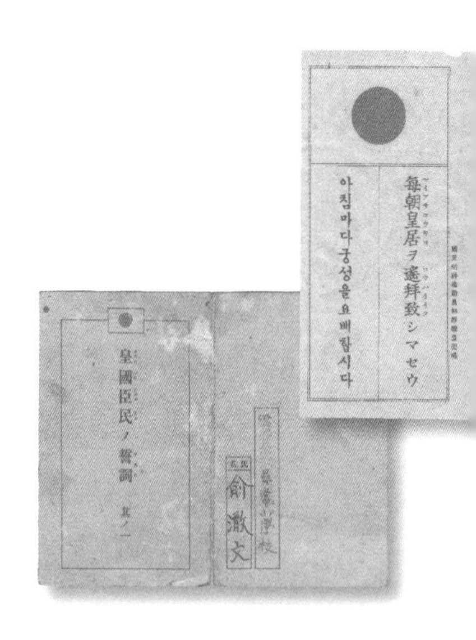

1941 『백록담』(정지용)

1948 『하늘과 바람과 별과 시』(윤동주)

1949 『청춘극장』(김내성)

1940년대

1942 조선어학회 사건

1945 해방

1948 4·3 사건

남한 단독 총선거

국가보안법 제정

1954 『자유부인』(정비석)

『보리피리』(한하운)

1957 『비오는 날』(손창섭)

1959 『북간도』(안수길)

『오발탄』(이범선)

1950년대

1950~1953 한국전쟁

1950 보도연맹사건

1958 보안법파동

1960 『광장』(최인훈)
1962 『김약국의 딸들』(박경리)
1964 『조선총독부』(유주현)
1966 『서울 1964년 겨울』(김승옥)
『그리고 아무 말도 하지 않았다』(전혜린)
1967 『사랑했으므로 행복하였네라』(유치환)
1968 『움직이는 성』(황순원)
1969 『토지』(박경리)

1960년대

1960 4·19 혁명
1961 5·16 군사 쿠데타
1964~1973 베트남전쟁 파병
1965 한일협정

1972 『별들의 고향』(최인호)
『타인의 방』(최인호)
『지리산』(이병주)
1973 「영자의 전성시대」(조선작)
1974 『객지』(황석영)
『아메리카』(조해일)
『바보들의 행진』(최인호)
『장길산』(황석영)
1975 『겨울여자』(조해일)
1976 『탈』(황순원)
1978 『난장이가 쏘아올린 작은 공』(조세희)
1979 『사람의 아들』(이문열)

1970년대

1970 새마을운동 시작
경부고속도로 완공
전태일 분신
1972 유신체제수립
1979 YH 사건
부마항쟁

1981 『인간시장』(김홍신)
1983 『태백산맥』(조정래)
『소설 손자병법』(정비석)
1984 『밥』(김지하)
1985 『사랑굿』(김초혜)
1986 『접시꽃 당신』(도종환)
1987 『홀로서기』(서정윤)
『우리들의 일그러진 영웅』(이문열)

1980년대

1980 5·18 민주화 운동
1982 프로야구 시작
1987 6월 혁명
노동자대투쟁

자료 및 도판 출처

도서 『1932년도 하기 한글강습교재요령』 - 개인 소장
『겨울여자』 - 개인 소장
『마인』 - 박진영 소장
『명금』(송완식 역) - 개인 소장
『무궁화』 - 개인 소장
『무정』 - 개인 소장
『사랑의 불꽃』 - 오영식 소장
『인간시장』(『주간한국』 919호) - 개인 소장
『찔레꽃』 - 개인 소장
『태백산맥』(『현대문학』 1983년 9월) - 개인 소장
『토지』(『현대문학』 1969년 9월) - 개인 소장
『흙』 - 개인 소장

영화 「87 영자의 전성시대」(1987) 포스터 - 한국영상자료원 제공
「89 인간시장, 오! 하느님」(1989) 포스터 - 한국영상자료원 제공
「겨울여자」(1977) 영화 포스터 - 한국영상자료원 제공
「겨울여자」(1982) 영화 포스터 - 한국영상자료원 제공
「무정」(1939) 포스터 - 서울역사박물관 소장
「별들의 고향」(1974) 포스터 - 한국영화자료수집가 양해남 소장
「속 별들의 고향」(1978) 포스터 - 개인 소장
「속 영자의 전성시대」(1982) 리플릿 - 개인 소장
「영자의 전성시대」(1975) 포스터 - 한국영화자료수집가 양해남 소장
「인간시장 2, 불타는 욕망」(1985) 포스터 - 한국영상자료원 제공
「인간시장 3」(1991) 포스터 - 한국영상자료원 제공
「인간시장」(1983) 포스터 - 한국영상자료원 제공
「자유부인」(1956) 리플릿 - 개인 소장

「자유부인」(1956) 스틸사진 - 한국영상자료원 제공
「자유부인」(1981) - 한국영상자료원 제공
「장한몽」(1969) 포스터 - 한국영화자료수집가 양해남 소장
「청춘극장」(1959) 포스터 - 한국영상자료원 제공
「태백산맥」(1994) 포스터 - 한국영상자료원 제공
「흙」(1960) 포스터 - 한국영상자료원 제공
「흙」(1978) 포스터 - 한국영상자료원 제공

비도서 자료 박경리 작가 유품 - 토지문화재단 소장
정비석 작가 사진 및 유품 - 정인관 소장
조정래 작가 사진 - ㈜해냄출판사 제공

연표 사진 '궁성요배' - 개인 소장
'황국신민서사' - 개인 소장
'1987년 서울시청 앞 민주화운동' - 서울사진아카이브

- 『인간시장』 김홍신 작가와의 대화 사진 촬영 · 함태영
- 한국근대문학관 소장 자료 사진 촬영 · 이대원

2017 인천문화재단
한국근대문학관 기획전시
근현대 베스트셀러 특별전
소설에 울고 웃다
2017. 9. 26 ~ 2018. 3. 31
한국근대문학관 기획전시실
한국근대문학관
The Museum of Korean Modern Literature

근현대 베스트셀러 특별전 – 소설에 울고 웃다

한국근대문학관 기획전시실

2017. 9. 26. ~ 2018. 3. 31.

총괄 **최진용**
전시총괄 **이현식**
기획 **함태영**
진행 **임은정 한보성 공재우**
원고 **이현식 함태영 이경림**
자료출납 **임은정**
시공 **태성사**

권오범(토지문화재단 사무국장), 김명주(연세대학교 학술정보원),
김선영(국립중앙도서관), 김세헌(소설가 김내성 차남), 김영주(토지문화재단 이사장),
김원보(토지문화재단 관장), 김정은(국립중앙도서관), 김지혜(국립중앙도서관),
김진희(이화여대 교수), 김현주(한양대 교수), 김홍신(소설가), 박진영(성균관대 교수),
박천홍(아단문고), 박현주(화도진도서관), 서영란(한국현대문학관), 송혜민(국립현대미술관),
송기정(소설가 송완식 손녀, 이화여대 교수), 송은영(연세대 강사),
신문순(춘원 이광수 유족, 춘원연구학회 간사), 양해남(영화수집가), 엄동섭(창현고 교사),
오영식(근대서지학회), 이승윤(인천대 교수), 이정화(춘원 이광수 차녀),
정윤숙(김제벽골제아리랑사업소), 정인관(소설가 정비석 손자),
하타노세츠코(일본 니가타 현립대학 명예교수)

고려대학교 도서관, 국립중앙도서관, 김제벽골제아리랑사업소, 서울역사박물관,
아단문고, 국가기록원, 연세대학교 학술정보원, 전쟁기념관, 종로도서관, 토지문화재단,
토지주택박물관, 한국영상자료원, 한국현대문학관, 화도진도서관

소설에 울고 웃다

혈의 누에서 태백산맥까지, 베스트셀러로 읽는 시대

한국근대문학관 기획

제1판 1쇄 2017년 12월 1일
제1판 2쇄 2018년 7월 16일

발행인 홍성택
기획편집 조용범, 양이석
디자인 조성원
마케팅 김영란
인쇄제작 정민문화사

주소 (주)홍시커뮤니케이션 · 서울시 강남구 봉은사로 74길 17
전화 82-2-6916-4481
팩스 82-2-539-3475
이메일 editor@hongdesign.com
블로그 hongc.kr

ISBN 979-11-86198-35-3 03810

이 도서의 국립중앙도서관 출판예정도서목록(CIP)은 서지정보유통지원시스템 홈페이지(http://seoji.nl.go.kr)와 국가자료공동목록시스템(http://www.nl.go.kr/kolisnet)에서 이용하실 수 있습니다.(CIP제어번호: CIP2017030685)

正音社